白蝶花

宮木あや子

目次

天人菊 …… 7
凌霄葛《のうぜんかずら》 …… 45
乙女椿 …… 83
雪割草 …… 301
解説　三浦しをん …… 340

白蝶花

白蝶花　はくちょうばな【アカバナ科・ヤマモモソウ属】

よく撓《しな》る花茎に白や薄紅の、親指くらいの小さな花をたくさん付けます。風に吹かれると、あえかな白い蝶々《ちょうちょう》が舞っているように見えます。花はすぐに枝から落ちてしまいますが、次の日には新しい花が咲きます。花茎が倒れても、枯れずに次々と花を咲かせつづけます。

天人菊

六甲の山々を背にして夕靄《ゆうもや》に沈む庭で、初秋の虫の鳴き声が鈴の音のように響く。曲がりくねった腕を芸術的に伸ばす大きな松の木は、屋敷の主である吉岡が来客に自慢するために、月に一度は剪定《せんてい》が入っていた。他にも庭には珍しい舶来の花々が咲く。柄にもなく、吉岡が植物を愛《め》でることが好きだからだ。松の影が闇《やみ》の中に佇《たたず》む化け物のように見える時刻まで、菊代《きくよ》は柱に凭《もた》れて庭を眺めていた。

夜なんて来なけりゃ良いのに。立ち上がり、日の沈んで茜《あかね》に染まる西の方を見遣《みや》る。芦屋《あしや》と有馬《ありま》は山を越えてすぐ隣だ。最近はロープウェーとかいう乗り物を通す計画も持ち上がっているという。それなのに、今、菊代のいる芦屋と、芦屋に来る前に育ち、働いていた有馬とは、なんと遠いのだろう。

「お風呂《ふろ》の用意、できましたえ」

障子戸を開け、女中が顔を出し菊代に知らせる。有馬に近くても、芦屋の屋敷の風呂はただの井戸水だ。菊代は風呂桶《おけ》に浸《つ》かりながら、つい一年前まで毎日浸かっていた有馬の湯を思う。幼いとき、有馬検番に売られた菊代は、初めて有馬の共同浴場の湯を見たとき足を竦《すく》ませた。赤錆色《あかさびいろ》に濁った湯が、底知れぬ沼のようで怖かったのだ。一緒に売られた妹の雛代《ひなよ》は、どこか一本抜けた子で、その恐ろしい色をまるでものともせず、健康に良いのだと単純に喜んだ。源泉は透明だが、空気に触れて酸化しこの色になるのだと置屋の先輩芸妓が教えてくれたけれど、そんな色になるくらいなら酸化などしないでほしいと思った。売られてから一年くらいは馴染《なじ》めなかったものだ。

それが今では、あの赤錆色の、ぴりぴりと肌を刺す湯が恋しい。先輩芸妓の背中を流し、自分は烏《からす》の行水だったけど、それさえも懐《なつ》かしい。

風呂から上がり、冷えた酒を縁側で飲んでいると、ガタリと障子の開く音がした。

「あっ」

背後から小さな声が聞こえ、菊代は振り向く。菊代もあっ、と小さく声を上げた。

「すんまへん、お一人とは思わなんで」

そう言って障子を閉めようとした男に、菊代は待ってと声をかける。

「お酒、冷えとるから、飲んで行かへんか」

「でも……」

「どうせ旦《だん》さん、まだ帰ってけえへんし、お酌でもしてや」

その男、黒田は迷うような素振りを見せたが、結局菊代の横にやってきて、縁側に二人並んだ。黒田は大きな身体《からだ》を縮こまらせ、銚子《ちょうし》を取って菊代の猪口《ちょこ》に酒を注ぐ。黒田は吉岡の組と兄弟盃《さかずき》を交わしている組の跡取で、立場的には吉岡の弟の子供だ。

初めて見たとき、黒田の背中の彫物はまだ完成しておらず、筋彫りだけだった。

二度目は、なかった。菊代は吉岡の情女《いろ》だ。世話になっている吉岡に背くことはできない、と黒田は着物を着たまま、背を向けた。一度も二度も同じやないの。菊代は黒田の背中を詰《なじ》ったけれど、黒田が振り向いてくれることはなかった。

二人きりになるのは、三度目だ。菊代は黒田との間に落ちる沈黙が、どんな言葉よりも身体を疼《うず》かせるものか知っていた。石像のように押し黙ったままの黒田に、縋《すが》りつきたいと思う直前まで沈黙を味わい、菊代は口を開いた。

「そう言えばあんた、どこぞの子の旦はんになったそうやないの」

ちょっと前に、吉岡から聞いた。黒田が、有馬検番の置屋、「わたり席」の芸妓の世話をすることになったのだ、と。

「わたり席言うたら、私がおった置屋やで」

「知っとります」

「相手ぇ、誰やねん」

黒田は再び黙り込む。一度でも関係を持った女に義理立てでもしているのか。菊代は笑いそうになったが、その次の瞬間に聞いた名前に、笑い声は喉《のど》の奥で凍りついた。

「ねえさんの妹の、雛代さんです」

二年前、奈良のほうの組の跡取だと紹介された黒田は、中の坊旅館の吉岡の座敷で芸妓相手に、今と同じように大きな身体を縮こまらせていた。小さくなっていながらも、それが演技なのではないかと思えるほど、瞳《ひとみ》に湛《たた》える力は強く、吉岡の横でお酌をしていた菊代は、ちらちらとその様子を窺《うかが》っていた。黒田のほうも、菊代の視線に気付いてからは、射るような眼差《まなざ》しで菊代を見つめた。

そのとき検番から呼ばれた芸妓は菊代、雛代を始めとするわたり席から十人。他の置屋からも何人か来ていた。取り立てて美しくもなく、芸達者でもない菊代は有馬芸妓の中でもそれほど目立つ存在でなかったのに、なぜか吉岡はいつも菊代を座敷に呼んだ。菊代と、あとは誰でもええからぎょうさん若い花付けてや。検番のお父さんの話によれば、いつもそういう注文だったそうだ。

吉岡は、地方《じかた》を務める年嵩《としかさ》の芸妓が三味線を弾き始めれば、自らが歌い始め、立方の若い芸妓が踊れば、それに混じって踊りだす。芸妓からすれば大層迷惑な客であったが、それでも昔から有馬温泉を贔屓にし、泊まれば必ず花代は惜しまないので、そういうもんだと芸妓側も諦《あきら》めて、吉岡の座敷では大いに羽目《はめ》を外した。

　初めて抱かれた夜、吉岡の全身に入っている彫物を暗がりの中で見た菊代は、初めて有馬に来てその湯を見たときと同じ気持ちになった。何か、底知れず怖い。もう七十を過ぎた吉岡は、自らを勃《た》たせることはできないので、見たこともないような道具を色々と持ち出してきて、それを菊代の身体の中に収め、反応を見て喜ぶ。二十二で処女だった菊代は、身体にひんやりとした固いものを収められ、これが処女を失うということなのか、とぼんやりと考えた。波のような、鱗《うろこ》のような吉岡の身体は、もはや人のものではなく、脚の間に納まっているのも、とうてい人のものじゃない。幻に犯されているのだ。

　どうや。

吉岡が皺《しわ》だらけの手で、青白い菊代の身体を撫《な》でる。

ええわ、旦さん。もっとして。

　何も感じないのに、菊代はねえさんたちの真似《まね》をして答える。

　いくつかそんな晩を過ごし、吉岡は菊代の旦那《だんな》として、菊代を有馬検番から請け出した。

先輩芸妓たちは、やっかみと哀れみを半々にして、菊代に「良かったなぁ」と言葉を掛けたが、菊代自身はそれが良いことなのかどうなのか、判《わか》らないでいた。ただ、妹の雛代だけが、あからさまに嬉《うれ》しそうな顔をして菊代を送り出した。

あんたがいなくなって、せいせいするわ。

雛代の言葉に対しても、何も思わなかった。ただ、菊代は黒田の顔を、そしてあの射るような眼差しを、ぼんやりと思い出していた。


請け出しが決まったあと、有馬の中では吉岡の力が及ばぬ杉本ホテルで、一度だけ黒田は菊代を一人、ホテルに呼んだ。吉岡の座敷では三度ほど顔を合わせていたが、誰もいない部屋で二人して向き合うのは、そのときが初めてだった。愛宕《あたご》の湯泉神社へ登る長い階段を横に見て、雪の降る小路を、恐れと期待に胸を高鳴らせながら三味線を抱えホテルに向かったのを菊代は憶《おぼ》えている。

杉本ホテルは、長期滞在の外国人に向けたサービスを行っているホテルだ。古い木造の門に続く短い石段を登り、受付で部屋番号を聞き、黒田のところに向かう。

菊代の結髪に残った粉雪を見て、黒田は指先を触れそれを溶かした。寒い中悪かったな、とそっけなく言う黒田に、菊代は頬が火照《ほて》るのを感じつつ、いいえ、と答える。そのあとは、もう肌の温かさと吐息の熱さしか憶えていない。

吉岡と違って黒田は無口だった。それでも肌を合わせれば言葉など必要なく、身体は言葉以上に饒舌《じょうぜつ》に色々なことを語る。吉岡の使う無機質な器具と違う、男の滑らかな性器は、別の生き物のように菊代の中で跳ね、抱かれた痕跡《こんせき》を残す。一つの身体が二つに分かれたあと、脚の間から流れ出る生温かな液体に、菊代は初めて男に抱かれたのだと実感し、その余韻の中で呆然《ぼうぜん》と身体が沈みゆくような感覚を味わった。

念のために持ってきていた鬢付油《びんつけあぶら》で髪を整えてから、置屋に帰った。

置屋「わたり席」は古い旅館を改装しただけの建物だ。中には二十人の芸妓が暮らす。隣は雛代の部屋で、妹は朝の個人稽古《げいこ》で教わった小唄《こうた》の練習をしていた。いつもならば五月蠅《うるさ》いと、壁を蹴《け》ったあとに廊下で喧嘩《けんか》になるのだが、その日は雛代のへたくそな唄さえも気にならず、菊代は裾《すそ》の汚れた着物を脱いで衣文掛《えもんか》けに掛け、布団《ふとん》を敷いて黒田の肌の滑らかさを思い出していた。

また、会えるやろか。

そう尋ねた菊代に、会うことはできる、とだけ黒田は答えた。

また、抱いてもらえるやろか。

そう尋ねることはできなかった。答えが予想できたから。

脚の間の熱をもてあましながら仰向けに転がっていたら、掛け声もなく襖《ふすま》が開いた。雛代が顔を覗《のぞ》かせ、起き上がった菊代を見て言った。

「なんや、帰ってたんか」

「なに」

「具合でも悪いのかと思ったわ、静かやから」

「あんたのへたくそな唄聴いてたら、具合悪くもなるわ」

菊代が言うと、雛代は顔を真っ赤にして、ものすごい音を立てて襖を閉めた。

初秋の夜は早々に冷え込む。指先と爪先《つまさき》が、水に浸けたように冷たくなっていた。

「……そうか」

菊代はなんとか、喉の奥から言葉を搾《しぼ》り出した。

吉岡の女となって、一年と少しが経《た》っていた。菊代のための離れには本来、吉岡以外は入れないことになっているが、吉岡が信頼を置いている何人かの若い衆は出入りが自由だ。黒田もそのうちの一人だった。

「もう、抱いたんか」

聞きたくもないのに、菊代は尋ねた。また、抱いてくれるか。そう問うことはできなかったくせに。菊代は微《かす》かに自嘲《じちょう》し、黒田は押し黙ったまま、否定も、頷《うなず》きもしない。息を詰め答えを待っても、いつまでも黒田の声は聞こえなかった。ただ、吐息だけが近いのにずいぶん遠くに聞こえる。菊代は溜息《ためいき》を漏らし、言葉を発した。

「……そろそろ旦さん、帰ってくるから、行き。母屋《おもや》で待っとるとええ」

菊代の言葉に黒田は安堵《あんど》したような顔を見せ、立ち上がった。そして、背を向けて歩き出す。

「あんた」

呼び止めると立ち止まり、少し怯《おび》えた表情をして黒田は振り返る。

「もう、離れには来んといて」

忘れられそうだったのに。この先ずっと、吉岡が死ぬまでは忘れていられそうだったのに、また顔を合わせてしまったことで、菊代の脚の間は、抱かれたのがつい先刻だったかのように熱を帯び始めていた。抱く気のない男に縋るほど惨《みじ》めなことはない。

「顔を見るだけでも、あかんですか」

「私の気持ちも考え」

「……すんません」

黒田はその場で座り込み、額を畳に付けた。そしてしばらくしてから再び立ち上がり、今度こそ菊代を一人そこに残し、襖を閉めていった。

菊代が有馬を出て行って一年と少しが経ってから、雛代に旦那ができた。菊代に旦那ができて、芸妓を上がったときはあれほど羨《うらや》ましいと思っていたのに、自分に旦那ができてみれば、こんなものなのか、と雛代は一抹の寂しさを感じる。

黒田は、生活の世話はしてくれる。しかし有馬からは出してくれない。従って雛代は菊代と違い、まだ有馬で芸妓として生活を送っていた。朝は稽古、稽古が終われば風呂に行き、支度をしてからお座敷がある夜は検番に指定された旅館に向かう。

大正十五年現在、有馬の芸妓は二百人以上いる。有馬は華やかな温泉街だ。江戸の時代に温泉番付で西の大関と指定され、明治の半ばからは西洋風のハイカラなビルが建ち並び始めた。六甲山には外国人村があり、ゴルフやテニスに遊び疲れた彼らを泊めるための外国人向けホテルもいくつかあるので、街には洋装の外国人たちが、芸妓には判らない言葉を喋《しゃべ》りながら笑い歩いた。

＊

お座敷を終えて他の芸妓たちと置屋に戻ったら、まだ冬まではだいぶあるというのに、黒田から正月回り用の着物一式が届いていた。呉服商ではもう秋冬の売出しが始まっているのだろう。濃い紫の、芍薬《しゃくやく》の花の柄が鮮やかな引き摺《ず》りだった。後輩たちは口々にそれを褒め称《たた》え、羨ましがった。旦那のまだいない先輩たちは、悔しそうに一瞥《いちべつ》して、部屋へ戻っていった。

この着物が、ほんまに羨ましいと思うんやろか。

雛代は部屋の床にそれを広げ、しげしげと見つめる。自分の顔にそれを合わせてみた様子を想像しても、全く似合わないような気がする。自分には、橙《だいだい》や桃色が似合うと思う。それなのに、今まで黒田が贈ってくれた着物は、濃い紫や藍《あい》などの渋い色ばかりだ。物が良いだけにけちも付けられないし、こういうのが好きならば仕方ないとは思うが、どう考えても似合わない。

「それやったら、あんたよりも菊代ちゃんのほうが似合いそうやなぁ」

部屋を覗き込んだ、同じ座敷に出ていた先輩芸妓の美園《みその》が、言った。

「やっぱりそう思います？」

「あんたと菊代ちゃん、間違えてるんやないの、黒田はん」

雛代と菊代は、一つ違いの姉妹で、顔も姿格好もよく似ていた。しかし醸《かも》し出す雰囲気はまるで反対で、菊代は暗い色が良く似合い、雛代には鮮やかな明るい色が似合った。性格も同じように反対で、菊代は陰険で執念深く、雛代はその陰険さに耐えうるだけの能天気さを備えていた。何をやらせても要領の良い雛代をひがみ、菊代には何度も嫌がらせをされたものだ。

「なんか、嫌な感じやわ」

部屋に上がり込んできた美園は、床に咲く芍薬を見つめ、言う。

「まだ雛代ちゃん若いのに、こんな渋い柄選ばはって」

「おねえさん」

咎《とが》めるように、雛代は美園の言葉を制した。

物心ついたころは、まだそれほど二人の仲は悪くなかった。しかし十三で有馬に売られてから、菊代は何かにつけて雛代に嫌がらせをするようになり、結果、一年もせずに二人の仲はどうにもならないほど悪くなった。何も同じ置屋に売らなくても良いのに、女衒《ぜげん》が面倒くさがったのか、二人は同じ置屋で、しかも隣の部屋だった。

芸妓になる前までは喧嘩をしても姉妹の力関係だけで勝敗が決まっていたので、たいてい菊代のほうが有利だったが、置屋に入ったあとは、芸事の優劣という力関係が生まれた。これに関しては雛代のほうが圧倒的に優れていた。朝、支度を整えてから検番にお稽古にゆく。早い者勝ちなので、眠い目を擦《こす》って検番が開く前から雛代は玄関の前でお師匠さんが来るのを待ち、朝一番に稽古を付けてもらう。次の芸妓が来るまでは、雛代がお師匠さんを独占できるため、稽古の時間が人よりも長く、上達も早かった。

菊代は、致命的に朝が弱かった。雛代が帰ってきて、小唄や三味線を復習しているころに起き出してきて、それから稽古へ向かう。そのころにはもう他の置屋のおねえさんたちの順番待ちの列ができているので、稽古が終わるのは午後になり、運の悪い日にはほとんど風呂にも入れない。

それでも、雛代に対する嫌がらせだけは、本当に巧妙だった。

姉妹の仲が悪いことを知っているので、検番は滅多に二人を一緒の座敷には入れない。しかし芸妓が足りなくなったりすると、仕方なく同じ座敷に入れる。菊代が地方で雛代が立方だったりすると、必ず打ち合わせとは違う曲を弾き始め、雛代が動揺するのを見て意地悪く笑うのだ。

また、三味線のバチが白木のしゃもじに摩《す》り替えられていたこともあった。そのときは雛代が地方で他の置屋のおねえさんが立方だった。バチを取り出そうとして手に当たる感触がやけに丸っこかったので、雛代は即座に覚えたばかりの小唄に演目を変えた。立方のおねえさんも、事情を察して問題なく切り替えてくれたが、あれが踊りの不得手な後輩芸妓だったりしたら、と考えると今でも怒りがこみ上げてくる。

美園はしばらく雛代の部屋に留まり、ぶつくさと菊代に対する悪口を言っていたが、雛代の、もうおらん人やし、という言葉にしぶしぶと頷き、部屋を出て行った。

雛代は再び、紫色の着物を見つめ、溜息をついてからたたみ始めた。

どういうつもりで、旦那になってくれはったんやろか。

黒田の大きな身体を思い出す。あの身体に圧《の》し掛かられたら重いやろな、と思っていたのに、雛代にはまだそんな経験がない。旦那のいる先輩芸妓が、旦さん夜がしつこくて嫌んなるわ、というような愚痴をこぼしているのもいろいろ聞いてきただけに、まだ黒田に抱かれていない自分が、ひどく間抜けに思えた。二十二歳にもなって、まだ雛代は男を知らない。


三日後、黒田が有馬に来た。しばらく吉岡のところに滞在するという。

「不自由してへんか」

中の坊旅館にひとり雛代は呼び出され、訊《き》かれた。

「してまへんえ。おおきに」

雛代が貧乏くさい格好をしていたり、体調が悪かったりすれば、それは少なからず黒田の評判にもつながる。その日雛代は黒田から贈られた着物ではなく、自前の朱色の着物を着ていた。夏物から衣替えして、一番気に入っているものだ。文句を言われるかと思っていたが、そのことについては一言も触れず、黒田はただ黙々と鍋《なべ》をつついている。

「正月の着物、ありがとうございます」

沈黙に耐えられず雛代が礼を言うと、黒田は微かに笑った。

「まだ早すぎるかも判らんけど、似合いそうやったからな」

黒田には、あれが雛代に似合うように見えるのか。雛代は空になりそうな取り皿に新たに野菜と練り物をよそい、お酒が切れたので仲居に知らせる。皿を受け渡すとき、少しだけ指先が触れ合った。

「冷えとるな」

雛代の指先が青白くなっているのを見て、黒田は皿を卓の上に置くと、その指先を手のひらに包んだ。

なんで、抱いてくれへんのやろ。

いつも、黒田の座敷に呼ばれるたびに思う。別に検番を通してくれなくても構わない。だから、芸妓としてではなく会って、旦那であることを明示してほしい。指先を包む黒田の手の甲に、反対側の手のひらを乗せ、大きな手を押し包む。そしてその手からはみ出した硬い指先を頬に当てた。煙草《たばこ》の匂《にお》いがする。

酒を持ってきた仲居が戸の外から声をかけたので、はじけたように雛代はその手を離してしまい、僅《わず》かな触れ合いはあっけなく終わった。

「吉岡さんとこに、いらっしゃるん？」

「ああ、しばらくは」

「姉さんに、会いました？」

「……会うてない」

一瞬の沈黙が、ぎこちない。空になった猪口に、お酒を注ぐ。男がそれを呷《あお》り、浮き上がった喉仏《のどぼとけ》を、雛代はぼんやりと見つめた。

その夜も黒田は泊まってゆけとは言わず、雛代は一座敷ぶんの時間を終えると置屋に帰った。すっかり暗くなって、旅館の窓からの灯りだけが浮かれた様子を見せる有馬川沿いの杖《つえ》捨坂《すてざか》を下る。ところどころで、川の音にも負けずに大きな、若い芸妓たちの嬌声《きょうせい》が聞こえてくる。手の指先は暖かいけれど、足袋《たび》の中で爪先が冷たかった。

なんで、抱いてくれへんのやろ。

はしたないので、口に出して訊いたことはない。けれど旦那という立場になり、これほど近くにいるのにくちづけさえしてくれない男は、本当に望んで自分の旦那になったのだろうか、と思う。

ほんまは菊代姉さんの、旦那になりたかったんやないか。

今まで何度か考えてきたことを、振り払うように雛代は首を振った。簪《かんざし》が抜けそうになり、慌《あわ》てて挿し戻す。

渋い着物も、何もしない夜も、しかしそう考えれば納得がゆくのだ。

本当に抱きたいんは、菊代なんやろ。

悔しいし、情けないし、自尊心の問題もあるから、雛代は黒田にそう訊いてあげることはしない。ただこの先、男が少しでも雛代に本心を見せるときが来るのだろうか、と不安にはなる。不安になっても、何もできない自分をもどかしく思う。

＊

雛代が泣いている夢を見た。雛代の夢を見るのなんて初めてだ。まだ薄暗い部屋の中で、布団の上に身を起こしたあと、菊代は懐かしさと憎たらしさで複雑な気持ちになった。実際に雛代を泣かせたことは何度もあった。刻み煙草の葉の中に唐辛子の粉を混ぜ、半殺しの目に遭わせたこともあったし、襦袢《じゅばん》の中にアマガエルを仕込んでおいたこともある。置屋のおかあさんには、なんでそういうことをするのか、と泣かせるたびに叱《しか》られたが、存在自体が気に食わないものはどうしようもない。雛代を哀れんで結託したほかの芸妓たちにも、まんべんなく同じような目に遭わせていたため、そのうち菊代は仕返しもされなくなった代わりに、有馬検番内で孤立した。

隣の布団では吉岡が死んだように眠っている。福原に行ってきたらしく、昨晩は菊代を抱かなかった。

孤立など、屁《へ》でもない。爺《じじい》の寝息を聞きながら、菊代は雛代の泣き顔を思い出す。親に売られたとき、泣き喚《わめ》く雛代の横で菊代は、去ってゆく両親の背中を見ながら、一生涯人なぞ信じるもんかと決めた。唇を噛《か》み締め、親に対して胸の中で騒ぐ全《すべ》ての感情を殺そうとしている横で、雛代はそんな菊代の気持ちなど知らず大声で泣く。やかましいわ、と言って頬を思いっきり引《ひ》っ叩《ぱた》いたら、雛代は目を剝《む》き怯えたような顔をして静かになった。泣いたって家へ戻してもらえへん、泣くより前にこの先どうするか考え。

あれだけ泣いていたくせに、雛代は一ヶ月もかからずに有馬での生活を受け入れた。菊代は吉岡に引き取られるまで、決して馴《な》れ合うことができなかった。

相手が爺で良かった。若い頃に亡《な》くした妻に似ている、という理由で引き取られたらしいが、それも女を口説くための嘘《うそ》かもしれない。無害な爺であれば、好きになることも嫌いになることもない。吉岡に対しては何も思わないが、愛してしまいそうな人でなくて良かったと思う。

もっと、もっと乾け、私の心。風が吹いただけでも崩れてどこかへ行ってしまいそうなほど乾けば、いずれ何も感じなくなる。黒田の顔なんか、思い出さなくなる。

「なんや、眠れないんか」

背後で吉岡が寝ぼけた声をかけてくる。

「まだ早いで菊代、こっち来」

腕を引っ張られ、生暖かい布団の中に戻された。息を詰まらせるような老人のにおいが、菊代の身体まで蝕《むしば》む。

「旦さん」

「ん？」

「菊代のこと、捨てんといて」

薄っぺらい言葉を聞き、老人は可愛《かわい》いなぁ、と言いながら嬉しそうに菊代の頭を撫でる。早《はよ》う死んでくれへんやろか。


数日後、吉岡は若衆頭と古株の直参数人とで、付き合いのある組の襲名式のため、京都に出掛けていった。いいかげん吉岡も年だし跡目を譲れば良いものを、七十にもなって表舞台に出張っていくのはみっともない、と菊代は思う。しかし誰もそれを言い出せない。坂を下ってゆく三菱《みつびし》A型を玄関先で見送り、菊代も気分転換にどこかへ出かけようと鏡台に向かって髪を整えていたら、障子越し、庭に人影があった。庭の剪定の日だったか。

かもじを入れて髪を纏《まと》め、三叉《みつまた》の銀簪を挿す。臙脂《えんじ》色《いろ》の小紋の衿《えり》を整えて障子を開けると、庭には剪定師ではなく黒田が立っていた。これほど心が乾いてくれることを熱望しているのに、黒田の顔を見れば菊代の心は逸《はや》る。雛代の旦那になったことを告げられてから、一月《ひとつき》余が経っていた。

「……もう来んといてえ、言うたやろ」

菊代の声は、平静を装《よそお》いつつも語尾が震えた。

「忘れたわ」

黒田は低くそう言うと、草履を脱いで縁側から座敷に上がり込み、うしろ手に障子を閉めた。

「黒田さん、あかん」

ここまで心を乾かしたのに。無責任な男は有無を言わさぬ立ち振る舞いで、菊代の肩を摑《つか》むと広い胸の中に抱いた。イヤ、と言う掠《かす》れた声は霧のように空気に溶け、男の鼓動は菊代の乾ききった心に、強引に水を流し込む。せっかく、乾いたのに。甘い花の匂いがする絶望に身体を委《ゆだ》ね、菊代は皮膚の下がじわじわと湿ってゆくのを感じた。

顎《あご》を摑まれ、唇を重ねられる。歯を抉《こ》じ開けられた中に舌を差し込まれると、青臭いような唾液《だえき》の味がした。吉岡のものと違い、それは熱い雫《しずく》となって菊代の中に滴《したた》る。

「あかん……」

唇が離れて崩れ落ちそうになる身体を、渾身《こんしん》の力で捩《よじ》り、菊代は背を向けるが、あっけなく黒田の手に腕を摑まれる。太い百日紅《さるすべり》の柱に縋ればもうその先に行き場はなく、汗ばんだ八つ口から乱暴に手を突っ込まれた。痛いくらいの力で乳房を摑まれ、寒くもないのに、浅ましくその先端が立つ。

「イヤ、離して、こんなんイヤや」

柱に押し付けられると、尻《しり》の上のほうに、硬い感触があった。本物の男だ。着物越しにもどくんどくんと脈打っているのを感じるが、もしかしたらそれは菊代の血管かもしれない。

それくらい興奮していた。

「やっぱり、おまえがええわ。雛代は代わりにならん」

纏めたばかりの髪の毛から簪を抜き、黒田は髪を撫でながらうなじにくちづけた。胸の突起を引っ張られ、雷に打たれたように背が撓《しな》る。

「雛代も抱いたんやろ」

「抱いてへんわ」

「……嘘つき」

帯をしたまま、裾が捲《まく》り上げられる。胸を摑まれたまま、黒田の反対の手が柔かな内腿《うちもも》を滑った。そして蹴出《けだ》しを手繰《たぐ》り、じんじんと熱くなった花弁を押し分ける。既にぬるりとした感触があり、菊代は唇を噛んだ。

「イヤやないんやろ、こんなんなって」

耳元で低く囁《ささや》かれ、菊代は身を捩る。腕の中で反転させられ、再びくちづけをされた。帯締めを外され、帯揚げが取られ、結んだ帯はあっけなく解かれた。ばさりと音を立てて畳の上に帯と小紋が落ちる。黒い襦袢も引き裂くように脱がされ、蹴出しと足袋だけの姿で菊代は襦袢の上に転がされた。黒田も、まだ明るい中で着物の帯を解き、前を開ける。

「あ……」

肌が露《あらわ》になる。二年前、筋彫りだけだった黒田の彫物には、今、鮮やかな色が入っていた。しかしその美しさを堪能《たんのう》する間もなく黒田は菊代の上に覆《おお》い被《かぶ》さり、屹立《きつりつ》した性器を腹に擦《こす》り付ける。菊代は恥ずかしさに鼻を鳴らす。

「抱きたかったで」

そう言って黒田は菊代の手を取り、性器に触れさせた。先端から、じわりと粘液が滲《にじ》む。もう抗《あらが》うこともできず、菊代は諦めて脚を開いた。黒田は菊代の、足袋を履《は》いたままの足首を摑み更に脚を開かせると、その間に腰を埋めた。粘液が触れ合い、一瞬音を立てたと思ったら、その直後にはもう黒田は菊代の中にいた。

「だめぇぇぇ」

裂けるような熱さに菊代は細い悲鳴を上げる。もうだめだ。乾かしても乾かしても、この男がいる限り、心は濡《ぬ》れつづける。抱いてほしくても抱いてくれなかったくせに、気まぐれにこんな勝手な真似をして。貫いた黒田の性器は菊代の身体を濃厚な蜜《みつ》で満たし、突き上げるたびにそれは甘い喘《あえ》ぎとなって唇から零《こぼ》れ出る。

「奥まで、もっと奥まで抉《えぐ》って」

途切れ途切れに菊代が懇願すると、一瞬焦《じ》らしたあとに、杭《くい》を打つように奥まで突かれた。その衝撃に、初めて出会った座敷で見つめられたときと同じく、菊代の息は止まりそうになる。男の荒い吐息の中、突いて抉って頭のてっぺんまで串刺しにして、いっそ殺してほしい、と願う。このまま年寄りのもとで屍《しかばね》として生きてゆくのがさだめならば、火のように熱い男の胸の下で、窒息して死にたい。痛いほど強く深く突かれ、菊代は黒田の腕にギリギリと爪《つめ》を突き立てる。応酬のように、黒田は菊代の白い肩に歯を立てる。

この傷痕《きずあと》が、吉岡に見付かれば本当に殺されるかもしれない。

それでもええの。

菊代は心の中で問う。身体の奥底から溢《あふ》れ出るものは、終わりの見えない絶望だけだ。愛してほしいと思っても、それを望むことすら諦めてきたのだから。

「菊代」

黒田が、掠れた、苦しげな声で名を呼ぶ。その声に、全ての答えが織られていた。

……ええんやな。

菊代は、喘ぎ、悶《もだ》え、黒田の名を呼び、底のない闇のような男の身体に縋る。

＊

有馬川沿いの紅葉が朱に色付き始めた。石畳の坂道に、行燈《あんどん》の灯りの点《とも》る時刻が早くなる。駅前の洋風の建物や、杉本ホテルやキングジョージホテルは、耶蘇《ヤソ》の祭りの準備だとかで、浮かれた景観を見せていた。天皇陛下の体調が芳《かんば》しくないと連日報道があるというのに、外国人たちはどこ吹く風という様子で、相変わらず笑いながら有馬の町と六甲の山を往復する。
一方、検番では若い娘たちの歌声が響く。
——枝も栄ゆるわか緑　仰ぐにあかぬ御代《みよ》ぞひさしき
——滝の白糸いとしうてならぬ　ゆるせ主あるわが片袂《かたたもと》
——落葉山こそ名所なり　めでたしめでたし　打ちましょ打ちましょ
まだ十二月までには日があるが、有馬温泉郷では入初式《いりぞめしき》の準備が始まっていた。新年明けて早々、有馬では湯もみを始めとする入初式がある。芸妓たちは湯女《ゆな》を模した揃《そろ》いの白装束で、歌と共に湯を囲み、そのあとは正月用に誂《あつら》えた着物に着替え、髪を結いなおし、有馬中を練り歩きながら新年の挨拶《あいさつ》回りをする。毎年同じことを繰り返すだけだが、毎年新しい芸妓が入ってくるので、総稽古は冬が近付くと繰り返されるのだ。

十一月も終わりに入ったころ突如置屋の主人に、黒田から雛代への金銭援助が打ち切られる、という話をされた。部屋に呼び出された雛代は話の意味が判らず、ポカンと口を開けて返す言葉を探した。

「どういうことやねん」

「雛代が、また旦那なしに戻るっちゅうことや」

言いにくそうに、主人は言った。そして問う。

「おまえ、なんか失礼でもしたんか。黒田さんやのうて、菊代ん旦那の吉岡はんから検番に連絡があったらしいで」

「なんのこっちゃ、失礼はあっちのほうやないの。私はなんもしてへんで、ほんま、冗談やなく、なんもしてへんのやで、お父さん」

本当に意味が判らなかった。部屋へ戻って座敷の準備をしている最中、不可解さは怒りに変わった。勝手に旦那になっておきながら、こっちの言い分も聞かずに、また勝手に旦那を降りるという。おかげで雛代は旦那に捨てられた芸妓としてケチが付くのだ。

その夜の座敷は散々だった。芸妓四人で立方として行ったのだが、地方の先輩芸妓の歌が下手だし、打ち合わせと違う曲を演奏された。お座敷遊びをすれば雛代が負けるし、おひらきさんでは負けつづけ、下帯を客の前で丸出しにする羽目になる。

おーひらーきヨイヤサー。

客の男と向き合って、じゃんけんで負けたほうが掛け声に乗せてじりじりと足を開いてゆく。客の声も芸妓の掛け声も、雛代が黒田に捨てられたことを嘲《あざけ》り笑っているように聞こえる。仕舞いには脚の内側の筋が変な具合に痛み、うしろ側に尻餅《しりもち》をついてしまった。雛代ちゃんの負けやでー。笑い声は楽しそうで、雛代だけが楽しくなくて、それでも笑顔で酔っ払いの相手をしなければいけないことが、限りなく惨めに思えた。

「あんな大胆に脚開いたらあかんて。ちょっとずつちょっとずつ開いてけばええねん。そしたら客のほうが先に倒れるわ」

帰り道、寒風に吹かれながら、他の置屋の先輩芸妓が雛代に説教をした。

「けど、じゃんけん一遍も勝たれへんかった」

沈んだ声でそう答えると、先輩芸妓は哀れんだように笑い、それきり何も言わなかった。

御所泉源の三叉路《さんさろ》で全員と別れ、雛代は一人わたり席へ帰る。座敷を終えた芸妓たちが帰ってくる時間帯なので、狭い玄関先は酒の匂いに満ちていた。お疲れさんです。お疲れさんです。年下の芸妓たちに挨拶されながら、一階の奥の部屋へ戻る。髪を解き、化粧を落とし、風呂へ行こうかどうか悩むが、誰かと会って何かを喋ることの煩《わずら》わしさを考えて、行くのはやめた。

結局、黒田が雛代を手放した理由は判らなかった。ただ単に不義理な人なだけかもしれないけれど、不器用そうな人柄は、そうは見えなかった。自分には人を見る目がないのかもしれない。

寝間着に着替え、布団に入ってもなかなか寝付かれず、入り口近くの柱時計が一時を打つ音が聞こえてもまだ目が冴《さ》えていた。隙間風《すきまかぜ》が起こす悲鳴のような音もひどい。こんな寝不足では明朝の検番稽古に遅れる。明日は総稽古だから遅れるわけにはいかないのに。

柱時計が二時を打つ。ようやくうとうとし始めたころ、窓の雨戸を叩《たた》く音が聞こえた。風で木の枝でも触れているのかと、最初は放っておいたが、何度も繰り返し、叩く音が聞こえる。

夏でもあらへんのに、怪談かいな。

やっと寝付けると思っていたのに。恐怖よりも怒りのほうが勝り、雛代は起き上がると乱暴に障子を開け、雨戸の心張りを外して勢い良く開いた。吹きっ晒《さら》しの中、立っていたのは落ち武者でも顔を腫《は》らしたお岩でもなく、かつて姉と呼んだ女だった。一年半近く会っていなかった姉は風の中で髪と息を乱しながら、雛代を見つめていた。

「姉さん……」

「雛代、助けて」

憔悴《しょうすい》しきった顔をして、菊代は窓枠越しに雛代に縋る。近くで見ると、菊代の頬には殴打《おうだ》された痕があり、唇からは血が滲んでいた。あれだけ嫌っていた女だというのに、不思議なことに、ざまあみろ、という感情は起きなかった。雛代は手を貸して菊代を窓から部屋の中へ入れる。襖に突《つ》っ支《か》い棒をし、雨戸も閉めなおすとマッチを擂《す》って灯りを点《つ》けた。

菊代は壁に凭れかかって座り、死んだような顔をして揺れる火を見つめていた。よく見ると着物も足袋も、山を歩いてきたかのように汚れている。

「どうしたん、何があったん、熊《くま》にでも襲われたんか」

雛代の言葉にも菊代は反応せず、ただ、堪忍《かんにん》な、と呟《つぶや》く。

「めっちゃ迷惑やねん、けどこんな時分に追い返すわけにもいかへんやろ」

「……黒田さん、殺されてしもうたかもしれへん」

菊代はそう言うと、わっと声をあげて泣き崩れた。雛代は意味が判らず、乱れた姉の頭をただ見つめる。

「なんでや」

「堪忍して」

「どういうこと、今日の昼黒田さんのことで、あんたの旦さんから家に連絡あったんやで、なんか関係あるん」

問うても菊代は、堪忍してや、という言葉を泣きながら繰り返すばかりで、雛代がその理由を聞き出すまでには、ずいぶんと時間が要った。菊代の泣くところなど、初めて見た。女衒に売られた日にさえ泣かない、弱いところなど見せない姉だったのに。

仲が悪くなったきっかけなんて、もう憶えてもいないけれど、たぶん、親に売られ、泣き喚いていたところを引っ叩かれたときが始まりのように思う。既に記憶はおぼろげだが、相当痛かった。涙ひとつ見せぬ菊代は、何を考えているのか全く判らず、冷たく凍りついたような表情は、それまで一緒に喧嘩したり遊んだり、親に叱られたりしていた姉のと同じものとは思えなかった。

菊代が一方的に雛代に嫌がらせをしているように、置屋の芸妓たちには見えていただろうが、おそらく最初に距離を置いたのは雛代のほうだ。思えば年もひとつしか変わらぬ、まだ子供だったのに、姉だから、という理由で親に抑圧されてきた菊代は、天真爛漫《らんまん》そのものの雛代を大層疎《うと》ましく思ってきたのだろう。距離を置けばすぐに、二人の間には大きな亀裂《きれつ》が入り、姉妹関係はねじれ、十年の歳月でその関係は修復不可能なところまで来てしまった。

そして、菊代はそのねじれた関係を、真ん中から引き裂いた。

雛代は、憔悴した姉に対して声を荒らげる。

「人の旦那と寝ておいて、助けろって、どういうこっちゃねん。散々嫌がらせしておいて、こんなときだけ頼ろうって、虫がよすぎるんとちゃうんかあんた」

菊代はそんな雛代の声に壁際《かべぎわ》まで追い詰められ、泣きながら謝罪を繰り返す。

「ほんま、悪かったわ。でも、好きやったん、どうしようもないくらい黒田さんのこと好きやったん」

「ほんならあんなクソジジイのとこ行かんで、有馬におったら良かったやないの、勝手に出てってジジイに浮気がばれたって私にも家にも迷惑掛けて、ほんま腹立つわこのクソアマ」

「……もう、雛代と比べられるの、嫌やったん」

その答えが信じられないほど弱々しかったので、雛代は思わず言葉に詰まる。

「あんたのほうが、何したって私より上やったやんか、年だけは私のほうが上やったから、情けなくて、早うあんたから離れたかったんや、そうしたらもう比べられんで済むし、あんたも嫌な思いせんで済むやろ」

「……」

腫れ上がった顔の菊代は、泣いたのでますますひどいことになっていた。部屋の中には啜《すす》り泣く声だけが響く。雛代は立ち上がり、箪笥《たんす》を開けると中から黒田が送ってきた紫の着物を引っ張り出した。あと、僅かだが花代を貯《た》めておいたへそくりの入った袋も、中から探し出し、菊代の前に投げ出す。

「着替え。そんで、日が昇る前に逃げ」

「雛代……」

「あんたの顔なんか、もう見とうない。亀乃尾《かめのお》滝沿いの坂を下って南に行けば神戸港がある。吉岡の旦那が幅利《き》かせてんのは関西だけやって黒田の旦さんが言うてたわ。神戸から遠くに逃げられれば、足はつかへんやろ。船乗って、もうどっか遠く行ってまえ」

雛代の言葉と行動に、菊代は再び泣きながら、おおきに、堪忍な、と繰り返す。雛代は、菊代が汚れた着物を脱いで紫の着物に着替えるのを見ていた。髪を纏めて結いなおすと、顔が腫れ上がっているにも拘《かか》わらず、やはりその着物は信じられないくらい菊代に似合っていた。黒田が見ていたのは、やはり雛代という傀儡《かいらい》を通した菊代だったのだ。

再び窓を開ける。風が強くなっていた。窓枠を乗り越える菊代の足元を見て、足袋もぼろぼろであることに気付いた雛代は、もう一度箪笥を漁《あさ》り、白い足袋を手渡す。受け取った菊代は、じっと雛代を見詰め、言った。

「手紙、書くわ」

「いらん。さっさと行き」

「ごめんな。赦《ゆる》してな」

外に出た菊代は、風に飛ばされるようにして闇の中へ消えていった。秋は深く、夜明けはまだ遠い。

あんなに嫌いだったのに。百万遍くらい死ねと願っていたのに、今は姉が生き延びることを願っている。どれだけ私はお人よしなんや。雛代は開けっ放しの窓の外に広がる闇を見つめながら、姉のひどい有様を思い出して少しだけ笑った。

怒りは、不思議なほどになくなっていた。むしろ今は心が爽快《そうかい》だ。

黒田は最初から自分など見ていなかった。そして、顔を醜く腫らして泣きながら黒田を好きだと言った姉に比べれば、自分は特に黒田など好きではなかった。比べられるのが嫌だった、と菊代は言ったが、どれだけ完璧《かんぺき》主義なのだあの女は。そもそも芸事が雛代ほど達者でなくても、数少ない贔屓の客に引き取られて不自由ない生活をしていたし、あんな伊達《だ》《て》男にも、死ぬ危険を冒してまで愛され、抱かれていたのだ。座敷の数は多く人気者だが、まだ生娘の雛代と並べれば、比べるまでもなく女としては菊代のほうが段違いに優れている。

さっきのが、最後の喧嘩かもしれへんな。

雛代は雨戸を閉め、障子を閉めた。畳の上には、脱ぎ散らかした汚れた着物と帯が転がっている。

もし手紙を書いてきても、絶対に返事なんて出してやるものか。

＊

山を下ると言っても、神戸の港と有馬温泉郷は想像を絶するほど遠かった。灯りもなく、ただ暗い道を勘を頼りながらひたすら走る。途中でまめが潰《つぶ》れ、履いていた足袋が血塗《ちまみ》れになり、菊代は雛代がくれた足袋に履き替えた。そして再び走り出す。

ごうごうと耳の横を唸《うな》る風が、吉岡の怒号に聞こえ、背筋が凍った。

黒田と、離れることができなかった。自分の中にこれほどの情熱があったとは知らず、身体の中に燃え上がる炎を鎮火しようと、一月のあいだ何度も黒田に抱かれ、そのたびに炎は収まるどころかますます大きくなり、結局どうしようもなくなった。いっときも離れたくない。そう思ったのは菊代だけではなく、黒田も同じだったのだろう。結果として吉岡の耳に入り、事実を問いただされた。

申し訳ありません、という言葉は、ときに詫《わ》びの言葉にならない。全てを肯定する。なんでそこまで融通が利かないのか、と黒田の言葉を聞いて菊代は泣き出しそうになった。これから訪れる恐怖にではなく、その正直な気持ちに。

覚悟はできとります。

寒風の吹く庭の中央で裸に剝かれた黒田の身体には、鮮やかな彫物が入っていた。その中に、埋もれるようにして見知らぬ花が一輪だけ咲いている。花弁の端が山吹で、中央は赤紫の丸い花だ。

……天人菊《てんにんぎく》か。

数人の若い衆に取り押さえられた黒田の肌を見て、吉岡は言った。

菊代の菊か。えらい好かれようやなぁ、菊代。女冥利《みようり》に尽きるやろ。

なんと返答すれば良いのか判らず、菊代は黙り込み、吉岡の顔を見つめた。

天人菊には似た花があるねんで。春車菊《はるしゃぎく》言うてな、天人菊と違うて実が床虱《とこじらみ》に似てんねん。菊代、おまえはそっちの偽物《にせもの》のほうやったんやなぁ。床虱やったんやなぁ。

そう言って、吉岡は吸っていた葉巻を菊代の頭に近づけ、火種をこめかみに押し付けた。

痛みと熱さに悲鳴をあげ、菊代は床に転がる。

黒田は外で、縄に括《くく》られていた。立派な松の枝に縄を掛けられ、頭を下に吊《つ》るされてゆく。

枝の下には池があった。

やめて、死んでまう。こめかみを押さえたまま菊代は起き上がり、吉岡に縋り付くが、平手でその頬を張られた。口の中に血の味が広がる。ぼやけた視界の中で黒田の身体は水の中に落とされる。黄色と赤紫の花びらが、水飛沫《しぶき》と共に音を立てて散ったように見えた。

純粋に、雛代に対しての嫉妬《しっと》もあった。この男が雛代の中にも入ったのだと思うと、切り落としてしまいたくなった。黒田が死んでしまうのだったら、一緒に殺してくれと吉岡に頼めば良かった。このままでは殺されるから逃げろという女中の手引きで、屋敷を出てこられたは良いけれど、頼る人が雛代しかいないという皮肉に、菊代は自分のことながら呆《あき》れた。旦那を失う元凶となった女だというのに、妹は憎まれ口を叩きながら逃がしてくれた。

ほんま、お人よしなんやから。

山は下りきった。港へ向かう標識を頼りに足早に歩いていると、街の景色が見えてくる。東の空がうっすらと白くなってきていて、ふと下を見ると、足袋の親指の部分がほつれ、指の爪《つめ》が見えていた。あ、と思う。いつか、雛代への嫌がらせで、自分が糸を解いた足袋だ。親指だけ糸を抜いておいて、その足袋を履いて座敷に出た雛代から、鬼の形相で殴りかかられたのだ。まだ捨てずに持っていたとは。

仕返しか、これがあんたの。

振り返り、背後にそびえる暗い山を見る。まだ眠りの中にあるであろう山は、何も答えず、ただ菊代を先に行けと促す。

ガス灯は既に落ちていた。海岸通りはぼやけた朝日に照らされ、立ち並ぶ商館のビルディングが朝靄《あさもや》の中で鈍く光っている。セーラー服を着た外国の水兵らがもう活動を始めていた。新聞を配る自転車の少年たちも忙《せわ》しげにゆき交う。

もう一度、菊代は振り返って霧掛かる山を見た。

生きよ、と六甲の山は言う。死ぬことすら叶《かな》わなかったのだから、せめて裏切り傷つけた者たちへの贖罪《しょくざい》の日々を生きよ、と。

世界は有馬検番だけではなく、吉岡の屋敷の離れだけでもない。

胸の中で別れを告げ、再び前を見ると、朝焼けの波止場は水面を輝かせ、山はその海原の先へと菊代の背を押した。

一月後、年号は昭和へと変わる。

凌霄葛《のうぜんかずら》

女学校に退学届を出す日、小鳥のさえずりのように美しい声を持つ級友の多恵が、婚約者となった海軍少尉《しょうい》の写真を学校に持ってきた。まあなんて美しい軍人さんかしら。放課後、軽やかで罪のない声をした級友たちが多恵の周りに集まり、写真の男を誉《ほ》めそやす。

「如月《きさらぎ》さんも御覧なさいよ、とても素敵な殿方だわよ」

事情を知らない級友が声をかけるので、泉美《いずみ》もその輪に加わり、もうこれから一生自分には縁のないであろう、若くて精悍《せいかん》な軍人の写真を、暗い瞳《ひとみ》で眺めた。

「結納はいつなの？」

「年が明けてから、神宮様で」

「素敵ねえ」

少女達の華やかな声が泉美の気持ちをより一層深い闇《やみ》へと落とした。幸せそうに微笑《ほほえ》み答える多恵の姿をなるべく見ないようにして輪から離れ、泉美はそっと教室を出ると学長室へ向かった。廊下の窓からは外の銀杏並木《いちょうなみき》が見渡せる。今月に入ってから一斉に山吹に色付き、早いものになると風に吹かれてはらりはらりと舞い落ちていた。学長室では既に事情を知っている年老いた学長が泉美の来訪を待っていた。何か声を出せば叫ぶか泣くかしてしまいそうだったので、泉美はぎゅっと下唇を噛《か》んで、鞄《かばん》の中から退学届を出すと、無言で目の前の机に置いた。学長の座っているうしろの窓は開け放されていて、肌寒い風が幽《かす》かに部屋を通り抜ける。ひらりと黄金色《こがねいろ》の葉が一枚舞い込む。眉《まゆ》を顰《ひそ》めて泉美の顔を見ていた学長は、あなたのせいではありませんよ、と僅かに諦《あきら》めを含んだ声で言った。

「気を強くお持ちなさい。何を言われても何が起こっても、誇りだけは捨てぬよう、あなたはこの学校の生徒だったのですから」

はい。泉美は何もかも諦めた声で答える。

長い廊下を抜け、一人校舎を出たら、諫《いさ》めるような冷たい風に吹かれた。その寒さに、泉美の目からはどっと涙が溢《あふ》れた。

麹町区《こうじまちく》の二百坪の土地に建つ屋敷が、泉美の新居となる妾宅《しょうたく》として与えられた。もともと三島本家の持つ土地と屋敷で、一年と少し前に住んでいた血縁が亡《な》くなり空いていたのだそうだ。母親のタツ子との同居を許されてはいたが、泉美にも、タツ子にも、泉美の主人となる三島章太郎にも良いことがまるでないので、同居は断った。タツ子は自身の実家である杉並の古い家に移ることになり、麹町は泉美とその女中が二人住むだけの慎ましやかな屋敷となった。事情を知る年嵩《としかさ》の女中たちは、まだ十七になったばかりの泉美を静かに哀れみ、せめてもの気遣いか、その若い娘を奥様とではなく泉美様と呼んだ。

位牌《いはい》はタツ子が持っていったので、泉美は遺影だけを仏壇に飾った。幸せそうに微笑む若い父。会社を潰《つぶ》し、家を潰し、家財を売り、自殺した上に娘を妾《めかけ》として売ったバカな優男。まだ女学生だった泉美には男の商才など判《わか》りもしないが、父には確実にそれは具《そな》わっていなかった。

女学校を退学し、麹町に引っ越した一週間後の夜遅く、三島章太郎が初めて泉美のもとを訪れた。広い玄関の車寄せに車をつけて降りてきた章太郎は、首を吊《つ》って死んだ父よりも年上だ。一度軽井沢の園遊会に家族で招かれてその堂々とした風格の姿を見たとき、泉美はまだ十一だった。偉い方なので、きちんとご挨拶《あいさつ》をするのだよと父に言われ、泉美は章太郎の前で、一生懸命覚えた挨拶の言葉を述べた。会ったのはそれ一度きりだったのに、よくもまあ泉美の存在を憶《おぼ》えていたものだ。

「いらっしゃいませ」

泉美は玄関の前で章太郎に頭を下げる。紬《つむぎ》の袖《そで》の八つ口から外の冷たい空気が入り込んで、柔かな脇《わき》を撫《な》でた。

「こういう場合は『おかえりなさい』と言うのだよ」

女中たちが間違いを正す前に、章太郎本人が注意をした。家へ入った章太郎は、吹き抜けの玄関ホールで上着を脱いで女中に渡し、はめ殺しの高窓の続く廊下を渡る。そして南へ面した洋間へと運んだ。毛足の長い生成《きな》りの絨毯《じゅうたん》に踵《かかと》が埋まる。深緑のびろうどのソファに深深と腰掛けると、章太郎は泉美を呼んで傍らに座らせた。あまり足を踏み入れたことのない部屋だったが、顔を見る限り章太郎の気に入っている部屋らしい。高い書棚には難しそうな本が隙間《すきま》なく埋まり、出窓際《ぎわ》の象嵌《ぞうがん》の施されたテーブルには鉄砲百合《ゆり》の花に似た蓄音機が置いてある。

隣の男からは、舶来の香水か整髪料の匂《にお》いがした。能動的なその香りが老臭と混じり合って泉美は胸が悪くなる。同じ年代の男と較《くら》べて見た目がそう悪いわけではないが、この酷《ひど》いにおいのする男に抱かれることを思い、多恵の婚約者の美しい軍人と較べたら、己が惨《みじ》め過ぎて泣く気も失《う》せた。章太郎は女中の運んできた琥珀色《こはくいろ》の洋酒を一口二口だけ飲み、グラスを置くと泉美の長い髪を撫でた。

「大きくなったね」

やはり憶えていたのか。泉美は、はい、と答える。

「前に会ったのはいつだった？」

「私が十一のときでございました」

もう六年も経《た》ったか、と章太郎は独り言のように呟《つぶや》き、続けて、君には酷な話かもしれないが私のことを恨むのは筋違いだよ、と戒めた。はい、と泉美は答える。君はもうこうしてしか生きてゆけないのだからね。はい。判っているのならそういう反抗的な顔をしないで、むしろ私に礼を言いたまえ。泉美は深い屈辱に唇を嚙む。

「……ありがとうございます」

章太郎の手が、泉美の胸に伸びる。衿《えり》の合わせの間にその太い指が入り、柔かな胸の膨らみを弄《もてあそ》んだ。固くなった紅色の突起を指先で抓《つま》んでその先端を擦《こす》り、引っ張る。

「……う」

嫌悪感《けんおかん》と、それに反するおかしな感覚に泉美は呻《うめ》いて、咄嗟《とっさ》に身を引いた。その晩章太郎は、疲れているから、と泉美を抱かずに、日付が変わってから本宅へと戻っていった。暖かい湯船に身を沈めて、泉美は目を閉じる。章太郎に触られたほうの胸と、脚の間がじんじんと熱を持って、いつまで経っても収まらなかった。

前の年の大正十四年、日本で普通選挙法が成立した。しかし参政権が付与されたのは男だけであり、女が政治に参加するなど、この時代には考えられなかった。女学校では新婦人協会や青鞜社《せいとうしゃ》の話を聞く機会もあったが、今となっては泉美にはどれも遠い話である。章太郎は年内にもう一度だけ泉美のところを訪れたが、そのときもまた、抱かなかった。胸を弄び、唇に指を触れ、その柔かさと弾力を指の先で楽しむだけだった。

章太郎の来た明くる日、耶蘇《ヤソ》の祭りの日、病弱だった大正天皇がとうとう崩御され、年号が昭和へと変わった。自分は三つの年号を生きる女となったのだ、と、崩御を伝える新聞の大きな見出しを眺めながら泉美は思った。三年前の大震災で家を焼かれた級友たちもいたが、泉美の家は倒壊することも焼かれることもなく無事だったのに、結局家も土地も売られ、自分まで売られた。いっそ家族皆で倒壊した家の下敷きになっていたほうが良かったのかもしれない。

麹町の屋敷で初めて迎える年越し。二人の女中は里帰りし、広い屋敷に泉美はただ一人、西洋柱時計の音を聞きつつ年を越した。

年が明けて二日経った夜遅く、屋敷に来訪者があった。女中たちはまだ戻ってきていない。電門の横に止まった車は章太郎のものとは違うように見えるが、闇に紛れてよく判らない。電球を消した二階の自室から、降りてくる人の様子を窺《うかが》った。冷たい満月の煌々《こうこう》とした光に照らされたその姿はまだ若い男だった。男は躊躇《ちゅうちょ》することなく門の通用口の鍵《かぎ》を開けると敷地へと入ってきて、階下からもガチャガチャと鍵を開ける音が聞こえてきた。なぜ章太郎以外の男がこの屋敷の鍵を持っているのか、考える暇もなく泉美は階段を駆け下りた。電球の紐《ひも》を引くと、ぱっとその男の姿が橙《だいだい》に浮かぶ。泉美よりも幾分か年上だろうが、洋装で、上背があるわりに華奢《きゃしゃ》で顔は幼い。男は突然現れた泉美の姿を見止め、うわっ、と小さく声をあげた。酒のにおいがした。

「ここは三島章太郎様のお屋敷です。他の男の方を上げるわけに参りません」

泉美は震える声で男に伝えた。男は白い寝間着姿の泉美を凝視したあと、ああなんだ人間か、と笑った。

「ここは僕がお父さんに貰《もら》ったはずの屋敷なんだけど、どうして人が住んでいるの。君は誰の娘？　青山？　神楽坂《かぐらざか》？　ああ、もしかして如月さんのお嬢さんかな」

その言葉で、男が三島章太郎の息子であろうことが判明した。青山と神楽坂というのは三島の妾宅のある場所だろう。傲慢《ごうまん》な態度が鼻についたが、悪気はなさそうだったので、泉美は最後の言葉に頷《うなず》いて、非礼を詫《わ》びた。

「それにしても随分若いね。僕よりも年下なんじゃないの」

「十七でございます」

「やっぱり。その若さであんな爺《じじい》の相手なんて嫌だろう」

男は帰るそぶりも見せず、いつかの章太郎のように真《ま》っ直《す》ぐ洋間へと向かって、扉を開けるとソファに腰掛けた。そしてテーブルの上にある真鍮《しんちゅう》の燭台《しょくだい》にマッチを擦って火を灯《とも》す。

「今晩はここに泊まらせて。車を帰してしまったから」

「……でも」

「もともとここは僕が二十歳になったら貰う約束をしていた家なんだ。君のほうが想定外なんだよ。まさか父があの年になって六人目を囲うなんて思ってもみなかった」

おそらく実の息子だろうが、それでも主人以外の男を泊まらせて良いのか。泉美は目の前のソファで身体《からだ》を横たえる傲慢な若い男を見ながら、六番目であったことに少なからず落胆している自分に気付いた。それだけ愛人がいれば、自分のところに通う頻度の少なさにも合点がゆく。

「何かあったら、おっしゃってください。二階の奥の部屋におりますので」

泉美が言うと、男は生返事をしてそのまま目を閉じた。既に日付は変わっている。泉美は部屋を出て自室に向かったが、階下で揺れる橙の蠟燭《ろうそく》の明かりと、その中で眠る男を思うと、なかなか寝付かれなかった。

二日後、女中のセイが戻ってきてから男の名前が判明した。容姿と言動を伝えたらそれは正妻の長男の吉明様だろうと言う。昼近くになって泉美が起きたときには、男は既に洋間から消えており、燃え尽きた蠟燭の残骸《ざんがい》だけが燭台を汚していた。

「あたしは若い頃に本家で奉公させていただいてたんですが、吉明様は奥様が他の男と通じて産んだ子だって噂《うわさ》がありましてね」

声を潜めたセイの言葉に、嗚呼《ああ》なるほどと泉美は頷いた。正妻がどのような女だったかもはや記憶にないが、三島章太郎の子にしては、少し線が細すぎるし、顔もまるで似ていない。

「流石《さすが》にそういう噂のある子供を跡取にはできないんで、旦那《だんな》様は他に女の人を色々と囲ったんですよ。神楽坂に、跡取になる予定の男の子が生まれてからはもっぱらそちらの面倒を見ているようですよ」

「その子は幾つなの？」

「確か十九だったはずです。吉明様が今二十一なんで、旦那様は噂を聞いてすぐ他にあたったんでしょうね」

自分の両親もそれなりに貴族的なところがあったが、財閥系の金持ちの奔放さは計り知れない、と泉美は溜息《ためいき》をついた。その日の午後になって、三越《みつこし》の外商が洋装一式を届けに来た。明日帝国ホテルで行われる三島家一族と、懇意にしている人たちの新年パーティーに着てくるようにという言伝《ことづ》てだった。紫色のドレスに黒い外套《がいとう》と帽子、ウールの細い手袋。天皇崩御を気遣ってかきらびやかなものは何一つなく、どれもまだ若い泉美には地味すぎる。

「……見せ物になりに行くようなものだわ」

その場にはおそらく父と懇意にしていた者も来るのだろう。呟いてから泉美は、女学校を退学した日に言われた学長の言葉を思い出した。何を言われても何が起こっても、誇りだけは捨てぬよう。

呪詛《じゅそ》のようにその言葉を頭の中で繰り返しながら、泉美は帝国ホテルの煉瓦《れんが》造りの玄関をくぐった。メインロビーは高い吹き抜けだが、ストーブが焚《た》かれて暖かい。地味ながらも綺《き》麗《れい》に装《よそお》った婦人たちの上品な笑い声が、其処《そこ》彼処《かしこ》から漣《さざなみ》のように聞こえる。外套を脱いでクロークに預け、会場となっているホールへと向かいながら冷たくなった指先を擦《こす》り合わせていると、食堂前の大きなブラケットの前で早速見知った顔を見付けてしまった。

「如月さん」

知らぬ振りをして通り過ぎようとしたが、小鳥のような声が泉美を呼び止める。

「あなた突然学校お辞めになって、心配していたのよ。どうしていたの？」

大谷石《おおやいし》の柱を背に、品の良い臙脂《えんじ》の振袖を纏った多恵は罪のない顔をして泉美の顔を覗《のぞ》き込む。傍らには多恵の家族と例の美しい軍人がいた。多恵の母と思われる女が黙ったままの泉美の顔を見て、咄嗟に多恵の手を引き、ホールへ行きましょうとその場から離れた。いや、如月さんと話したいのに、という多恵の声が遠くなる。残された泉美が立ち尽くしていると、うしろから知った声が聞こえた。

「随分嫌われてるね君」

振り返るとそこには吉明が立っていた。中途半端《はんぱ》に長い髪をうしろに撫でつけ、仕立ての良さそうな燕尾《えんび》服《ふく》が長身に似合っている。

「その理由はあなただってご存知でしょう」

なんとなくほっとした気持ちを悟られないよう、泉美はわざと冷たい声を出した。

「君は立派だと思うよ。妾としてきちんと君のお母さんに送金してあげているんだから。もしさっきのお嬢さんの父上が如月さんのように会社を潰して、逃げるか死ぬかしてしまったら、あのお嬢さんが君のように振舞えるとは思わない。ただおろおろしてあの海軍さんのおうちに泣きつくだけだろうね」

「私を慰めてくださってるの？」

「いや、そういうつもりもないけど。ところで君のお母さんは漆間《うるま》家の出だろう。なぜ会社を潰す前にお母さんの実家に資金援助を申し込まなかった？」

「……父の見栄《みえ》です。男の沽券《こけん》に関わると」

泉美の答えに吉明は一瞬の沈黙ののち、腹を抱えて笑い出した。その高笑いに周りの客が振り向き、声の主を見止めるとふいと目を逸《そ》らす。

「男ってバカだね。見栄のためには娘を爺に売ることも厭《いと》わないのか」

声が大きい。これじゃ確実に見せ物だ。泉美は慌《あわ》てて諫めようとしたが、その手を吉明が摑《つか》んで、玄関へと引いた。

「こんなパーティーに出ることないよ、僕も君もただの見せ物。浅草に初詣《はつもうで》にでも行ったほうがまだマシだ」

「でもあなた三島様の長男でしょう、何を勝手な」

「神楽坂の息子がうまくやるだろうよ」

クロークに預けた外套を引き取る間もなく吉明は泉美の手を取ったまま外に出て、待ちのタクシーに乗り込むと麴町の住所を告げた。浅草に行きたかったのに、と少し泉美は落胆するが、玄関で心配そうに待っていたセイの顔と、そのセイを見て嬉《うれ》しそうに顔を輝かせる吉明を見たらどうでも良くなった。セイは吉明が十五になるまで本家にいて、そのあとは療養がてら軽井沢の別荘へ、そして体調が良くなってから泉美のために東京に戻ってきたと聞いた。再会を喜ぶ吉明にセイも笑顔で応じるが、二人で帰宅した経緯が判らず、吉明が一人洋間へ入っていったあと、泉美に説明を求めた。

「パーティーで一緒になったの」

「……ご自分のお立場をお忘れなきよう。何かあったら私が叱《しか》られるんですからね」

もう一人の女中は、田舎の母が倒れたのでしばらく戻れないと連絡があったそうだ。セイの言葉に頷き、泉美は洋間へ向かった。中では吉明がソファに寝そべって、蠟燭の明かりを頼りに本の頁《ページ》を捲《めく》っていた。

「セイに怒られてしまったわ、自分の立場を考えろって」

泉美が抗議すると、それは悪かったね、と全く悪びれずに吉明は言い、本を閉じて言葉を続けた。

「ここの居住権は諦めるから、この本棚の本だけでも持って帰って良いかな。君はどうせ読まないだろう」

「三島様に聞いてみないと判らないわ。それに三島様が次にいついらっしゃるのかも判らないから、お約束はできません」

おそらく章太郎は蔵書になど興味もないだろうが、「立場」を考えるとそう答えるしかなかった。

泉美の懸念《けねん》したとおり吉明はまたしても帰るそぶりを見せなかった。泉美が部屋を出て二階へ戻ったあと、階下から幽かにワルツが聞こえ始めた。蓄音機があるのは知っているが、ただの飾りだと思っていた。本当にレコードがあったのか。優雅なワルツの旋律を聞いていたらうずうずと身体が動き、結局泉美は再び洋間へと向かった。扉を開けると吉明はテーブルの上に本を積み上げ、髪の毛が燃えそうな位置に燭台を置いて分厚い本を読みふけっている。扉の前に佇《たたず》む泉美の姿に気付くと、どうしたの、と尋ねた。

「ワルツが聞こえて」

「ああごめん、五月蠅《うるさ》かった？」

吉明は立ち上がり、蓄音機の針を外そうとしたが、泉美は駆け寄ってその手を止めた。

「聴いていて良いかしら」

「良いよ。なんなら踊るかい？」

「それは……」

章太郎様やセイになんと言われるか判らないから、と断ろうとしたら吉明は何を勘違いしたのか、ワルツくらい先生かお父さんに習っただろう、と言って強引に泉美の手を取り、細い腰に腕を回した。寝間着に着替えないでいて良かった。紫色の柔かいドレープがふわりと足元を舞う。

パーティーに必要なダンスの踊り方は父が教えてくれた。十歳になるかならないかの頃から、どこに出しても恥ずかしくない娘になるようにと洋風文化を身につけさせる一環で、まだ小さな泉美の身体を抱え、ステップの踏み方、腕の角度、顔の方向など基礎的なものを教えた。上手に踊れるとタツ子がキャンディをくれたし、父も褒めてくれたので泉美はダンスが好きだったが、結局一度も公《おおやけ》の場に出ることなく日陰で生きる身となってしまった。今後多恵のように、パートナーを連れてダンスパーティーに出られる日はこない。

ダンスホールに見立てるにはそれほど広くはない部屋だが、吉明のリードはその閉塞《へいそく》を思わせない軽やかさで、自然に泉美の身体はほぐれた。見つめあい、子供のように笑う。何よりも、冷えた手と身体に添えられる吉明の手のひらは、とても温かくて安心した。

「上手に踊れるじゃないか」

「ありがとう。でもお父様に習っただけよ」

吉明の身体からは何かの香水の匂いがした。いつか章太郎の身体から漂っていた胸の悪くなるようなものではなく、白いシャツのように清潔な、茉莉花《まつりか》を思わせる香りで、泉美はそれを胸に吸い込んで目を閉じた。恍惚《こうこつ》とした陶酔感は香水のせいだけではなく、泉美の身体を駆け巡って芯《しん》の方を熱くする。

息を乱し、先に体勢を崩したのは吉明の方だった。レコードが二つ目のワルツを奏《かな》で出して少ししたとき、吉明は絨毯に爪先《つまさき》を取られ、つんのめって泉美に覆《おお》い被《かぶ》さるようにして倒れこんだ。幸いにして絨毯が柔かかったので泉美にも吉明にも怪我《けが》はなかったが、はずみで上気した頬が触れ合い、荒い吐息が耳を掠めた。泉美は咄嗟に身を引く。しかし、重なり合った手だけ振り解《ほど》けない。

一呼吸の沈黙が永遠のように長く、刹那、扉を開け放つ音がその永遠を切り裂いた。二人の間に冷たい風が通う。振り向けば、そこには燕尾服姿の章太郎が吽形《うんぎょう》の顔をして立っていた。吉明は無言のまま立ち上がり章太郎を見据え、やがて目を逸らすと扉の方へと歩き出したが、扉の前で章太郎に腕を摑まれ、立ち止まらざるを得なかった。

「あまり私に恥をかかせるな」

「……申し訳ありません、お父様」

傲慢な吉明が、章太郎の前では借りてきた猫のように大人しい。泉美は驚いてその豹変《ひょうへん》振りを見ていたが、吉明の瞳からはどこか反抗的な光が失せていなかった。吉明が扉の向こうへと消えたあと、章太郎は座り込んだままの泉美のところまで来ると、肩が外れそうなほどの力で腕を摑み上げた。痛みに呻いても章太郎は離すことなく、逆に容赦なく締め上げる。

「君は自分の立場を判っているのかね」

「………」

「吉明に何をされた」

「何も。ダンスを教えてもらっていただけです」

「嘘《うそ》をつくな」

腕を摑む力が緩んだと思ったら凄《すご》い勢いで頰を引《ひ》っ叩《ぱた》かれ、泉美は再び絨毯の上に倒れ込んだ。床に伝わる振動でレコードの針が飛び、蓄音機の奏でるのは、さっきまで吉明と踊っていた曲目になる。何が起きたのか良く判らなくて泉美は頰を押さえ、その場に蹲《うずくま》った。痛さに頭が朦朧《もうろう》として舌まで痺《しび》れていた。

章太郎は険しい顔をしたまま泉美の身体を押し倒し、その上に覆い被さり忙しなくドレスの裾を捲《まく》り上げた。顔にかかる息が酒臭い。いや、やめて。抗議したいのに舌が痺れて泉美の口からは言葉が出ない。両腕で抗《あらが》っても、あっけなくねじ伏せられ、抵抗する間もなく下着をおろされた。章太郎の太い指が乱暴に脚の間をまさぐり、泉美は寒さではなく痛みと恐怖で身体を戦慄《おのの》かせる。

「濡《ぬ》れてるじゃないか。吉明はおまえに何をした、接吻《せっぷん》でもしたか？」

「……本当に、何も」

「本当に？」

「はい」

「自分の立場は判ってるんだな？」

はい、と答えたら摑まれていた腕が解放された。閉じていた目を開けると、顔の上に剝《む》き出しの男根が天狗《てんぐ》の鼻のようにそそり勃《た》っていた。泉美は初めて目にするその赤黒く光る奇怪な形のものの醜悪さに息を呑《の》む。章太郎は髪の毛を摑んで泉美の身体を引っ張り起こすと、それを唇の前に突きつけた。

「口を開けて、奥まで咥《くわ》えるんだ」

「いや……」

抵抗する間もなく鼻をつままれ、口を開けた隙《すき》にそれは唇を割って侵入してきた。頭をうしろから押さえられ、喉《のど》の奥まで突っ込まれ、泉美はえずいたが吐き戻すものもない。胃液と一緒に涙が出る。

「歯を立てるなよ。嚙《か》み千切ろうなどとしたらどうなるかは判ってるだろう」

喉の奥を突かれる度、それは口の中でどんどん固く、大きくなっていった。先端からは塩っぽい粘液が漏れていて、得体の知れないおぞましさに鳥肌が立つ。もう無理、顎《あご》関節がこれ以上開かない。力ずくで抵抗しようと両手を振り上げた途端、急に口が解放され、泉美は溜《た》まった唾液《だえき》と章太郎の出した粘性液を、咽《むせ》て絨毯の上に吐き出した。

終わりかと思ったら、違った。章太郎は黒々と大きくなった男根を誇示したまま泉美の脚を抱え上げ、その股間《こかん》に唾《つば》を吐きかける。泉美は恐怖に高い悲鳴を上げたが、口の中にポケットチーフをねじ込まれ、次の瞬間、押さえ込まれた脚の間に章太郎の男根が深々と突き刺さった。想像を絶する痛みだった。

肉を切り裂く痛みに、身体の内部が抉《えぐ》られる。奥に押し込まれる。火がついたように熱くて痛い。涙が止まらず、痛みが身体中に伝染し頭まで痛くなってきた。徐々に腰を打ち付ける速度が増す。やがて章太郎は低く呻くと、泉美の身体の奥深くに打ち付け、中で暴れる男根がどくどくと精を吐き出した。


章太郎が部屋を出て行ったあと、絨毯の上に転がったまま、泉美は一人ゆらゆらと燭台の炎に揺れる天井を見つめた。

……お父様、あなたの潰した会社が残した借金の代償はこのとおりですよ。

レコードに傷が入っているのか、蓄音機はさっきからずっと同じところで針を飛ばし、同じ曲の同じ旋律ばかりを繰り返している。唾液にまみれたポケットチーフを口の中から取り出し、力なく放り投げて、身体を起こそうとした。脚の間に激痛が走り、股関節もうまく動かない。よろよろと立ち上がると、生成りの絨毯の上には赤黒い染《し》みが滲《にじ》んでいた。

……お母様、男の人に抱かれるってこういうことなのですか。

立ち上がった脚の間を、膣《ちつ》から溢れた章太郎の残骸《ざんがい》が伝う。テーブルの上では吉明の積み上げた本が雪崩《なだれ》を起こしていた。本を抱え頁を捲る吉明の細い指を思う。吉明さんも、その綺麗な指であんなふうに女の人を犯すのですか。

泉美は燭台の火を吹き消し、暗くなった部屋をあとにした。セイが風呂を焚いてくれていた。


次の日から、食べ物が喉を通らなくなった。銀のスプーンを口の近くに運ぶと、章太郎の男根を突きつけられた恐怖が蘇《よみがえ》り、口を開けられない。水すらも飲み下せなかった。セイは自分の料理が悪いのかとあれこれ料理の味や形を変えて出したが、箸《はし》の先で魚の身をほぐしても、泉美はどうしてもそれを口にまで運べず、やがて眩暈《めまい》が始まり、四日目には立てなくなった。

部屋の寝台に横たわり、薄く目を開けて天井の木目を数えた。腹が減るという感覚はもはやなく、身体中から力が抜けて、頭がぼんやりとする。セイが蜜柑《みかん》を剝いて持ってきたので、部屋に甘酸《あまず》っぱい匂いが充満した。

「少しでも召し上がってくださいな」

心配そうな言葉に申し訳なく思い、一房抓んで口に入れようとしたけれど、やはり唇は貝のように閉じたままだった。どうしたら食べられそうですか、という溜息混じりのセイの言葉に、泉美は弱々しくかぶりを振った。判らない。声に出して答えようとして脳裏にワルツの音色が蘇る。吉明の温かな手のひらと、茉莉花の香りと、そのあとの忘れられない恐怖。泉美の目には涙が滲んだ。

「……吉明さんにお会いしたい」

呟いただけだったのに、セイの耳にその言葉は届いていた。セイは複雑な表情をして泉美を見下ろす。

「ご自分のお立場は判ってらっしゃいますか？」

階下の西洋柱時計が午後の二時を打つ。ごめんなさい、と泉美が呟くと、セイは蜜柑の皿を持って、黙ったまま部屋を出ていった。自分の立場など判っている。泉美は再び目を閉じて、うとうととまどろむ。このまま死んでしまったら、残されたタツ子はどうして生きていくのかと考えると泉美は死ぬわけにはいかないが、本当にずっと食べられないままだったらいずれ確実に死に至る。その方が、楽かもしれないのだけど。

西洋柱時計が二時半を打つ。三時を打ったあとから記憶がなくなり、何か紙を擦るような音にはっと覚醒《かくせい》して目を開けると、視界にはぼんやりと、しかし確実に吉明の姿があった。

時計が、四時を打つ。

「吉明さん……」

「あ、声は出るんだね」

紙を擦る音、と思ったのは正解で、吉明は開いていた本を閉じると寝台の傍らの椅子《いす》から立ち上がった。そしてシャツのポケットから、パラフィン紙に包まれた葡萄色《ぶどういろ》のキャンディを摑み出し、ばらばらと泉美の目の前に散らした。

「何も食べないってセイに聞いてるんだけど、キャンディなら食べられるんじゃないかな。僕の好きな銘柄なんだ。特にこの色は綺麗だろ」

吉明は手の中に残した一つの包み紙を開き、磨いたアメジストのようなそれを泉美に見せ、抓んだ指先を泉美の唇へと伸ばす。甘酸っぱい香りに耳の下がじんと痛くなり、泉美は口を開けようとしたが、やはり無理だった。

甘くて美味《おい》しいのに、と言って吉明は自分の口に放り込む。そして寝台の縁に座り、腕を伸ばして泉美の髪を撫でようとした。泉美は章太郎に髪を摑まれた恐怖を思い出し、身体を強張《こわば》らせてあとずさる。

「恐《こわ》くないから、こっちへおいで」

吉明は、道端の猫に向かって言うように泉美に問い掛ける。泉美がそこから動けないでいると、吉明は「目を瞑《つむ》って」と言う。躊躇《ためら》いつつも泉美が目を瞑ったあと、衣擦《きぬず》れの音がして、吉明の匂いがふと鼻腔《びこう》を掠《かす》め、指先がそっと前髪を撫でた。恐くは、なかった。指は前髪から耳の辺りへと移り、猫を撫でるように髪を梳《す》く。目を開けようとすると、まだ目を閉じていて、という声がする。そして甘酸っぱいキャンディの香りを間近に感じた次の瞬間、唇に何か柔かいものが当たって、反射的に泉美は目を開けて吉明を突き飛ばした。

「大丈夫だよ、恐くないから、もう一度目を閉じて。何も痛いことはしないから」

優しい声に優しい笑顔だった。警戒しつつも泉美はもう一度ゆっくりと目を閉じる。吉明の腕に肩を抱かれ、指先に髪を梳かれ、乾いてささくれた唇には、柔かなくちづけをされた。傷を癒《いや》すように、柔かい舌が泉美の唇を舐《な》める。清涼な甘い香りに誘われてうっかりと唇を開けてしまったら、その隙間に丸く減ったキャンディが滑り込んできた。

「う……」

突然入ってきた食べ物の甘味に引き起こされた耳の下の疼痛《とうつう》に泉美は呻く。

「噛んでごらん」

吉明の言葉に頷き、泉美はあまり力の入らない顎で、それを噛み砕いた。飲み込むのを見届けた吉明はもう一つの包みを剝き、指先で泉美の唇へと運ぶ。泉美は首を横に振る。

「やっぱり無理かい？」

その問いにも同じように首を振り、泉美は吉明を見つめ、さっきのようにして、と言った。

驚くほど甘い声だった。

眼差《まなざ》しが重なり、唇が重なり、手のひらが重なり、泉美の身体は白いシーツの上で茉莉花の匂いに包まれる。

金曜日の昼過ぎに、吉明はやってくる。夕方吉明が帰ったあとは、次の金曜の昼が来るのを待つためだけに泉美は生き永らえた。吉明が泉美を抱くことはない。抱擁し、くちづけをして、頬に唇を寄せ、手を重ね指を絡《から》め、話をして帰ってゆく。吉明に会いたいという願いを叶《かな》えたのはセイだった。何も食べなかった泉美が少しずつ食べられるようになったのは吉明がいたおかげだと、渋々ながらも理解を示した。泉美にとって吉明は、雪の季節に時おりやってくる春の鳥のようだった。

三月に入ってから、にわかに身辺がやかましくなった。三島章太郎は現会長の長男で、財閥の金融部門を任されているが、金融業界では関東大震災の震災手形の不良債権化により、東京渡辺銀行が休業を余儀なくされていた。そのあおりを受け、地方銀行も一つ二つと破綻《はたん》し始める。まさか三島は揺るがないだろうとたかを括《くく》っていたものの、預金の引き出しは止まらず、三島も日銀の非常貸出の世話を受けるか受けないかの瀬戸際《せとぎわ》となった。結果的に、破綻は小さな銀行に留まり、その顧客が三島や安井などの財閥系の銀行に回ってきたおかげで資金も増えて以前よりも地盤は安定したものの、泉美にとって問題はそれだけに留まらなかった。

慌《あわた》しいおかげで三島章太郎は家に寄り付かない。それはありがたいのだが、同時期に神楽坂の息子が結核を患《わずら》って血を吐き、療養施設へ隔離されてしまったため、急遽《きゅうきょ》跡取として吉明の名が浮上した。他の妾にも男子はいる。しかし皆まだ中学を卒業していないため事業には参加させられない。吉明はそのせいか、二週間顔を見せていなかった。外ではもう桜が咲いている。

顔を見せなくなって三週目の金曜日の夜、車のエンジン音と、玄関の開く音がした。泉美は待ちきれず、裸足《はだし》のまま階段を駆け下りて玄関へ向かった。しかしそこにいたのは吉明ではなく章太郎だった。落胆した気持ちを悟られないよう、おかえりなさいませ、と能面のような顔をして言うと、章太郎は玄関の靴を眺め、吉明はいないのか、と尋ねた。

「はい？」

何を聞かれているのか本気で判らず、間の抜けた声で答えると、いないなら良い、とすぐに扉を開けて出て行こうとする。

「あの、吉明さんがどうかなさったんですか？」

「この屋敷に現れたら、必ず私に連絡したまえ。何があってもだ」

それだけ言うと、今度こそ章太郎は慌しく扉を出て行った。玄関に桜の花びらが落ちている。指先に拾い上げ、なんとなく底知れぬ不安に襲われた。吉明の身に何があったというのか。

寝台に横たわっても眠れず、雨戸を閉めていない窓の外の月は西へと傾き、時計が午前二時を鳴らす。そのとき、幽かに窓の外で枯れ枝を踏む音が聞こえた。寝台を降り、窓を開ける。月明かりの下、そこには思った通り吉明の姿があった。足を忍ばせ、一階へ下りて玄関を開ける。こんな時間にどうなさったの。なぜ三週間もいらっしゃらなかったの。どうして章太郎様が吉明さんを探しているの。言いたいことがありすぎて、うまく言葉にできない。代わりに泉美は吉明の胸に縋《すが》りつき、愛《いと》しい匂いを胸に吸い込んだ。

「泉美さん、中に入れて」

吉明は泉美の頭を冷えた手のひらで撫で、中に入って扉を閉めた。二人は息を潜めて、二階の部屋へと向かう。水差しから直接ごくごくと水を飲み、吉明は寝台の縁へ座る泉美の横に腰掛けた。

「先ほど、章太郎様がいらしたわ」

「知ってる。僕の行きそうなところをしらみつぶしに当たってるんだ」

「何があったの？」

「僕はあの人のあとを継がない。そう言っただけ。僕は金融屋になんてなりたくないから」

泉美は意味が判らず、吉明の顔を怪訝《けげん》そうに見つめた。吉明は言葉を継ぐ。

「僕がなぜこの家の本を欲しがっていたか判る？　ここには僕の大叔父が住んでいた。大叔父は今までの三島の家でただ一人、事業家にならずに代議士になったんだ。あの洋間の本は全《すべ》て政治書なんだよ。この家の人間が代議士になるのは、本当に大変だったろうね。僕は小さな頃から大叔父が好きで、しょっちゅう遊びに来ていた。そして政治の勉強をさせてもらった。君と初めて出会った夜、僕はソヴェトから帰ってきた直後だったんだ。父には、欧州に金融の勉強をしに行くと嘘をついて、高等学校を卒業してから丸二年、ソヴェトでマルクス社会主義を学んできた」

そこまで聞いて、泉美は薄ら寒い気持ちになった。何を言っているのだ、この男は。

「ねえ、先月の金融恐慌《きょうこう》で政権が替わったのは君も知っているね」

「ええ」

「その関係で、留学するときに世話になった僕の恩師が今日、警察に逮捕されたんだ。昔は父とも懇意にしていた、大叔父の友人でね。その人が僕の名をうっかり漏らしてしまったんだ。だから僕は今、親からも警察からも追われている」

肌寒いのに、泉美の背筋には冷たい汗が伝った。

「どうして、そんなことを」

「決まっている、この国を変えて、君を守りたいからだよ」

吉明は、冷たくなってゆく泉美の手を取り、指先にくちづけて言葉を続けた。

「判りやすく言うと、三島や安井なんかの一部財閥が日本の民間資金の殆《ほとん》どを握っていては、いつまで経っても貧富の差は縮まらない。労働者階級は搾取《さくしゅ》されるだけされて、元々持てる者だけが生き残るしくみなんだ。それだけじゃないよ。たとえば、一昨年普通選挙法が成立したね。でも選挙権があるのは二十五歳以上の男子だけだ。婦人参政権同盟の活動も今は下火で、このままではいつ女子に選挙権が与えられるのかも判らない。女子にある程度の社会的地位が与えられれば、君みたいな娘が生きるために爺の妾になったりする必要もないんだ。僕は老若男女《ろうにゃくなんにょ》全ての平等がこの国のあるべきゆくすえだと思ってる」

……それは嬉しいけれど、思想家の果てしない戯言《たわごと》みたいな理想だ。現実になるわけがない。章太郎の扱っている金の束の方がよほど真実味がある。そういう気持ちが伝わったのか、吉明はふと眉を顰めた。

「……僕を信用できない？」

「そういうわけではないけど……」

もし今聞いた話が本当であれば、現状の立場でいたら確実に吉明は思想犯として捕まる。そうして吉明が傍からいなくなってしまったあと、泉美はどうやって生きれば良いのか。生ける屍《しかばね》となって、章太郎に犯されつづけろと言うのか。残された空白はどうやって埋めれば良いのか。

「……イヤよ」

背中を押されるようにして泉美は再び吉明の胸に縋りつき、逃げられないよう背に腕を回した。

「あなたこのままどこかへ行ってしまうつもりなのでしょう。それなら私も一緒に連れて行って」

どこにも行かないよ、という返事を待っていたが、吉明の口から出た言葉は、それはできない、だった。どうして、と問い返すこともできないほど、きっぱりとした口調だった。吉明は泉美の目から溢れた涙にくちづける。

「明日の夜の船で再度ソヴェトへ行く。必ず戻って来る。だから泣かないで」

「イヤ、行かないで」

泉美は顔を上げ、ぶつけるようにして吉明の唇にくちづける。すぐに吉明の舌が唇を割って入ってきて、涙と唾液の味に泉美の身体からはへなへなと力が抜けた。吉明の腕は背骨が撓《しな》るほど泉美の身体を強く抱く。今までと違うのは、その吉明の腕が寝間着の帯に手をかけたことだった。

「……吉明さん」

「君がいやならすぐに止《や》めるから」

切なげな声に泉美の身体は熱くなる。帯を解かれ、前を開かれる。白い痩《や》せた身体が薄闇《うすやみ》に仄《ほの》かに浮かんだ。ひんやりとした沈黙の中、滑らかな手のひらが、その身体を慈《いつく》しむように撫でる。肩を、腕を、括《くび》れた腰を。鎖骨を、あばらを、その上に膨らむ薄い胸を、その紅色の小さな突起を。

目を瞑ると章太郎を思い出してしまいそうだったので、泉美は吉明の姿をずっと見ていた。柔かな髪が頬に触れ、吉明の唇がそっと肩に触れる。そのまま、ゆっくりと身体を寝台の上に倒される。手のひらを重ね、身体を重ねると、温かな身体の重みの心地好さにくらくらと眩暈がした。

翌晩、セイが本宅へ電話を入れた。吉明がやってきて、今現在この家にいると。迎えに来るのなら章太郎自身が来るようにと。そうでなければ泉美を殺すと。本当に章太郎自身がやってくるかどうかは賭《か》けだった。きっかり一時間後の深夜十一時、セイの伝えたとおり、章太郎は一人でやってきた。玄関には手折った桜の枝が生けてあり、萌黄《もえぎ》の新葉が甘い香りを散らしていた。

「おかえりなさいませ」

泉美は疲れた顔の章太郎を作り笑顔で出迎えるが、章太郎の発した言葉は、吉明は、というものだけだった。殺されていたかもしれない泉美の安否を気遣う言葉はなかった。

「いません」

「どこへ行った」

「最初からこの屋敷にはいらしていません」

虚を衝《つ》かれた顔をして、章太郎は泉美を見据える。

「こうでも申し上げなきゃ、章太郎様はいつまでも私のところにはいらしてくださらないでしょう。私がどんな思いで毎日章太郎様をお待ちしてるとお思いですか。少しでも私のことを好いてくださっているから、こうしてお屋敷を与えていただけたのだと思っていたのに」

ねえ、お父様。そうじゃなきゃやりきれない。章太郎は、嘘をついた泉美の頰を引っ叩くようなことはしなかった。その時間すら惜しむ様子で、踵《きびす》を返し外へと向かおうとする。

「行かないで！」

外の闇にまで泉美の高い声は響いた。章太郎はぴたりと足を止めたが、振り向きはしない。

行かないで、お父様。行かないで、吉明さん。もう一度温かい手で頭を撫でて。

「行かないで、お願い、優しくして、私を放って行かないで」

章太郎の背中が歪《ゆが》む。冷たい床の上に泉美は泣き崩れ、悲鳴のような嗚咽《おえつ》を漏らした。

今頃、吉明は船に乗ってウラジオストックへと向かい始めている。一緒に政党を発足しようとしている仲間の元へ。それがのちに私のためになるというのなら、行ってしまうことがのちに私を守る盾になるためなのだとしたら、それならば私は今このとき、あなたを逃すための防火壁になりましょう。どんな大火に煽《あお》られようと、涙の雨でその火を消し止めましょう。泣き声に紛れて、幽かに砂利を踏む音が近付いた。

「……その涙は本物か」

章太郎は泉美の頭上で、低く静かな声をして問うた。

「そう見えないのであれば、どうぞ、もうお帰りくださいませ」

垂れてきた鼻水を啜《すす》りながら泉美は低く答えた。長い沈黙に入り込んできた風が鳴り、三和土《たたき》の上に桜の花びらが散る。

「……風呂は沸いているか」

「はい」

章太郎は、ぴかぴかに磨き上げられた大きな靴を脱ぐ。泉美は生温かなそれを玄関先の真ん中に揃《そろ》え、風の吹き込む戸を閉めた。

それから二ヶ月と半分が経ち、東京は入梅した。軒に垂れる雨音が鬱陶《うっとう》しい。そんなじめじめとした雨の中、黒い傘をさして医者がやってくる。

吉明の身柄は拘束されていなかった。もし見つかっていたのなら、この狭い上流社会のどこかからは噂が入る。いなくなってから一日たりとも忘れたことのない男の顔を思いながら、泉美は目を瞑り横たわる。その痩せた身体を診終わり、医者は泉美に妊娠を告げた。

あの晩泉美は、永遠に夜が明けないことを願いながら、朝まで吉明に抱かれつづけた。吉明の愛撫は、身の奥で固く閉ざす秘された門を開け、泉美を快楽の海へと引きずり出して深々と溺《おぼ》れさせた。岸に上がろうとしても、吉明の淫猥《いんわい》な舌と指によってその波間へと押し戻される。どろどろに溶けた脚の間にねじ込まれる硬くて熱い陰茎は、泉美の身体をはちきれるほど満たした。奥深くに勢い良く放出される熱い粘液は、身体の隅々まで、細胞の一つ一つまで、零《こぼ》した水のように染《し》み渡る。章太郎に蹂躙《じゅうりん》された恐怖も、肉を引き裂く痛みも、やがては波に飲まれる砂の城のように脆《もろ》く崩れ去り、泉美は岸に上がることすら放棄した。

医者を玄関で見送り、泉美は扉の閉まるのを見ながら、下腹をそっと撫でる。

吉明が家を出て行ったあと、吉明の体液と匂いの染み込んだシーツを泣きながら剝《は》がした。そしてすぐに泣き止《や》んで、章太郎を迎えるために新しいシーツをかけ、布団《ふとん》を干した。章太郎はおそらく彼なりに、目を真っ赤に腫《は》らした泉美の身体を慈しみ、丁寧に扱おうとしたのだろう。少なくともあの洋間でしたような酷いことはしなかった。風呂に入ったあとの章太郎は無臭で、嫌なにおいもしなかったので、泉美は脚を開いて男根を受け入れる際、その胸に縋り付いて目を瞑り、深呼吸をした。そのとき、あっ、と思う。お父様の匂いに似ている。

果てたあと、並んで横たわり、章太郎は闇に染みるような静かな声で凌霄葛《のうぜんかずら》の話をした。章太郎という男と花という取り合わせが奇妙で、泉美は笑い出しそうになるのを堪《こら》えた。凌霄葛の名前の「凌」は「しのぐ」。「霄」は「そら」の意味だそうだ。空をしのぐほどの高さにまで蔓《つる》がのぼる毒々しい朱色の花。その花は茎までもが甘く、いつでも凌霄葛には蟻《あり》がたかっているのだという。別に特に好きな花ではない。しかし、本宅の庭の細い木を引き抜くこともできない。高くのぼる蔓は、如何《いか》にしても天までは届かないし、いくら寿命の長い植物だとしても、いずれは枯れるときが来る。だからせめて自分の手でときどき水を遣《や》っているのだと。

泉美は台所へ向かい、久々に自分の手でお茶を淹《い》れた。紅茶にした。陶器のぶつかり合う音を聞いてセイが慌ててやってくる。もう一人の女中には暇を出した。泉美一人なら女中は一人で充分だし、きっともう一人増えてもセイならきちんとやってくれる。

「言ってくださればあたしがやったのに」

「なんとなく、自分でやりたかったの。気にしないで」

「あぁ、葉っぱ入れすぎですよ。何人分淹れるつもりですか」

「三人分」

一瞬良く判らない顔をしてからセイは、ああ、と間の抜けた声で言った。

吉明が出て行ってから一度も足を踏み入れていなかった洋間へと盆を運んだ。本棚からは、ところどころ大幅に本がなくなっていた。来るたびにこそこそと持って帰っていたのだろう。テーブルの上に盆を置き、閉ざされた重いカーテンを開けると既に雨足は遠退《とおの》いており、幽かに太陽が顔を出して弱々しい光を降らせていた。その光を受け宙を舞う埃《ほこり》がきらきらと反射する。絨毯の血の染みは消えていた。

いただきましょう。セイの声が聞こえる。運んできたカステラは、大きいのが二切れ、一口で終わってしまいそうな小さなものが一切れだった。

「旦那様にご報告しますか？」

「ええ。今晩伝えて頂戴《ちょうだい》」

鍵を外し、重いガラス窓を開けると、ムっとするような土の匂いと花の匂いが混じり合って鼻腔を襲い、吐きそうになった。

「旦那様の子なのですね」

何もかも知っているくせに、セイは己に言い聞かせるように念を押す。

「そうよ」

手の甲に針を刺されたみたいな痛みと共に泉美は答える。

せめてこの庭に凌霄葛を一株植えよう。章太郎が水を遣りに来られるよう。泉美はその花に集まる蟻の一つに過ぎないけれど、その花が伐採されない限りは甘い蜜《みつ》を吸って生きてゆける。

霧のような雨が降っている中、太陽がはっきりと顔を出し、庭に光を落とした。

「紅茶が冷めちゃいますよ」

「そうね」

泉美はガタガタと窓を閉め、テーブルの方を振り向く。目の端に映りこんだ小さな虹《にじ》の残像が、しばらくの間消えなかった。

乙女椿

序

息子の孝行《たかゆき》が死んで丸二年が経《た》った。千恵子《ちえこ》の住む地域は盆入りが一般の盆休みよりも一《ひと》月《つき》ほど早い。七月の半ば、じんわりと汗ばむ家の中で千恵子は朝方買ってきた、丸々太った茄子《なす》と胡瓜《きゅうり》で牛と馬を作る。色んな人が帰って来ると良い。たくさんの人が馬に乗って来られると良い。

牛と馬を仏壇の前に設《しつら》えた精霊棚に供え、線香に火をつけると、玄関のほうから郵便屋のバイクの音が聞こえてきた。そして、開け放した窓から微《かす》かな風が舞い込み、軒下に吊《つ》るした金魚のびいどろ風鈴がチリチリと音を立てる。一人暮らしの静かな家の中、少し耳は遠くなってきているけれど、まだほとんどの音が聞き取れる。郵便屋が来たということは、もうすぐ日没だ。千恵子は買ってあった苧殻《おがら》を持って玄関へ向かう。戸の前に炮烙《ほうろく》皿を置き、その上に苧殻を積み上げ、マッチを擦って火をつける。燃え始めたのを確認し、千恵子は郵便受けを開けた。

証券会社の決済報告、年金の支払通知書、定期的に送られてくる郵便物の中に、千恵子は見慣れぬ白い封筒を見付けた。上質な、白い和紙の分厚い封筒だ。裏返し、差出人を確認する。

「二《に》階堂《かいどう》和江《かずえ》」

その人の名前を見た瞬間、白い封筒の上に色とりどりの鮮やかな糸が、記憶を紡《つむ》ぎ始める。糸は、裁縫箱を引っ繰り返したかのように、白い記憶の上に踊る。

千恵子は家の中に入ることも忘れ、懐《なつ》かしい人を思い、その場に立ち尽くした。

「如月《きさらぎ》のおばあちゃん、家燃えるよ！」

学校帰りの、近くに住む子供に、玄関の前で迎え火が思いのほか大きく燃えているのを指摘され、初めて千恵子は我に返り、迎え火を崩した。火は少し弱まる。奥の路地に住んでいる夫婦の妻が、ごきげんよう、と千恵子に声をかけながら自転車で通り過ぎてゆく。

千恵子は手紙を持って家に入ると、がたついた桐箪笥《きりだんす》の小抽斗《こひきだし》から真鍮《しんちゅう》のペーパーナイフを取り出して、慎重に白い封筒を開いた。中からは柔かな便箋《びんせん》が折りたたまれて出てくる。

眼鏡立てから老眼鏡を取り、千恵子は鼻の上に乗せると再び便箋に目を遣《や》った。

便箋は、端のほうにあえかな乙女椿《おとめつばき》の絵が描かれているが、だいぶ古ぼけていた。紙の上には、あの人の、弱々しくも美しい文字が、花びらの如《ごと》く行儀良く並び、千恵子に思いを伝えていた。

千恵子さま

突然の便りに、今ごろ驚いてらっしゃるでしょうね。

この手紙が貴女《あなた》に届くころ、私は既に三途《さんず》の川を渡ったあとか、耄碌《もうろく》しているかどちらかでしょう。貴女の元に届くのが何年後になるか判《わか》りません。もしかしたら貴女もお亡《な》くなりになっているかもしれませんが、私はこの手紙を娘に託すことにします。私に何かあったら、千恵子さんの元へ送って欲しいと伝えます。律儀《りちぎ》な貴女のことでしょう、きっと私が元気なうちから手紙など送ったら、貴女は三途の川を渡ってる最中でも会いにきてしまいますもの。そうしたら私、貴女にどんな顔してお会いすれば良いのか判りません。

お互い場所は違えど東京にいたはずなのに、今まで一度もお会いすることができませんでしたね。あのあと千恵子さんはどんな生活を送っていたのかしら。貴女が住んでいる場所も貴女の息子さんが通っていた学校も全部知っていたのに、何も連絡をせずに今まで過ごしてきてしまったことを思うと胸が苦しくなります。私たちはきっと今の時代に青春を過ごせていたら、とても良い友達になれていたと思うのです。死にゆく老婆《ろうば》の戯言《たわごと》だと思って頂戴《ちょうだい》ね。もう一度千恵子さんにお会いしたかった。会って貴女にきちんと伝えたかった。


文字は実体を持って、和江の声が耳の奥で蘇《よみがえ》るように思えた。

空の低いところを、調布《ちょうふ》飛行場から飛び立ったらしい小さな飛行機が大きな音を立てて北へと飛んでゆく。つられたように、リリリリ、と再び風鈴が風に鳴った。大きな真空管のラジオ。雑音の混じる中にはっきりとその高いお声を聞いた天皇陛下の玉音放送。もう半世紀以上も前のことなのに、記憶は溢《あふ》れる水のようにその便箋の上に踊る。

千恵子は胸を締め付けられる思いで、便箋の上に書かれた文字を追った。そして和江と共に過ごした、若い娘だったころの自分に思いを馳《は》せたのだった。

一

嗚呼《ああ》、なんと空の青く、たなびく雲の高い街なのだろう。

関門《かんもん》連絡船で本州から九州へと渡る短い航海を終え、門司《もじ》港の駅に着くと、そこはさながら異国であった。否《いな》、千恵子は母国を出たことがないので、異国がどういうところなのかはよく知らないが、少女雑誌の挿絵で見たことのある巴里《パリ》の町並みのようで、少なくとも千恵子の故郷である山形の酒田に比べて、大層ハイカラであった。目的地である福岡市へとつづく汽車の駅舎は朱色のレンガ造りで、見上げると首が痛くなるほど大きく、中央の塔の真ん中には大きな時計が設えられている。駅前で客を待つ黒いタクシーの運転手たちは、千恵子のような小娘に見向きもせず、港からやってくる男性を摑《つか》まえようと待ち構える。鮮やかな色に塗られた西洋風の店が立ち並ぶ駅前の大通りには、臙脂《えんじ》色《いろ》のバスが土埃《つちぼこり》をあげながら走っており、大人たちが窓から外を眺めていた。

季節は三月。酒田ではようやく梅の花も咲き始めたころ、福岡は既に暖かかった。矢絣《やがすり》の着物を着た、纏《まと》め髪の美しい同い年くらいの娘たちが笑いながら通りかかると、千恵子は自分の着ている野暮ったい鼠色《ねずみいろ》の外套《がいとう》と、冴《さ》えないお下げ髪が急に恥ずかしくなった。なんとなくいたたまれなくなり、早々に汽車の発着場へと移動する。そしてこれから向かう福岡市内の天神町にある屋敷はどれほど立派なのだろうと思いを馳せた。

福岡県知事である漆間《うるま》誠一《せいいち》の屋敷は、福岡市街地の中洲《なかす》に近い天神町の官舎街の中に位置する。そこで女中の仕事をするように勧めたのは、千恵子が通っていた酒田の女学校の校長だった。漆間氏の屋敷の女中は代々東北から集められているのだと校長は言い、その理由は漆間氏の母が東北出身だったから、そして、初めて雇った東北出身の女中が大層気の利《き》く良い娘だったからだそうだ。千恵子に白羽の矢が立ったのは、接客に出したときにみっともなくない程度に器量が良かったことと、成績がそこそこ良かったことと、何よりも世話好きだったことが理由だろう。名誉なことですよ、と校長は言った。

千恵子自身も、女学校卒業を間近にし、このまま一生酒田から出ることなく、酒田で結婚して酒田で子を産み、酒田に骨を埋めるだろうと少しばかり絶望的な気持ちでいたころだったため、反対する父親と、寂しがる二人の幼い妹をなんとか説き伏せ、母親の「若《わ》っけうちは何でもした方が良いがらの」という言葉にあと押しされ、卒業式の少しあと、さほど多くはない荷物を纏めて酒田から長い旅に出たのであった。汽車に乗り、うしろへ流れてゆく景色を見ながらの道中、一年と少し前満州に出征した兄も、故郷をあとにするときはこういう気持ちだったのかと、幾分か感傷的な気分になったが、千恵子にとっては生まれた土地と違うところへ行けるという期待のほうが、望郷の念よりも大きかった。

門司の駅舎の中では多くの人々が福岡市街へ向かう汽車を待つ。二人連れや家族連れは皆よく通る声で早口に喋《しゃべ》る。言葉の訛《なま》りもあるので、聞き取れない言葉もある。隣で汽車を待つ家族連れの子供が発した、オキュートというのはまず何なのだろう、と千恵子は固い煤《すす》けたベンチの上で荷物を抱えたまま考え込んだ。そしてそうこうしているうちに、蒸気を上げながら長い汽車が来た。


博多の駅までは省線の鹿児島本線に乗り二時間ほどで到着する。駅から屋敷へは近いとのことだったが、ややこしく入り組んでいるため、漆間家から迎えの車が来る予定になっていた。父親のオート三輪にしか乗ったことのない千恵子にとって、自動車は初めての乗り物だ。再び汽車を降り、人の群れに揉《も》まれながら改札を出る。そこは先ほど見て驚いた門司の港の駅よりもまた数倍も栄えており、駅舎は更に大きく、広々とした大通りには緑色の路面電車が鐘のような音を鳴らしながら行き交っていた。

私はもしかして、とんでもないところへ来てしまったのではないだろうか。

千恵子はしばらく駅前に突っ立っていた。ここは暖かく、風もない。頭巾《ずきん》を被《かぶ》らずに外に出ても髪の毛がぼさぼさになることはないだろう。千恵子はしばらくぼんやりと目の前の光景を眺めたあと、我に返り、教えられていた車の番号を探した。福岡704番。タクシーとの区別がつかなかったため、結構な時間を要したが、見付かったあとは傍らに立っていた黒い制服の運転手の髭面《ひげづら》が優しそうだったため、千恵子の緊張はある程度解けた。運転手はおずおずと近づいてきた娘に、瀬崎《せざき》千恵子さんですか、と尋ね、千恵子がそうですと答えると、ようこそ福岡へ、と言って笑顔で後部座席の扉を開けた。中の座席は手触りの良いびろうどのような生地で、千恵子は荷物を奥に押し込んで座り、座面に手のひらを滑らせ、嬉《うれ》しくなった。

初めて乗る自動車は路面電車と並行して大通りを走り、呉服町という路面電車の駅を左に曲がる。曲がった通りも大きく、駅前通りと同じように路面電車が行き交い、左右には西洋のような時計台の付いたビルディングが立ち並んでいた。物珍しそうにガラスに張り付いて外を眺める千恵子に、小池と名乗った運転手は、目に入るものの説明をしてくれる。

「今左に見えた大きなビルディングが帝国銀行。そしてその隣が電話局。右側へずっと走らせれば博多港に行きますよ」

「道路を小さな電車が走っているのですね」

「市電ですよ」

「シデン？」

「千恵子さんのお父様は鉄道省だと旦那《だんな》様に伺いました。この電車は省線ではなく、福岡市が運営しているんです。だから市電」

小池の喋り方は門司で聞いたような早口ではなく、聞き取りやすい。先ほどの疑問を解決しようと、千恵子は小池に尋ねた。

「小池さん、先ほど門司で小耳に挟んだのですが、オキュートとは何なのでしょう。私の聞き間違いでしょうか」

千恵子の質問に小池は軽く笑い、明日の朝には判りますよ、と答えた。

車は那珂川《なかがわ》の西大橋を越える。まだ夕方にもならないのに、そこの一角だけはなんとなくいかがわしい感じがして、千恵子は黙って目を背けた。小池も黙ったままそこを抜け、車は先ほどよりも大きな橋に差し掛かった。

「千恵子さんの住んでいたところには、百貨店はありましたか？」

橋を越えたあたりで小池が再び口を開いた。

「いいえ。雑誌の小説で読んだことしかありません」

何年か前に図書館で読んだ吉屋信子《よしやのぶこ》の「わすれなぐさ」という本で、美しい少女二人がデパートメントへ行き、帰りにカフェーに行くという話を思い出す。

「ちょっと遠回りになりますが、外から見てみましょうか」

「デパートメントがあるのですか」

千恵子の発した多少古くさい横文字に苦笑しつつ、小池は答える。

「ええ。岩田屋という大きなデパートメントが。戦争が始まってからは随分と舶来品の品数も少なくなってしまいましたけど」

その返答に千恵子の心は弾む。

「カフェーもありますか？」

「ありますよ。福岡で一番大きなカフェーはもう通り過ぎてしまいましたけど、ちょっといかがわしいところにあるから、千恵子さんのようなお嬢さんは行かないほうが良いですね」

弾んでいた心が、ほんの少し萎《しぼ》む。車は三度橋を越え、左側にまた大きな建物が見えた。

小池が車のスピードを落とす。

「ここが、旦那様のいらっしゃる県庁です、右側は日本銀行」

日本銀行の建物も立派な石造りだったが、千恵子は県庁の建物を見てあっけに取られた。御影石《みかげいし》のような、今まで見たことのない、日の光を受けてきらきらと光る石の柱が何本も並び、その柱の間には守衛が二人立っていた。

このようなところにいらっしゃる方のおうちに、私が。

小池が再びスピードを上げる。名残惜しげに窓ガラスに顔を貼《は》り付けていたら、これから何度でも見られますよ、と小池が笑った。

「さあ、見えてきましたよ。あれが岩田屋です」

車が左に曲がると、右手にまた大きなビルディングが見えた。角の丸い、西洋の城のような建物だ。思わず千恵子は一番下から一番上までの窓の縦列を数えた。

「まあ、六階建て！」

「ね、すごいでしょう。八階建てなんですがね」

まるで自分を褒められたかのように小池が自慢げに言う。

「お屋敷は市電の天神町のすぐ近くですから、お休みのときにはいろいろと出歩いてみると良いですよ」

小池はそう言うと、小道に入り自動車を転回させ、再び元来た道を戻り始めた。岩田屋の時計台ではもう時刻は四時も過ぎているというのに、相変わらず外の空はやや黄みがかっているものの、まだ青く高かった。冬の四時などもう薄暗くなっている酒田と比べて、やはりここは異国だ、と千恵子は再び思った。

門の前に車をつけた小池は、このまま県庁の駐車場に戻るから、と中門から家へ上がるようにと念を押し、千恵子と千恵子の荷物を降ろすとそのまま走り去っていった。

屋敷は県庁に程近かった。小池が言ったとおり、確かにこれならば何度でも見られる。正確にはその屋敷は漆間氏の持ち物ではなく、代々の県知事のために国が用意しているものだった。旦那様のお屋敷は本当は東京の青山にあるのよ、と教えてくれたのは、三人の女中のうち、一番年嵩《としかさ》の松子である。松子は青山のころから漆間家にいた女中だという。

門から屋敷の入り口まではだいぶあり、更に中門までも距離があった。千恵子はそこで先住の女中たちと夫人に出迎えられた。

一番年上の松子、二番目に年上の優子、そして千恵子よりひとつ年上の伸子である。夫人の志乃も青白い顔をして千恵子を出迎えたが、すぐに優子に付き添われて部屋へ戻ってしまった。松子は病弱で表にあまり出ることのない夫人の志乃の代わりに、秘書のような役割も担《にな》っており、家事仕事にはほとんど携わっていないため、優子が一切の台所を任されているらしい。しかし台所以外はあまり達者でなく、その他の仕事を伸子が担っているという。揃《そろ》いの松葉色の着物を着た三人はそれぞれ優しそうで、千恵子は安堵《あんど》した。

屋敷は大まかに二つに分かれる。門から入った玄関と、入ったすぐ、扉一枚隔てた臙脂色の毛足の長い絨毯《じゅうたん》が敷かれた来客用の応接間のある建物は西洋風の造りになっており、専用の小さな給湯室がある。応接間の中には執務用の机と、来客用の低い長卓に長椅子《いす》、壁には電話が設えられており、すべての木目が濃紅色に揃えられていた。給湯室の横を入ると、渡廊がつづく。廊下は奥の住居へ繋《つな》がっているが、その途中、左側に小さな木製の中門があった。通常はその中門から出入りする。奥の住居は酒田でも見慣れたような町家で、足裏の感触が板床と畳に変わった。千恵子は少しほっとする。吹き抜けの天井は高く、左手には二階へ上がるための階段があった。

「二階は旦那様たちとお嬢様のお部屋よ」

階段を見上げていると、前を歩きながら案内役の伸子が言った。

「お嬢様はまだ東京に一人で残っていらっしゃるの」

伸子の言葉に、千恵子は怪訝《けげん》に思う。そんな若い娘をひとり残してくるなんて。しかし尋ねる間もなく、伸子は北の奥の部屋まで千恵子を連れてゆき、ここが私たちの女中部屋よ、と言ってガラガラと引き戸を開けた。狭い部屋の中には、畳の上に狭い寝台と小さな箪笥《たんす》が左右の壁に設えられている。言われるままに中に入り、千恵子は寝台の横に荷物を降ろした。酒田の家ではずっと布団《ふとん》に寝ていたので、寝台を見るのは初めてだ。

「荷物のお片づけが終わったら、優子さんとお台所の使い方をお教えするから、来て頂戴ね」

伸子は精一杯お姉さんぶったような笑顔を千恵子に向け、再びガラガラと引き戸を閉めて出て行った。千恵子はそっと寝台に腰掛ける。ギシ、と端のバネが軋《きし》んだ。

お父さん、お母さん、節子、トシ子、春夫

お元気ですか？　漆間様のお屋敷へご奉公にあがって三日が経ちました。福岡は風がなく、とても暖かいところです。まだ家へ帰りたいなどと泣き言は言いませんよ。

漆間様は私たちに対してあまりお話はなさいませんが、使用人たちは皆旦那様を尊敬しているようなので、きっと素晴らしい人に違いありません。しかし私には三日でお人柄まで知ることはできません。お屋敷には私よりも先に三人の女中さんたちがいらっしゃいました。私に色々と教えてくださっているのは、一つ年上の伸子さんという方です。伸子さんは青森からいらっしゃっていて、とても色が白く可愛《かわい》らしい方です。背も小さくて、笑ったときなど私よりも年下に見えてしまいます。お料理があまり上手ではなくて、伸子さんが市場で買ってきた鱈《たら》を三枚におろして見せたら、大層感心されました。

ここで初めて、オキュートというものを食べました。毎朝、オキュート売りのおじさんが売りに来ます。味は……なんとも言えません。魚や野菜は市場で買うことができますが、酒田と同じくもうお米と衣類は切符制になっています。それもいつ配給になるか判らないと、先にいらしている女中さんたちは戦々恐々としていますが、町へ出れば女性たちはまだモンペなど穿《は》いておらず、着物姿で身綺麗《みぎれい》にしています。さすがに洋装の人は歩いていませんけれど、本当に今は戦争中なのかと心配になってしまうくらいです。

女学校のときはセーラー服にモンペが制服になっていましたが、ここでは女中が皆そろいで松葉色の着物を着ることになっています。漆間様の奥様のご趣味らしく、ご自分がご病弱であまり身綺麗にしていられないため、私たちに綺麗な着物を作ってくださるのだそうです。この間までは山吹色だったのだそうですが、さすがにそれは派手すぎるという理由で、私がここに来る少し前に松葉色に変わったのだと伸子さんは言っていました。モンペに慣れてしまっていたので少し窮屈ですが、きっと十日もすれば慣れるでしょう。

まだお会いしていないのですが、漆間様には私よりも一つ年下のお嬢様がいらっしゃるのだそうです。新聞やラジオによれば東京では一般疎開《そかい》がはじまっているそうなので、きっと近いうちにお会いできることになると思います。伸子さんは意地悪な方だとおっしゃいますが、できればそうじゃありませんようにと私は願っています。

それでは、また手紙を書きます。お父さん、お母さん、お体に気をつけて。節子、トシ子、春夫、お父さんとお母さんの言うことをきちんと聞いて良い子にしているようにね。

千恵子

女中と書生は朝は七時までに身支度を終え、朝食をこしらえ、誠一の背広と外套にブラシをかける。八時少し過ぎに主は車で出かけるから、一同で玄関まで見送る。中門が面している道は狭く、車は毎朝正面玄関前に停まっていた。門の中から頭を下げて車を見送ったあと、女中、小使、書生は自分たちの食卓につく。夫人の志乃の朝は更に遅く、日が昇りきったあとに部屋へ食事を届ける。食事を届けるのは伸子だが、作るのは優子か千恵子だ。結構な偏食のため、千恵子はまず志乃の食べられない物を憶《おぼ》えるのに苦心した。

小使の老人は通いで来ている土地の男で、横田という。若い書生の喜三郎は和歌山の熊野《くまの》から来ている。女中は東北が良いけれど、男の使用人は西の男が良い、という誠一のおかしなこだわりによる結果だった。誠一自身は生まれも育ちも東京だし、夫人も然《しか》りである。

千恵子が漆間の家に奉公に来てから二ヶ月弱、誠一の一人娘で東京の女学校に一人で残っていた和江が、とうとう福岡にやって来た。夏休みにしては早すぎるし、東京のほうでは空襲の危険があるため、できれば関東を離れるように、というラジオ放送が連日のように流れていたころだった。実際には二年前、昭和十七年の四月に空襲があったきり東京には空襲はないのだが、昨年から建物疎開や人口疎開は始まっており、山陰などの田舎のほうにはかなりの人々が疎開していた。

私は意地汚いからお嬢様に嫌われているの、と、いつだか伸子が言っていた。そのあともことあるごとに、私はお嬢様に嫌われているの、と繰り返しており、千恵子は既に二ヶ月弱の奉公でその言葉を十回くらい聞いている。別に意地汚い様子など見受けられないし、むしろ買い物に行ったとき、こんなご時勢なのに店主がおまけをつけてくれるという伸子の愛らしさは、無邪気な子供と同じく誰もが受け入れて当然だと思っていた。従って、情報源が伸子の話しかない千恵子は、お嬢様というのはどんなに底意地の悪い不器量な娘だろう、と色々思い描いていたのだが、実際の和江が小池の運転する車の後部座席から降りてきた様子を見て、正面の門まで出迎えた千恵子は驚き、お帰りなさいませ、と頭を下げるのも忘れた。

確かにあの夫婦から生まれたのであれば、不器量な娘になるはずもないのだ。小池が開けたドアーから白い足袋に薄紅の草履を履いた左足を下ろし、ついで右足を下ろし、車から降り不機嫌そうな顔をして青い空を眺める薄色の袴《はかま》姿の和江は、かつて千恵子が購読していた「少女の友」の表紙を飾っていた中原淳一の描く少女のように美しく愛らしく生意気そうだった。人の言うことなど当てにならない、と千恵子はその美しい顔とそよ風になびく長い髪を見つめた。

「……新しい方？」

千恵子が突っ立っていると、和江のほうから千恵子に声をかけた。自分が木偶《でく》人形のようになっていたことに気付き、千恵子は慌《あわ》てて深々とお辞儀をして、名を名乗った。

「千恵子さん、私の部屋は知っている?」

「はい、二階の奥から二番目の、お庭に面したお部屋だと伺っております」

「そう、そこ。すぐに冷たいお茶をたっぷり運んで頂戴。まったく、九州は暑くて嫌だわ。お父様も早くこんなところの知事なんか解任されれば良いのに。そうしたら青山に戻れるのに」

誰にともなく和江は不機嫌そうに言い、屋敷の扉の中へと入っていった。慌てて千恵子もあとを追う。応接間で、誠一は娘の顔を見ると立ち上がったが、和江はその顔を見ようともせず、不機嫌そうな顔をしたまままっすぐに渡り廊下へと向かい、住居の階段を上がってゆく。

階段の下で千恵子は立ち尽くした。歩いて追いかけてきた誠一も階段の下で止まり、浅い溜息《ためいき》をつく。

「旦那様、お嬢様がお茶をお命じになったのですが」

千恵子が困ったように尋ねると、誠一は、とりあえず言うとおりにしてやってくれ、と答え、応接間へと戻って行った。

千恵子は台所で水出しの玉露を青切子の茶碗《ちゃわん》に入れ、田舎から自分用のおやつに持ってきていたのし梅と一緒に、紫陽花《あじさい》の花が彫られた鎌倉彫の盆に載せると、和江の部屋に向かった。格子《こうし》枠の引き戸越しに声をかけると、開いているわよ、と、相変わらず不機嫌そうな声が返ってきたので、ガラガラと戸を開ける。

元々この屋敷は明治の時代に外交用の宿として使用されていたらしく、どこもかしこも洋風なのだが、その洋風具合が本当に舶来のものと同じなのかは、千恵子の知識では怪しかった。引き戸には障子紙の代わりに薄い桃色の磨り硝子《ガラス》がはめ込まれている。そして和江の部屋はなぜか、畳の上に緋毛氈《ひもうせん》が敷かれていた。ともすれば下品になりかねないその毛氈の上に、和江は薄く蝶々《ちょうちょう》の刺繍《ししゅう》の入った白い足袋を脱ぎ散らかし、出窓近くの寝台に行儀悪く寝転んでいた。

「お茶をお持ちしました」

「ありがとう、こちらまで運んで、そこに置いて。もう足がだるくて歩けないの」

和江の指定した出窓の前には、紅い洋服を着た文化人形が二つ、凭《もた》れ合うように並んで座っていた。小さいころ千恵子も似たような人形で遊んでいたことを思い出す。おそらく一番下の妹は、まだおさがりのその人形で遊んでいることだろう。二つ並んだあどけない人形の顔に、思わず千恵子の頰は綻《ほころ》んだ。

「何か、可笑《おか》しい？」

和江は寝転んだまま出窓の茶碗に手を伸ばし、千恵子に尋ねた。

「お人形は二つ並んでいると、一つよりもっと可愛らしゅうございますね」

正直にそう答えてから、物欲しげな貧乏人のような発言だったことに気付き、千恵子は口を噤《つぐ》んだ。しかし和江は特に気にも留めていないらしく、可愛いわよね、と花の咲いたように笑い、答えた。

あっという間に空になった茶碗に、千恵子は急須《きゅうす》からお替わりを注ぐ。

「ねえあなた、千恵子さんでしたっけ。年はいくつなの」

「十七でございます」

「あら、じゃあ私よりもお姉さんなのね。婚約者はいるの？」

「いえ、まだそんな」

「まだそんなって、十七だったら早すぎるって年ではないでしょう。出身はどちらなの」

「山形の酒田でございます」

「それはまた……随分と山奥から来ているのね」

言葉の端に山形弁の残る千恵子の受け答えを聞き、和江の笑いを含んだ言葉は明らかに田舎者の千恵子を馬鹿《ばか》にしていたが、不思議と千恵子は不愉快にはならなかった。酒田は山奥ではなく港町です、という言葉も、和江の自尊心を傷つけないために呑《の》み込む。

江戸から明治にかけて栄えた北前船《きたまえぶね》の航路の一つとなった酒田港は、大きな工場地帯だし、東北最大の港となっている。おそらくそういう事情は知らずに山形を山奥と単純に結びつけた和江を、千恵子はなんだか可愛らしいとも思った。

千恵子が部屋を出て階下へ戻ると、伸子が心配そうな顔をして千恵子の帰りを待っていた。

「大丈夫だった、意地悪されなかった？」

台所へと向かう千恵子のあとを小走りについてきて、伸子は怯《おび》えた口調で尋ねる。

「いいえ、何も」

千恵子は答えながら和江の言動を思い出す。確かに少し根性はひん曲がっていそうだが、窓際《まどぎわ》に座っていた文化人形の洋服も帽子も、綺麗に手入れがされて新品のようだった。そういうところから、意地悪というほどでもないような気がする。

あのお人形を抱いて寝ていらっしゃるのかしら。

千恵子はその可愛らしい様子を思い、ふふふ、と声を出して笑ってしまった。伸子は怪訝そうな顔をして、その様子を見ていた。

千恵子と仲子の部屋は、一階の北の奥である。それまでは少し離れた部屋を三人で使っていたが、さすがに四畳半に四人は入らないという理由で、もう一つ部屋を使わせてもらえるようになったそうだ。

廊下を挟んで向かいには、書生の喜三郎の部屋がある。千恵子の二番目の兄くらいの年頃であろう喜三郎は、しかしながら兄とは違って無口で無表情なため、何を考えているのか千恵子にはよく判らない。

何日か様子を見ていたら、確かに和江は仲子のことを嫌っているように見えた。東京からの土産物である、舶来の珍しい洋菓子も、他の女中は皆食べることができたのに、仲子だけ食べられなかったようだし、加えてなぜかその菓子は喜三郎のところにも渡らなかった。千恵子はまだ男を知らないが、それでも喜三郎が女に嫌われる性質の男ではないことくらい判る。柔かそうな黒い髪が淡い影を落とす顔は凜々《りり》しく整っているし、無口なわりに冷たそうな印象を与えない。千恵子は、まだ自分が女学生だったら、きっと喜三郎を思って眠れない日々を過ごしたことだろうと思った。

「千恵子さんも、喜三郎が良いと思うの」

中紅色のつつじが鮮やかに咲き乱れる庭で几帳面《きちようめん》に花の手入れをしている喜三郎を、出窓から目で追っている千恵子に、和江は唇の端から箸《はし》の先で鱈の骨を抜きながら尋ねた。千恵子の気のせいでもなく、その声には幾分かの棘《とげ》のようなものが含まれている。

　家族と一緒に食事をしない和江のために、千恵子は毎日三食を部屋に運んでいた。母親と同じく甚だしい偏食で、気に入らないものには箸も付けない。食べ物に関してはまだ自由に市場で買うことができていたものの、いつ切符制になっても困らないように、糠漬《ぬかづ》けや味噌《みそ》漬けにして保存するようにしていたのだが、和江はそういった古物には一切箸を付けない。魚は塩焼きしか食べないし、野菜は昆布出汁《だし》のお浸しにしか箸を付けない。この先、漆間の家が東京に戻ることになったら、食べられないものが多すぎて餓死するのではないかと心配になるくらいだ。

「……も、とは」

　千恵子は和江の言葉に、窓の外の喜三郎から視線を部屋の中へと戻し、尋ね返した。和江は箸の先で骨をつまめないことに苛立《いらだ》ち、とうとう指の先でその骨をつまみ、床に振り払うように捨ててしまう。あとで掃除をしなければ。

「気付いてなかったの？」

「何をでしょうか」

　全く理解できていないらしい千恵子の返答に、あらあら、と和江は大仰に溜息を吐《つ》いた。

「今日の晩にでも、お部屋の扉に耳を付けて外の様子を窺《うかが》ってみると良くってよ。下品な女の獣みたいに浅ましい声が聞こえるはずだから」

和江の言葉が耳に届いた二秒後くらいに、それが表す淫《みだ》らな行為を想像してしまった千恵子の頬は上気して、目に見えるほど赤くなった。和江は意地悪く笑い、千恵子のほうへと腕を伸ばし、指先を頬に触れた。

「本当に田舎の娘は何も知らないのね。もしかして接吻《せっぷん》もまだしたことがないのかしら」

窓の外は既に青葉の鮮やかな初夏だというのに、その指先はひんやりとした水のように冷たく、千恵子の腕には鳥肌が立った。驚いて身を引くと、和江は一瞬の沈黙のあと、うふふ、と、仕掛けたいたずらを隠しきれない少女のように笑い、ゆっくりと腕を引く。千恵子も困ったように笑い返し、和江の食事を片付けるため、丸テーブルの上から膳《ぜん》を取り上げた。指先が震え、膳の上の食器がカタカタと音を立てる。

部屋を出たあと、あまりに激しい動悸《どうき》に眩暈《めまい》をおこし、千恵子はその場にしゃがみ込んでしまった。鮮やかな朱漆の椀《わん》が、ころころと床に転がる。


その晩、千恵子は眠れなかった。酒田の女学校に通っていたころ、美しい上級生に名前を聞かれ、微笑《ほほえ》まれたときのことを思い出す。

私は吹雪《ふぶき》。吹雪の日に生まれたから吹雪なの。あなたはなんというお名前なの。

その日の夜と同じように、部屋の闇《やみ》は茫漠《ぼうばく》と広がっているのに、千恵子は闇の向こうにゆくことができない。幅の狭い寝台から落ちそうになりながら何度も寝返りを打った。そして、和江に触れられた頰の疼《うず》きを冷まそうとした。

接吻もまだしたことがないのかしら。

その言葉を紡いだ柔かな唇と、甘く冷たい指先を思い出さないようにすればするほど、記憶は脳裏に鮮やかに蘇り、ますます千恵子の頭を冴えさせる。

居間の西洋骨董《こっとう》時計が遠くで午前一時の鐘を鳴らす。早く、早く眠らなければ。そう思って一層硬く目を瞑《つむ》ると、背後で躊躇《ためら》うような衣擦《きぬず》れの音が聞こえた。千恵子は布団を被って壁のほうを向いたまま、息を殺して耳を澄ます。背後の寝台で仲子が千恵子と同じように息を殺し、布団を抜け出していた。千恵子はその気配に耳を欹《そばだ》てる。ひたひたと足音を忍ばせ、音が出ないよう細心の注意を払って引き戸を開け、仲子は部屋を出てゆく。

扉の外で、もう一枚向こうの扉の擦れる音が微かに聞こえ、同時に意地の悪そうな和江の言葉が蘇る。下品な女の浅ましい声が聞こえるはずだから。向かいは喜三郎の部屋だ。

こんな深夜にまさか、仲子さんがそんなこと。

千恵子は硬く目を瞑り、何度も深呼吸をした。和江の指が冷たい熱を持って頰に触れたときと同じくらい心臓が縮こまり、異常に喉《のど》が渇いた。だめだ、深呼吸をしても何もおさまらない。千恵子は闇夜の黒猫のように気配を殺し、恐る恐る身を起こすと、部屋を出て静まり返った長い廊下を台所へと向かった。

ひんやりと冷たい闇に沈んだ台所で茶碗に水を汲《く》み、ごくごくと喉を鳴らして飲み干す。冷水が幾度か喉を伝い下りても、まだ喉の渇きはおさまらない。ああ、蜜柑《みかん》が食べたい。甘《あま》酸《ず》っぱくて瑞々《みずみず》しい蜜柑なら、きっとこの喉の渇きを潤《うるお》してくれるのに。砂糖すら手に入らないご時勢なので、当然果物は贅沢品《ぜいたくひん》である。千恵子は耳の下から溢れてきた唾液《だえき》を、水と一緒に飲み下す。

何杯かの水を飲み干し、千恵子は橙色《だいだいいろ》した輝く蜜柑を思いながら足音を忍ばせて部屋へと戻った。否、部屋の前まで戻った。どうしてそこで足を止めてしまったのか。微かに開いた扉の隙間《すきま》から零《こぼ》れ出る甘酸っぱい蜜柑の香りとでも錯覚したのか。あえかな、それでいて荒い吐息の漏れる音は蜜柑の香りなどしないのに、寧《むし》ろ何か息を詰まらせるようなものなのに。それなのに千恵子はふらふらと自分の部屋とは反対側の扉へ吸い寄せられるように近付き、膝《ひざ》をつき、その僅《わず》かな隙間から中を覗《のぞ》いてしまった。

暗闇の中でも仲子の脚は白く浮かび上がり、仄《ほの》かに光を放っていた。開かれた白い脚の間には、喜三郎の頭と思われる黒いものが小刻みに動いていた。乾いた衣擦れの音の中、浅い水に魚の跳ねる音、そして喜三郎の荒い吐息の上に仲子の甘い吐息が重なる。そのあまりに猥《みだ》らな音と姿に千恵子の呼吸は詰まった。

「もう、だめ」

　苦しげな仲子の声が聞こえる。

「喜三郎さん……」

　懇願するような甘い呼びかけは、一層、湿った音を激しくさせる。目を逸《そ》らしたいのに、耳を塞《ふさ》ぎたいのに、千恵子はその場から立ち去ることができなかった。じんじんと熱を帯びる蹴出《けだ》しの下で、とろりと温かなものが流れ出している。

「ああ、喜三郎さん、もう、辛抱できません」

　仲子は啜《すす》り泣く。喜三郎の頭はその言葉でようやく仲子の脚の間から離れ、ずるずると上のほうへ移動してゆく。

「仲子さん、もう溢れてしまってるね」

　低くて甘い、喜三郎の囁《ささや》くような声がそんなことを言った。

「嫌、そんなことおっしゃらないで」

「僕のも、ほら、こんなになってしまっている」

　白く光る仲子の細い腕が、喜三郎の手によって腹の下のほうへと導かれてゆく。

「どんな具合か言ってごらん」

「……大きい」

「それだけ？」

「……大きくって、硬くって、熱い」

「その、大きくて硬くて熱いものが、これから仲子さんの中に入るんだよ。ほら」

喜三郎の押し殺した荒い吐息が、一層激しくなる。

……ああ、だめ。いけない。千恵子は下唇を嚙《か》み、目を瞑る。これ以上ここにいてはいけない。こんなものを見つづけていてはいけない。頭がおかしくなってしまう。

警報のような耳鳴りを聞きながら眩暈とともに立ち上がり、千恵子はよろよろと振り返ると女中部屋の戸を開けた。乱れた布団の中に潜り込み、壁を向いて身体を固く丸める。脚の間から溢れ出た温かいものはいつの間にか腿《もも》まで濡《ぬ》らしていた。熱を冷まそうと、脚の付け根にぎゅうと力を入れても冷める兆《きざ》しは全くない。それどころか益々《ますます》熱は広がっていくような気がする。

大きくって、固くって、熱い。仲子の甘えた囁きが千恵子の頭をおかしくしてゆく。

その大きくて固くて熱いものが、これから千恵子さんの中に入るんだよ。喜三郎の低い囁きが千恵子の身体《からだ》をおかしくしてゆく。

ああ、いけない、こんなことしけないのに。頭の中ではそう思って、抗《あらが》おうとしているのに、千恵子は蹴出しの横からそろそろと手を差し込み、柔かい毛の生えた奥の方に指を這《は》わせた。其処《そこ》は熱を持って、椿《つばき》の蕾《つぼみ》のようにぷくりと固く膨らみ、指先が触れたら痺《しび》れるような痛みにびくんと身体が震えた。溢れ出した蜜液《みつえき》を指先に掬《すく》い、再度千恵子は固く膨らんだものに触れた。指先に力を籠《こ》めると、痛みは疼きに変わり、その指先をゆるゆると動かせば疼きは、譬《たと》え様のない心地好さに変わる。

「……あ」

掠《かす》れるように喉の奥が震え、微かな声と吐息が漏れた。今ごろ向かいの部屋ではどんな痴態が繰り広げられているだろう。どんな猥らな言葉が囁かれているのだろう。その様子を思うだけで千恵子の、蜜に濡れた固い蕾の奥はひくひくと寂しそうに震える。誰を待って寂しく震えるのか。千恵子は目を瞑ったまま喜三郎の顔と白樺《しらかば》細工のように滑らかで固そうな指を思い出そうとした。しかし、痺れるような熱の中、その目蓋《まぶた》の内側に鮮やかに浮かび上がったのは、和江の我儘《わがまま》そうな顔だった。和江の意地悪く笑った、それでいて美しく気高い顔、頬に触れた冷たい指先。その指は蕾に滴《したた》った熱を冷ましてくれるのだろうか。それとも咲きかけた蕾に湛《たた》えた潤《うる》んだ熱を捻《ひね》り潰《つぶ》すのだろうか。

千恵子はその晩、一人きりの寝台の上で、生まれて初めて身体の悦《よろこ》びを覚えた。そしてその、夜の海に放り出されるような途方もない悲しみに涙を流した。

二

　数日後、忘れようとしていた記憶を思い起こさせるがごとく、和江が千恵子に、獣の声はお聞きになった、と尋ねた。卵が手に入ったので久し振りに作られた、具の少ない茶碗蒸《ちゃわんむし》を持っていったときのことだ。千恵子は思い出して赤くなり、いいえ、と答える。

「嘘《うそ》おっしゃい」

　和江は茶碗蒸をペロリと平らげ、底のほうに残った出汁も啜る。そして器を盆に戻すと、言った。

「ねえ千恵子さん、今から映画を観《み》に行かない？」

「え？」

「どうせ人は足りてるもの、暇でしょ」

「でも」

「自覚してないようだけど、あなたね、私の世話係としてここに来たのよ。今まで来た女中は誰も私を嫌がったの。でもあなたは嫌がらないから、他の女中は皆安心してるわ」

　和江の言葉に、まあそんなことだろうと千恵子は予想していたので、それほど驚かなかった。念のため優子に許可を取ると、どうぞ行ってらっしゃいと快諾された。千恵子は女中部屋に戻り、割烹着《かっぽうぎ》を脱いで風呂敷《ふろしき》に荷物を包む。こちらに来てから、市場へ食料を買うために出かけはするものの、仕事以外の用事で外に出たことはなかった。だから映画という単語だけで、千恵子の心は舞い上がっていた。

玄関では、既に和江が待っていて、優子と伸子に送り出される。おかしな気分だ。博多には映画館がいくつかある。県庁から映画館のある東中洲へは市電で一駅だが、電車に乗るほどの距離でもないので千恵子は、日傘を差した和江と連れ立って歩いた。日差しが刺すように強く、日傘を持たない千恵子はハンカチを頭の上に乗せる。

中洲は夜の街で、昼間見ると寂れている。和江はまず大通りに面した寿座《ことぶきざ》へと向かった。石造りの窓モチーフが美しい洋風の建物だ。そこのショーウィンドウを覗き込み、上映ポスターを眺め、和江は首を横に振った。

つづいて同じ通りの左右にある日活館、友樂館にも回ったけれど、和江が千恵子の手を引いて映画館の中に入ることはなかった。

「見たいものがやってないわ」

和江は口を尖《とが》らせて、日陰に入り傘を閉じる。しばらく思案したのち、再び傘を開いた。

「仕方ないから、カフェーにでも行きましょ」

千恵子の胸は華やいだ。憧《あこが》れのカフェー。和江はそんな千恵子の気持ちを知ってか知らずか、先に立ってどんどんと歩き出す。いかがわしい街でも、昼間は煤けた色をしていて、和江の帯の薄色が鮮やかだ。那珂川の西大橋際《ぎわ》に、白壁でガラス張りの建物があった。二階建ての建物の上のほうに「ブラジレイロ」と、いまは点灯していないが夜になったら光るであろうネオンの看板が出ている。和江はさっさと一人で入り口から中へと入っていった。慌てて千恵子もあとを追う。

中に入って、まず目に付いたのは、観葉植物として置いてあるいくつもの生い茂ったしゅろの木だった。中央には朱色の金魚が鱗《うろこ》を光らせる泉水があり、泉の上は二階へと吹き抜けになっている。案内をする女給の制服は、黒に白襟のワンピースに白いエプロンという洋装であった。戦争中だというのに、洋装とは大胆だ。

「そのうちここもなくなるわ」

そう言いながら川を見下ろす窓際の席に向かい、和江は赤い革張りの椅子に腰掛ける。向かい側に千恵子も腰掛けた。

「他のカフェーはもう営業を自粛しているんですって。だから福岡に来たときは、いつも来ていたの。でもそろそろここも危なそうね」

和江は慣れた様子で、注文を取りに来た女給に、ミルクコヒーをふたつ、と言って、何銭かその手に握らせる。

「わざわざ、ここまでいらしていたんですか、一人で」

千恵子は尋ねた。

「ここは夜遅くまでやっているから。そうしたらお父様に会わずに済むでしょう」

和江は、開け放した窓から那珂川を見下ろしながら答えた。いつもよりも饒舌《じょうぜつ》になっているように思える。湯気の立つカップが運ばれてきて、和江は躊躇《ちゅうちょ》なく口にその縁をつけた。そして尋ねた。

「千恵子さんは、お父様が好き？」

「自分の、ですか。それともお嬢様の、ですか」

「両方よ」

千恵子はカップを持ち上げたまま、しばし考えた。自分の父親は、ひどく厳格な男だ。それに較《くら》べると、誠一はとても優しそうに見えるし、見た目も良い。

「……よく判りません。好きとか、嫌いとか。考えたこともありませんでした」

カップを冷ましながら千恵子は答えたが、その声に被せるようにして、和江は言う。

「私は嫌い。お父様と別れようとしないお母様もイヤだわ」

小さい声だけど、きっぱりとしていて、千恵子はどう答えれば良いものか悩み、カップを戻すと、帯の中央あたりまで垂れているお下げ髪を指先で弄《もてあそ》んだ。

かつて憧れていた美しい上級生、吹雪も、千恵子に、父親が嫌いだと打ち明けた。どうにかして父親の元を離れて、東京に行けないか、悩んでいた。特に日常にも家族にも不満を抱いていなかった千恵子には、その悩みを共有してやることはできなかったが、私が東京に行ったら千恵子さんも来てくれる、という問いに、迷うことなくはいと答えたら、吹雪は嬉しそうに、寂しそうに笑った。

彼女の行方は知らない。嫁に行ったとか、病気で療養しているとかいう噂《うわさ》はあったけれど、もし東京に行っているのだとしたら、もう会うことはないかもしれない。

「千恵子さん」

ぼうっとしていたら、和江に名前を呼ばれた。

「コヒーが冷めてしまうわ。熱いほうが美味《おい》しいのよ」

早く食べなさい、片付かないから、と幼い子供に言う母親のような口調で和江はつづける。千恵子は笑わないように気をつけながら、カップを唇につけ、珈琲《コーヒー》を啜った。苦くて、仄かに甘かった。

その日の夜中、福岡に初めてB29による空襲があった。六月十六日午前零時、八幡《やはた》市周辺の一帯が焼けた。距離が離れているので博多に被害は及ばなかったが、翌朝のラジオで八幡が焼け落ちたことを知り、女中たちは皆口を噤んだ。門司から博多に来るとき、汽車に乗って皆八幡を通ってきている。戦争が、そこまでもう来ている。

それから台風がひとつ来て、川を増水させ、過ぎてゆく。庭から縁側に蟬《せみ》の声が煩《わずら》わしく響き渡る七月の中旬、誠一が急遽《きゅうきょ》東京に戻ることになったと家の者に告げた。総理大臣から直々の呼び出しだという。青山の屋敷の女中には全員暇を取らせていたので、身の回りの世話をするために松子が付き添って東京へと行くことになった。千恵子たちは車に誠一と松子の荷物を乗せ、見送ったあと、口うるさい松子がいなくなったのを良いことに、だらだらと草履を引きずって屋敷へと戻った。

「何かあったのかしら」

ゆっくりと歩みを進めながら、優子が呟《つぶや》いた。歩いている三人の揃いの着物は、夏らしく薄手の縮緬《ちりめん》に変わっていた。蟬の声と庭の緑はむせ返るほど強く、優子の声を聞き取れなかった千恵子は、え、と聞き返した。

「何かあったのかしら」

もう一度、今度ははっきりと声に出したあと、優子は言葉をつづけた。

「おかしいわよね。松子さん昨日、旦那様の燕尾服《えんびふく》に勲章をつけていたもの。勲章をつけるのなんて、天皇陛下に謁見《えっけん》なさるときだけだわ。天皇陛下が旦那様にどんな御用がおありだっていうのかしら」

千恵子も仲子もなんと答えれば良いのか判らず、押し黙ったまま屋敷へ入った。住居へ戻る渡り廊下の途中にある中門から、人の呼ぶ声が聞こえる。仲子が外に下り、門を開けに出てゆく。千恵子と優子はそのまま住居へ戻り、がらんとした居間で水出しのお茶を淹《い》れた。

蟬の声は相変わらず、開け放した窓から容赦なく響いてくる。

しばらくすると、寝間着の白い浴衣《ゆかた》姿の和江が二階から降りてきた。

「お父様は、もう東京に？」

その声は些《いささ》か掠れていた。今まで寝ていたようだ。

「はい、さきほどお発《た》ちに」

「私にもお茶を頂戴」

優子がお勝手へ茶碗を取りに向かったあと、和江は千恵子の向かいに腰を降ろした。

「お見送りなさらなくてよろしかったんですか？」

千恵子は恐る恐る尋ねた。和江は口を開きかけたが、そのままふと黙り込み、千恵子の背後をきつい目で見遣《みや》った。怪訝に思って千恵子が振り向くと、そこには戻ってきた仲子が所在なげに立っていた。

「あの、今日の午後に防災訓練があると、警察部長さんのお使いの方が」

滑稽《こっけい》なほどおろおろとした様子で伸子が伝える。官舎街なので、近隣は国に勤める役人の住まいばかりである。のちの町内会となる隣組は、もちろんこの官舎街の中でも組まれていた。まだ空襲のないころから防災訓練は定期的に開かれ、そこでバケツの水を人から人へと渡したり、地下壕《ごう》へ逃げる練習をしたりする。先日の八幡の空襲を受け、訓練は以前よりも頻繁になっていた。

「あら、あなたが出れば。腰より下ばかりでなく、上半身も少し鍛えたほうがよろしいんじゃなくって？」

和江は意地悪く笑って言った。伸子の頬が、暑さのためだけではなく赤く染まる。きっと千恵子の頬も同じように赤くなっていたのだろうが、和江の目は伸子しか見ていなかった。

千恵子が数えた限り、伸子と喜三郎は、週に二、三度の逢引《あいびき》を繰り返しているようだった。向かいの部屋なので逢引という表現が正しいのかどうかは判らないけれど、それ以外の言いようを千恵子は知らない。そして千恵子はあの日以来、部屋を覗いて一人で身体を弄《いじ》るようなことはしていなかった。悦びよりも、そのあとに感じる悲しみ、そして悲しみのあとに迫り来る、とてつもなく深い海の底でもがくような恐怖のほうが遥《はる》かに強かったからだ。

「あらあら、大丈夫？　さっきの用事はなんだったの？」

和江の言葉に頬を真っ赤にして立ち尽くす伸子を見て、台所から戻ってきた優子が能天気に話し掛けた。なんという間の悪さ。和江は食卓の上にあった千恵子の茶碗からお茶を飲み干すと、黙ったままふいと立ち上がり、部屋を出て行ってしまった。優子は和江の茶碗を手にして、溜息をつく。そして千恵子に言った。

「千恵子さん、悪いけどお嬢様のお部屋にお茶運んでさしあげて」

もう一度お茶を淹れ直し、茶碗と一緒に部屋へ運ぶと、和江は窓際でゆるやかな風に吹かれながら外を眺めていた。心なしか一階の居間よりも涼しく、蟬の声が静かな気がする。千恵子はテーブルにお盆を置き、そのまま部屋を出ようとしたのだが、和江の声に呼び止められ、振り返った。

「千恵子さん、家族に誰か戦争へ行っている方は？」

今まで和江の口から戦争の話を聞いたことがなかったので、というよりも、和江本人は今の日本に戦争なんか起きていないような暮らし振りだったので、千恵子は少し面食らいながらも「はい、上の兄が」と答えた。

「そう、どちらへ？」

「満州でございます」

和江はその言葉に眉《まゆ》を顰《ひそ》めた。何かいけないことでも言ってしまったのか、と千恵子は不安になる。

「ねえ、日本はこの戦争に勝てるのかしら」

眉を顰めたまま、和江は神妙な顔をして言う。千恵子は慌てて窓辺にかけより、全開になっていた窓を閉めた。

「そんなことをおっしゃってはいけませんお嬢様。どこで特高に聞かれているか」

「この近辺にはそんなものいないわよ。知事の娘がそんなことを言うと誰が思うの。それで、あなたはどう思う？　日本は戦争に勝てるかしら」

いつになく深刻な顔をして和江は再度千恵子に尋ねた。

「勝ちますとも、ラジオでは毎日そう言っているじゃありませんか」

「そうね。……でも、サイパンの日本軍は全滅したのよ」

和江は再び窓に向き直る。千恵子は突然耳にした全滅という信じられない言葉に動揺し、分を弁《わきま》えず、和江の腕を摑《つか》んで揺すった。

「どういうことです、全滅って」

「だから、日本軍が負けたのよ。私昨日の夜、総理大臣からの電話を傍で聞いていたの。聞くつもりはなかったんだけど、聞こえてしまったのよね。私のほうが先に応接間にいたっていうのに、お父様ったら気付かないんですもの」

千恵子は言葉を失う。和江はそんな千恵子を一瞥《いちべつ》したのち、言葉をつづける。

「私たち、きっと大本営の発表に事実とは違うことを教え込まれているのよ。ラジオからは、今日も大日本帝国軍は勝ち進んでいますって放送があったわ。けれど、東条《とうじょう》総理からお父様への電話は、サイパン全滅と、内閣総辞職のお知らせ。しかも本当は六月の半ばには、とうにアメリカ軍に占領されていたんですって。ねえ、この矛盾は何かしら。どちらが正しいのかしら。そんなもの、本当は火を見るよりも明らかじゃなくって」

和江は、出窓に置いてあった分厚い本の下から、一部の新聞を引っ張り出して千恵子に渡した。誠一の書斎からくすねてきたのだという。昭和十九年七月十九日。日付の下には大きく、「サイパン将兵全員戦死す」という見出しがついていた。

——傷兵三千は自決し、決死隊敵陣へ。

——サイパンの痛憤　なほ足らず我らが努力。

——東条首相談「決戦の機来れり！　戦ひはこれから　一億決死覚悟せよ」

嗚呼、なんということ。これはお嬢様の手の込んだ悪戯《いたずら》ではないのかしら。押し黙ったまま千恵子が新聞から目を上げると、和江の横顔は長い睫《まつ》毛《げ》の下に影を落としていた。サイパンは、東京の離島、小笠原《おがさわら》諸島の真南にある美しい島だという。日本は第一次世界大戦中にその島を、海戦防御の基地としていた。占領されてしまったとしたら、敵軍はまっすぐ北上し、日本に上陸するのも時間の問題だろう。しばらくの沈黙ののち、ぽつりと和江が呟いた。

「喜三郎にはまだ赤紙がこないのかしら」

こんなときまでさりげなく意地悪だ。けれども、その意地悪なはずの声が意外にもしっとりと重かったことに千恵子は少し驚き、無表情な和江の横顔を再び見つめた。長く艶《つや》やかな睫毛の先が、微かに震えたように見えた。


午後も優子の許可を貰《もら》い、千恵子は和江の部屋で話し相手をしていた。床に伏せったままの志乃の世話は優子がしていたので、誠一も口うるさい松子もいない今の屋敷では、それほど仕事がないのである。千恵子さんはお嬢様に気に入られているのね、と優子は何の邪気もない表情で言い、はい勿体《もったいな》無いことでございます、と千恵子は答え、冷水で洗った南瓜《かぼちゃ》の糠漬けを持って和江の部屋に赴いた。薄く切った漬物は、一枚抓《つま》むとはりはりと良い歯応《はごた》えだ。

モンペに着替えた伸子は、馬鹿正直に一人で防災訓練に出ており、それを窓の外に見付けた和江から更なる不評を買っていた。

「どうして本当に一人で出るのよ。うちが真面目《まじめ》に参加していないみたいで外聞が悪いじゃない、喜三郎は何をしているの」

火の見櫓《やぐら》からどこか間延びした偽物《にせもの》の警報が聞こえる中、苛々《いらいら》とした口調で和江は言い、窓の外から視線を外す。そしてテーブルの上の南瓜の漬物を指先で抓んで口に運んだ。夏は食欲が落ちるから、という理由で和江は一日二食しか食事を摂《と》らない。それでも、一週間ほど前から出している南瓜の漬物だけは「美味しい」と言って食べる。今まで漬物に箸をつけなかったのは、優子が漬けていた西京漬けの酒の匂《にお》いに気分が悪くなって、一度吐いたことがあったからだそうだ。糠は大丈夫だ、と判った和江は「次は胡瓜で」とねだった。手に入るのならば胡瓜の漬物は千恵子も食べたいので、いつ市場に入るか教えてもらわなければならない。

窓の外から白い蝶々がひらひらと舞い込んできて、天井から下がる西洋照明器具に止まった。どこか遠くから飛んできて、羽を休めているのだろうか、と千恵子はその白い羽を見つめる。何度か鮮《あざ》やかな羽をはためかせ、蝶は再び空中に舞うと、しばらく旋回したあとに突然羽ばたくことを止め、ぱたり、と、白木蓮《はくもくれん》の花びらのように静かに床の上に落ちた。

黙ってその様子を見ていた千恵子は、なんとなく不吉な気分になり、緋毛氈の上に開いた小さな穴のような白い蝶の死骸《しがい》を見つめた。和江はその様子を見ていなかったので、振り向いたら突然現れた蝶の死骸を見て、あら綺麗《きれい》な蝶々、と声をあげると、何の躊躇もなく指先でそれを抓みあげ、テーブルの上にそっと置いた。年季の入った黒く変色している樫《かし》のテーブルの上で、それはやはり白い花びらに見えた。

　和江の指先には、死んだ蝶の鱗粉《りんぷん》が散っていた。千恵子は袂《たもと》から白いガーゼのハンカチを出して、その指先を拭《ぬぐ》おうとした。あの日と同じように、和江の指はひんやりと冷たい。それに比べて千恵子の手は熱く、あからさまな温度差に千恵子は恥ずかしくなる。その心の内を見透かしたように、和江はすっと手を引き、試すように言った。

「……鱗粉はなかなか落ちなくってよ、きっとハンカチでは駄目だわ」

　うっすらと笑いながら、和江は千恵子の手から解いた指を、千恵子の鼻先に差し出した。そしてもう片方の手で千恵子の襟元を抑えると、黄色く変色したその指を、唇の間に深く差し込んだのだった。

　南瓜の糠漬けの匂いに混じって、淡い檸檬《れもん》の匂いがした。蝶々の死骸から散った粉。想像するだけで胃の中のどろどろがこみ上げてきそうなものなのに、何故《なぜ》か千恵子はその指を吐き出せなかった。和江の爪《つめ》が千恵子の舌を、がり、と擦《こす》る。千恵子は鳩尾《みぞおち》のあたりを、絹糸でぎゅっと引っ張られる感じがした。痛みは甘美に痺れ、足の指の先まで駆け巡る。

「どうして嫌がらないの？」

　指を口の中に入れたまま、和江は尋ねた。指が口の中にあるので、千恵子は喋れない。

「嫌じゃないの？」

　つづけて和江は尋ねる。相変わらず指は口の中に入れたまま。檸檬の香りが薄れ、溜息二つ分くらいの沈黙ののち、和江は千恵子の口から指を引き抜いた。唇の端に唾液の糸が引き、窓の外では益々の勢いで蟬が鳴いている。

千恵子は手にしていたハンカチを裏返し、口の端を拭った。そして、別に嫌ではありません、と答えた。テーブルの上では、死んだと思っていた蝶々が幽かに羽を蠢《うごめ》かせている。和江は千恵子の唾液で光る指先でその蝶々を抓むと、ものも言わずに白い羽を引き千切った。胴体だけになった鳴かない蝶々の、細く小さな悲鳴が聞こえたような気がした。

「もう、結構よ」

「え?」

「もういらないわ。お皿を下げて頂戴」

言いながら、和江の指先はもいだ蝶々の羽を千切りつづけていた。青白い炎が静かに燃え上がるような眺めだった。指を開放すると、窓から入ってきた風が、その羽を雪のように散らす。赤い毛氈の上に、季節はずれの粉雪が。千恵子はテーブルの上から盆を取り上げ、戸口に向かった。痛いような青白い炎の気配はずっと背後から消えなかった。

一緒に台所に入ったとき、優子に、なぜ和江と誠一の仲は悪いのかを尋ねてみた。優子も詳しくは知らなかったようだが、女学校にいるころに、無理矢理見合いをさせられそうになったとかならないとか、そういう理由らしい。千恵子は再び既視感を憶える。あの美しい上級生も、見合いを嫌がっていた。まだ私には早いのに、と怯えて泣いていた。千恵子は同級でも際立《きわだ》って美しかったが、皆に呆れられるほど奥手だったため、いずれそういう話が自分の身にもふりかかるとは全く思わずに、ただ吹雪を慰めたのだ。優子の話を聞き、意外と身近なことなのかもしれない、と千恵子は背筋を寒くさせた。

月を跨《また》いで五日ほど経った暑い最中に、誠一が東京から博多へと戻ってきた。松子と二人で出ていったはずなのだが、戻りは誠一、松子、そして見たことのない、学生服姿の青年の三人になっていた。

芝浦《しばうら》製作所から譲り受けた、という珍しい扇風機の前で涼を取りながら、誠一は家の者たちに学生服姿の青年を紹介した。その話によれば東京へ戻った際、人づてに下働きででも雇って欲しい、と頼み込まれたのだそうだ。

書生には喜三郎がいるというのに、そんな得体の知れない者を家に入れるなんて、と和江は面と向かって誠一に抗議したが、身元はきちんと確認してきた、三島さんの家の遠い親戚《しんせき》だった、という誠一の弁明の言葉に、ぐっと黙り込んでしまった。三島は、銀行、重機を中心として企業を展開する日本の財閥のひとつだ。青年は母方が三島の親戚なので、苗字《みょうじ》は三島ではなく如月というのだと、申し訳なさそうに言った。

「旦那様のお役に立てるよう、精一杯努力します。どうぞ、よろしくお願いします」

そう言って、手触りの良さそうな坊主頭《ぼうず》を下げる、実直で真面目そうな態度に、千恵子はほんのりと好感を抱く。

年のころは千恵子と同じくらい、もしくはそれより少し年下かもしれないが、如月政吉は随分とあどけない顔をした、まだ少年と言ってもおかしくない青年だった。なんとなく田舎の近所にいた少年たちを思い出し、政吉の顔を見ると千恵子は微笑んでしまう。一生懸命、誠一に気に入ってもらおうと、そして和江の機嫌を損ねないようにとあれこれと走り回っている様子は、まるで独楽鼠《こまねずみ》のようだった。およそ大きな家のお坊ちゃまには見えない。

このころから、魚、野菜が切符制になった。まだ買うこともできたが、市場からは徐々に人の姿が消えていった。女中たちは食料の確保に困り、空の籠《かご》を持って帰ってきては溜息をついていたのだが、政吉は、そんな女中たちを見ると、張り切って庭を開墾し始めた。どこからか鍬《くわ》を借りてきて、花が植えられていない部分の庭の土を掘り起こす。そしてこれまたどこから手に入れてきたのか、芋の苗を植えた。

「芋だとすぐに収穫できますよ」

上から軽く土を被せてゆく政吉に、千恵子は感激した。

「政吉さん、胡瓜は植えられないかしら」

「根菜じゃないと、今は難しいですね。胡瓜の収穫は夏ですから」

千恵子がしょんぼりしていると、次の日に政吉はそらまめの苗を手に入れてきて、芋と並べて育て始めた。どうやら、緑色の食べ物ができる苗はそらまめしか手に入らなかったらしい。博多の日差しに真っ黒く日焼けした政吉は、どこかの下男のように見える。そういう気取らないところが松子や優子にも気に入られたのだろう。あまり日にちも経たないうちに政吉は、和江を例外として、漆間の屋敷に馴染《なじ》んでしまった。

配給を貰いに行くのは相変わらず伸子の仕事として、漆間の家内で暗黙の了解があった。伸子もそれで特に不満はなかったようだ。しかしある日、どうしても身体が辛《つら》いので千恵子さんが行って頂戴、と息も絶え絶えに言われ、千恵子は切符を握り締め、政吉と一緒に野菜を貰いに配給所まで行くことになった。一人でも問題ないと千恵子は政吉の同行を辞退したが、政吉が納得せず、結局二人で短い道のりを歩く羽目《はめ》になってしまった。家の中で喜三郎と並ぶ程度はあったけれども、それ以外に同じ年頃の男子と隣り合って歩くなどという機会が今まではなかったので、千恵子はとてもぎくしゃくし、道中で草履を小石に引っ掛け、身体をヨロリと大きく傾かせてしまった。

「あっ」

「あぶない」

転びそうになった身体は、政吉の腕に抱えられ、その胸の中に収まる。鼻腔《びこう》を襲う、若い男の蒸れたような匂いに千恵子はくらくらして、暑さのせいだけでなく全身が汗ばんで熱くなるのを感じた。

「そんなことじゃ、空襲のときに逃げられませんよ、千恵子さん」

様子に気付いているのかいないのか、政吉はゆっくりと千恵子の身体を戻すと、笑いながら至近距離で言った。

「博多にはまだ空襲がありませんもの」

おそらく紅潮しているであろう顔を見られぬように、千恵子はそっぽを向き、再び歩き始める。まだ博多には空襲がないが、六月のあの夜、八幡に空襲があって以来、八月に入ってからは既に三回、同じ辺りに空襲があった。頭上には、山形の田舎からは想像もつかぬほどの青空がのびやかに広がっている。向こうのほうにはむくむくとした白い入道雲が。千恵子の真似《まね》をして、隣を歩く政吉も空を仰いだ。

「東京もまた、いつかこんなふうに何も考えずに歩くことができるようになるのかな」

「なりますとも。兵隊さんがそのために頑張ってくれているのでしょう」

千恵子が言うと、政吉はそうだね、と微笑んだ。なんとなく複雑な表情に見えたのは千恵子の気のせいか。しばらく気になっていたが、配給所について列に並んでいるうちに、そんなことも忘れてしまい、ただ政吉に抱きとめられたときの腕の感触だけが身体にじんじんと残り、疼いていた。

元々和江は小食な方なので、食料の配給が減っても特に問題はなかった。しかし配給が減っているにも拘《かか》わらず一番小さな身体の伸子がいつにも増して食べるようになり、一緒に食卓につく女中たちが不審に思っていたところ、千恵子はある晩に廊下をはさんで向かいの喜三郎の部屋から、啜り泣く伸子の声を聞いた。啜り泣きに似た喘《あえ》ぎ声かと思い、また耳を塞ごうとしたのだが、よくよく聞いてみればそれは本当に、伸子の泣いている声だった。

千恵子は寝台を降りて音を立てないように扉を指三本分ほど開き、向かいの様子を窺った。盗み聞きや覗き見はしてはいけないことだと判っている。しかし、そういう背徳的な行為は良い匂いのする花が咲いているようなもので、その匂いの誘惑には抗えない。

漏れてくる声の感じでは、扉の向こうで伸子は一人で喜三郎を詰《なじ》っているように思える。耳を澄ませても喜三郎の声は聞こえない。そして伸子の言っていることもいまひとつ聞き取れなかった。戦争、という単語が切れ切れには聞こえたが、まさか日本軍の勝ち負けに関して言い争っているわけでもないだろう。ああ、気になる、何を話しているの。千恵子がもやもやしていると、向こう側の扉の開く音が聞こえ、血の気が引いた千恵子はその場で立ち上がった。一瞬遅く、目の前の扉が開き、仲子が飛び込んできた。

「きゃっ」

目の前に立ちはだかる何かにぶつかった仲子が驚いて、あとずさり、扉に頭を思い切りぶつけた。かなり良い音がする。

「ご、ごめんなさい、水を飲みに行こうと思って」

千恵子はしどろもどろに弁解し、よろけた仲子の肩を支えて顔を覗き込む。薄暗い中でも、くっきりと涙のあとが見て取れた。

「どうかなさったの？」

なんとわざとらしい。自分で自分の行動に呆《あき》れながら千恵子が良い人の振りをつづけたら、仲子は再び目の中に涙を溜《た》めて、千恵子の胸に縋《すが》りついてきた。

「ねえ、千恵子さんは、日本がこの戦争に勝てると思う？」

千恵子がいつか誰かに聞かれたことと同じことを仲子は尋ねた。サイパン玉砕の直後、七月二十二日付けで、日本の内閣総理大臣は、東条英機《ひでき》から小磯国昭《こいそくにあき》へと代わった。それに伴って内閣も一新されている。これが何を意味するのか、千恵子のような下々《しもじも》のものには判らなかった。ただ、そのときを境に日本を取り巻く空気が変わったように思えたのは事実だ。千恵子はそれまで、日本は勝ち進んでいると信じていた。それが、サイパン玉砕の新聞記事を見た日から、正しいことを伝えているはずの新聞の字が歪曲《わいきょく》したものに見え始め、ラジオの音声もどこか間の抜けたものに聞こえるようになってしまっていた。我が軍は軽微なり。我が軍は軽微なり。勝っているのなら、この空襲のない博多で鉄不足と言われるわけがないし、食べ物が切符制になったりするわけもないのだ。

そういう思いをここで説明するのは無意味なので千恵子が黙っていたら、伸子はつづけて尋ねた。

「兵隊にゆく男の人が、無事に帰ってこられると思う?」

震える声で問うて、再び苦しげな嗚咽《おえつ》に喉を震わせた。嗚呼、そういうことか。千恵子はおさげを解いた柔かな伸子の髪を撫《な》でてやった。そして、尋ねる。

「伸子さん、喜三郎さんに、赤紙が来たのですね」

「……今日の昼、ご実家のお母様から電話があって、知らせが」

ああああぁぁ。立っていることも儘《まま》ならず、伸子はその場で悲鳴のような泣き声をあげて床に崩れ落ちた。この悲痛な叫び声を、扉を二枚隔てたところで喜三郎はどんな思いで聞いているのだろうか、と千恵子は扉の向こうを見つめる。別れなければならぬ者同士、声に出さずとも心の中ではどうしようもない苦しさに苛《さいな》まれているのか。それとも、この国に生まれた男子としての運命と、夕凪《ゆうなぎ》のように静かな心で出征を受け止めているのか。

こちらとそちら。薄い扉に廊下を一本隔てているだけなのに、その距離はあまりにも遠い。

三

誠一は喜三郎が出征することを予感して、政吉を家に入れたのではないか。この都合の良さはそういう考えに至るに充分だったが、真実を問う理由も千恵子にはなかった。次の日の夕食後、女中たちを集めて喜三郎の出征は正式に誠一から発表され、漆間家の居間は重苦しい空気に軋んだ。当の喜三郎は相変わらず、端正な顔を歪《ゆが》ませることなく主人の隣に座り、泣きはらした目の腫《は》れが引かない伸子もその場にいることはいたが、覚悟がついたようで、きりりと唇を結び誠一の言葉を黙って聞いていた。

二日後にはもう喜三郎は和歌山の実家へ戻り、そのまま入営するという。体格は多少華奢《きやしや》だが、しばらく一緒に暮らして見てきた限り身体に悪いところはなさそうなので、甲種合格か、悪くても乙種合格であるのは間違いない。中学校も卒業していると聞いたので、幹部候補生試験を受けることもできるだろうと千恵子は思った。

居間から人がいなくなったあと、着物の袖《そで》を伸子に摑まれていた千恵子と、摑んでいた伸子だけがそこに残った。お茶でも淹れてこようかと立ち上がりかけたら、まだ袖を摑まれていて、千恵子は再びつんのめるようにして腰を下ろす。

「……いつかおうちの近くの熊野街道に行きましょうって、約束したの。とても綺麗なところだから、一緒に歩きたいですねって喜三郎さんおっしゃったの」

昨夜の、何かを抉《えぐ》るような泣き声とは違い、魂の抜けたような掠れた声で伸子は言った。

千恵子は袖を摑んでいる手を取って握り、答える。

「行けますよ、無事に帰ってきますとも。だから明日と明後日で千人針を集めましょう」

「安易な慰めはやめて！　千恵子さんには私の気持ちなんか判らないわよ！」

「勝手なこと言ってるんじゃないわよこの淫売《いんばい》！　こんなところで千恵子さんに油売ってないでさっさと千人針でも集めたらいかが⁉」

……千恵子ではない。いきなり襖《ふすま》を開け放して現れた和江の言葉だった。解いた髪の毛に白い浴衣姿が一瞬、綺麗な亡霊に見える。伸子は現れた相手に言い返すこともできず、痙攣《けいれん》するように千恵子の手を振り解《ほど》くとそのまま立ち上がって暗い廊下へと走り去っていった。

「自分で引き止めていたくせにあの言い草ったら。何様のつもりなのかしら」

忌々《いまいま》しげに伸子の消えていった方を見ながら和江は悪態をつく。そして千恵子に、水出しの玉露を部屋まで持ってくるように命じた。

和江の部屋の扉は珍しく開け放たれていて、乾いた秋の夜風がそこを通り抜けてゆく。部屋の主はテーブルで、小さな電気灯を頼りに本の頁《ページ》を捲《めく》っていた。

「何のご本をお読みになっているんですか」

「歌の本よ」

テーブルの上に盆を置き、本を覗き込んでみたらそこに明治節の文字を見て、千恵子は声をあげた。

「まあ、懐かしい」

「千恵子さんも学校で歌わされて？」

「はい。このお歌は好きでした」

「私も好きだったわ」

「たしか最初は――アジヤの東日出《い》づるところ」

「ひじりの君のあらはれまして」

古きあめつちとざせるきりを、
大御光にくまなくはらひ、
教あまねく、道明らけく、
治めたまへる御代たふと。

めぐみの波はやしまにあまり、

　みいつの風はうな原こえて、
　神のよさせるみわざをひろめ、
　民のさかゆく力をのばし、
　とつ国国のふみにも、しるく、
　とどめたまへる御名かしこ。

　二番までを二人揃って歌い終えると、和江は珍しく楽しそうに笑い、簞笥の抽斗《ひきだし》から落雁《らくがん》を出して千恵子にも振舞った。口の中に入れて舌に乗せると、それはほろほろと脆《もろ》く崩れる。

「ねえ千恵子さん」

　和江は先ほどの笑顔とはうって変わって、なんとなく気まずそうに千恵子の名を呼んだ。

「なんでしょう」

「あのね、お裁縫を教えて頂戴」

「……何か繕うものがあれば私に言ってくだされば」

「違うの。袋を縫いたいの。……戦地に持っていけるような大きさの」

「慰問袋のような感じのですか？」

「そう」

「……ええと、もしかして喜三郎さんに？」

「違うわよ！」

今日は一段と感情の起伏が激しく、もう既に和江は怒り始めていた。

――嗚呼、そういうことだったのか、なるほど。

千恵子は今までの自分の鈍感さに呆れ返った。そう考えれば、和江がしてきた不条理な仲子への数々の意地悪も合点がゆく。和江はほんのり頬を膨らませて千恵子に背を向け、窓辺へ行くと乱暴に窓を閉めた。通っていた風が遮られ、とたんに部屋の気温が上がったように感じる。

「お裁縫箱はお持ちです？」

あるわ、と答え、落雁の入っていた抽斗とは違う抽斗を開けて和江は、椿の花を咲かせた鎌倉彫の綺麗な木箱を取り出してくると、蓋《ふた》を開けてその中身を千恵子に披露した。赤、白、緑、青、黄色、桃色、紫色。整然と並んだ、必要ないくらいたくさんの糸と、鬼縮緬《おにちりめん》の針山、そして磨かれて光る銀の指貫《ゆびぬき》。千恵子の喉からは溜息が漏れる。こんな豪華なお裁縫箱は見たことがなかった。

「袋を作る布は？」

「……」

用意していなかったらしい。千恵子が、実家から持ってきた風呂敷でも丈夫な袋になるかしら、と考えていたら、和江はおもむろに立ち上がると再び抽斗を開け、中から大きな鋏《はさみ》を取り出した。そして纏《まと》っていた浴衣の裾《すそ》を摑むと、躊躇いもせず鋏を入れたのだった。

「何を……！」

刃物を持っているため恐《こわ》くて近付けないでいたら、布の裂ける音が終わってすぐ、ひらりと一枚の布が千恵子の手の中に舞い込んできた。

「それだけあれば作れるかしら」

和江は惜しげもなく白く細い脛《すね》を丸出しにしたまま尋ねた。着物を新調してもらえないどこかの貧しい子供のように見える。

「とりあえずお召し物を替えてくださいな」

笑い出してしまいそうだったので、千恵子は見ないようにして頼んだ。切り取られた白い浴衣の布には、藍《あい》で雅《みやび》な手鞠《てまり》の模様が入っていた。さぞ綺麗な慰問袋ができることだろう。

次の日、一応は松子の許可を取ったのだろうが、伸子は朝から留守だった。珍しく和江も何も悪口を言わず、部屋に籠《こも》ったきり出て来ない。喜三郎は誠一と一緒に県庁へと出かけてゆき、政吉もおらず、家の中は風の音が聞こえるほど静かだった。昼過ぎ、千恵子が庭の畑に水をやっていると、使いに出ていた政吉が中門から入ってきて、手桶《ておけ》と柄杓《ひしゃく》を手にした千恵子に声をかけた。

「仲子さんが駅で千人針を持って立っていたけれど」

「まあ、早速」

千人針は、白布に赤い糸で千人の人に一人一針ずつ縫って結び目をつくってもらう、いわゆる験《げん》かつぎである。出征した兵士はこれを銃弾よけの護符として身体に巻いたり、帽子に縫いつけたりする。知り合いや家族だけでは千針も刺せないため、駅や港で、道行く見知らぬ女性が針を刺してくれるのを待つ。千恵子と同い年くらいの若い娘や、母くらいの女性が立っていることが多い。兄が出征するとき、千恵子も妹と一緒に酒田の駅に立った。千人の人があなたの帰還を待っている。本来であれば喜三郎の家族が最初にするべきことだというのに、千恵子には、仲子が少し先走り過ぎているような気がした。もしや昨晩の、和江が言った「千人針でも集めたら」という言葉が原因なのだろうか。

「僕も刺したかったんだけど」

「男の方では駄目ですからね」

「帰りを待っているのは、なにも女の人だけではないのに」

少し寂しそうに政吉は言った。この家に来てから二ヶ月半と少し、政吉は喜三郎に弟のように懐《なつ》いていた。暇を見ては無口な喜三郎に話しかけ、書生の仕事を教えてもらい、たまに夜二人で連れ立って外に食事をしに行ったりもしていた。男の人たちの結びつきは強く固く、娘の入る隙間はない、と千恵子は思う。連れ立って、笑いながら中門から出て行く二人を羨《うらや》ましく思いながら見ていたのは千恵子だけではないはずだ。

「千恵子さんは、誰か家族に戦争に行っている人は？」

「上の兄が満州へ」

「……僕の兄も満州だ」

「まあ、じゃあ二人で手紙を書いたら同じところに着くのかしら」

政吉はなんとなく複雑な顔をして何かを言い返そうとしたが、その前に上から何かが降ってきて、千恵子は降ってきた物に気を取られ、政吉は上を見上げ、会話はそこで止まってしまった。手桶を置き、転がっている落下物を千恵子が拾い上げると、それは寄木細工の茶筒だった。桜の模様が入っている。こんな上等で雅なものを惜しげもなく放り投げられる人は、この家に一人しかいない。

「残りの水遣《みずや》り、お願いして良いですか？」

「え？　あ、良いですよ」

千恵子は柄杓を政吉に渡し、草履を脱いで縁側から家へ上がった。

二階へ向かい、和江の部屋へ行くと昨日と同じく部屋の扉が開け放されており、部屋の主は千恵子に背を向けた恰好《かっこう》で寝台に転がっていた。テーブルの上には、出来上がった袋が。縫い目はガタガタだったが、破けないように二度縫ったあとがあり、中には昨晩和江が読んでいた歌の本と、薄荷飴《はっかあめ》の青い缶と、固く封のされた手紙らしきものが入っていた。本物の慰問袋は口を縛る紐《ひも》も同じ布だが、そこまで手をかけるつもりはないらしく、傍には藍色の細いびろうどのリボンが置いてある。

「それ、明日喜三郎に渡して」

背中を向けたまま和江はぶっきらぼうに言う。

「ご自分で渡されないのですか？」

「私明日は腹痛を起こすから動けないの」

そんなことを言いつつ和江は起き上がり、寝台を降りて千恵子のほうへと歩いてきて尋ねた。

「政吉と何を話していたの？」

細い指が千恵子の手首を絡《から》め、そこから入った毒に痺れたように千恵子の身体は動けなくなる。

「私の兄も、政吉さんのお兄様も同じ戦地へ行ってらっしゃると……」

手首は鬱血《うっけつ》しそうなほど締め上げられ、千恵子は直に首を締められているような気分になる。

「それだけ？」

「はい」

「……あなたは、伸子さんみたいなあばずれではないと思っていてよろしいのよね？」

はい。そう答えた声には酷《ひど》く真実味が欠けていて、千恵子は自分の声ではないみたいだと思った。和江の言っている意味での「あばずれ」か否《いな》かというのは、きっと一度男の人と同《どう》衾《きん》してみなければ判らない気がする。いつかの夜、千恵子は伸子と喜三郎の睦《むつみ》合《あ》いを覗いて、自慰行為をしてしまった。恐くて、悲しくて、もう二度とそんなことはすまいと決心しても、こうして和江に触れられると、身体は熱く火照る。そんな女はもしかしたらあばずれなのかもしれない。けれど、伸子のようには振舞えない。

手首に絡まっていた指の力が緩む。そして和江は千恵子の手首の代わりにテーブルの上のびろうどのリボンを取ると、白い袋の口をすぼめてぐるぐると巻きつけて、蝶々結びにしたうえで千恵子に手渡した。

「お願いするわよ」

嗚呼、その袋のなんと重いことか。中にはほとんど物が入っていないのに。千恵子は両手で和江の思いを抱え、部屋に戻ろうとしたが、再び呼び止められる。

「千恵子さん、カフェーに行きましょう」

　ブラジレイロは相変わらず洒落《しやれ》ていて、建物の中には珈琲の良い匂いが充満していた。しかし、客席からは思想家と思われる青年や、文学の議論を戦わせていた青年たちが消えていた。午後のお茶の時間には最適だというのに、客席はがらんとしている。女給たちも減っていた。

「人が減ったわね」

　注文を取りに来た丸眼鏡をかけた支配人の男に、和江は尋ねる。

「ええ、今月いっぱいで営業終了になります」

　寂しそうに支配人は言った。

「まあ、どうして」

「運輸通信省の避難場所にこの建物が使われることになったんですよ。今月末には明け渡さなければならないんです」

　支配人は一礼して、カウンターの中へ消えていった。和江は窓の外に視線を移す。唇をきゅっと結び、何かに耐えるようにしてじっと川の流れを見つめる和江の横顔を、千恵子は眺めた。

珈琲が運ばれてきて、ようやく和江は川からテーブルへと視線を戻す。そして一口飲み下してから、尋ねた。

「千恵子さん、人を好きになったことがある？」

千恵子は面くらい、目を白黒させた。和江はそんな千恵子にかまわず、つづけて尋ねる。

「酒田にいたときに、恋はしなかったの？」

ふざけているのかと思ったが、和江の目は真剣だった。千恵子は、吹雪の顔を思い出す。あの憧れが好きという気持ちなのだとしたら、それは恋だったのかもしれない。

「……男の方ではありませんでしたが、お姉さまと呼ばせていただいていた上級生が」

千恵子の言葉に特に驚きもせず、和江は身を乗り出した。

「まあ、その方とはどうなったの？」

「卒業されて、それ以降お手紙も来なくなりましたし、私からも連絡は取っておりません。ご結婚されたというお話は聞いております」

「そう……」

美しい吹雪は、結婚を頑《かたく》なに嫌がっていた。金はあるが浮気な父を持ち、泣き暮らす母を見て育ち、彼女はかつて一世を風靡《ふうび》した青鞜社《せいとうしゃ》の平塚らいてうに心酔していた。しかし世の中と彼女の父親が女の自立など許すはずもなく、無力な十七歳の娘は下級生の手を取って泣

る。いたのだ。千恵子はなす術《すべ》もなく、震える細く白い手首を見つめていたのを鮮明に憶えてい

「お元気にしていらっしゃると良いわね」

和江は千恵子を哀れむように言った。

珈琲を味わい、あと数週間後には消えてしまうであろうその香りを名残惜しみ、うしろ髪引かれる思いで店を出ると、茜《あかね》の日差しが中洲を照らしていた。夕暮は長く黒く、橋の上の二人の影を伸ばす。本当に和江がこうして二人で歩きたかったのは、自分とではなかったのだろうと千恵子は思う。明日、喜三郎は行ってしまう。その背中を見ることもせず、和江は一人、部屋で泣きながら出征する男を思うのだろう。

「お嬢様」

千恵子は先を歩く和江に呼びかけた。なあに、と和江は振り向かずに答える。

「私、おなかが痛くならないおまじないを知っております」

「なんのこと?」

「明日、お嬢様は喜三郎さんをお見送りされたほうがよろしいんじゃないんでしょうか」

「……知らないわよ、そんなこと」

「申し訳ないのですが、私は相当忘れっぽいので、明日、喜三郎さんにお嬢様の袋をお渡し

し忘れるかもしれません」

「……」

和江は一度振り返ると怒ったように千恵子を睨《にら》み付け、すぐに前に向き直って歩調を速めた。

「私の枕元《まくらもと》に、大切に置いてありますので」

背中に呼びかけても、和江は振り向かずにどんどん先へ行ってしまった。


その日伸子が一日に集めた針は八十と少し。千恵子さんも一針刺して頂戴と手渡されたので、ちょっと貸して頂戴と千恵子は頼み、こっそりと政吉にも一針刺させてやった。

翌日の朝早く、喜三郎は出発することになっていた。夜が更《ふ》けるまで啜り泣いていた伸子もやがて静かになり、千恵子が淡い闇を泳ぐように眠っていたら、いつの間にかいつもより も慌《あわただ》しい朝を迎えていた。

汽車の時間もあり、朝食の前に喜三郎は出て行かなければならなかった。寝ていないのか、赤い目をしてぐずる伸子を半ば叩《たた》き起こし、着替えて髪を整えてから千恵子が部屋を出ると、ばったりと喜三郎と顔を合わせた。既に喜三郎は出発の準備を終え、大きな鞄《かばん》を重そうに部屋から出しているところだった。うしろでもたもたと着替えている伸子のためにピシャリと戸を閉めて、おはようございます、と挨拶《あいさつ》すると、無言で会釈《えしやく》を返しただけで喜三郎は千恵子の前を歩き始めた。

男の人の背中は広く、大きい。こちらとそちら。本当にそこに引かれた線はなんと深く、なんと遠いことか。

門の前で家中の人から餞別《せんべつ》を持たされ、見かねた誠一が自分の鞄を持ち出してきたため、喜三郎は更に大荷物を持って帰る羽目になっていた。宣言した通り、その場に和江は姿を現さなかった。和江の作った袋は、千恵子の枕元に置いてある。千恵子はやきもきしながら和江を待った。

あらかた挨拶が終わり、最後に伸子が、刺しかけの千人針を渡した。それまでずっといつも通りの涼しい顔をしていた喜三郎は一瞬、優しげに表情を緩めた。そして挨拶を終え、深々と頭を下げると、小池が待っている車に乗り込んでゆく。

どうしよう、間に合わない。

千恵子は慌てて玄関に戻り、草履を脱いで部屋に戻ろうとした。すると廊下の向こうから、橙の着物に柿《かき》の葉色の帯を締めた和江が、弾丸のように駆けてくるのが見えた。その手には、千恵子が今取りに行こうとした浴衣の袋が。千恵子のほうなど見向きもせずに通り過ぎ、和江は裸足《はだし》のまま玄関に下り外へ出て行った。

「喜三郎！」

和江の叫び声が、空に響く。

「喜三郎、待って！」

二度目の叫び声に千恵子も我に返り、和江の草履を摑んで再度玄関から出ると、案の定和江は裸足のまま車を追っており、おそらく小池が気付いたのだろうが、すぐに車は停まった。裸足でなんか歩いたこともないでしょうに、あとで洗って差し上げなければ。千恵子は草履を抱えて和江のあとを追った。喜三郎が扉を開けて車から降りてきて、息を弾ませる和江の前に立つ。和江と並んだ喜三郎は大きくて、見上げる和江は小さい。小さな和江が、無言で袋を突き出した。

「……ありがとうございます」

喜三郎は、躊躇いつつも両手でそれを受け取り、大事そうに胸に抱く。

「勘違いなさらないで、あなたのために作ったわけではなくってよ」

「作ってくださったんですか？」

その返答に和江は、怒っているのか恥ずかしがっているのか泣きそうなのか、複雑な表情で頰を赤く染めた。

「ありがとうございます」

もう一度、喜三郎が言った。

「……生きて、帰ってきて」

戦争に行けない女の、小さく儚《はかな》い声。喜三郎は一瞬言葉に詰まった。その一瞬の間に、喜三郎との間を隔てる距離の遠さを感じ取ってしまったのであろう。和江は下唇を嚙み締め、返答を待たずに踵《きびす》を返し、再び門のほうへと裸足のまま駆け出していってしまった。

困ったように呆然《ぼうぜん》と立ちすくむ喜三郎に、その中にはお手紙が入っていますよ、それからその袋はお嬢様の寝間着を切り取って作ったのですよ、と千恵子が教えると、喜三郎は先刻伸子に向けて見せたような、柔かい表情になり、ありがたそうに袋を抱き直した。

「お気をつけて、行ってらっしゃいませ」

千恵子が言うと、軽く頷《うなず》いて喜三郎は再び車に乗り込んだ。黒く艶やかな車体はすぐに走り出し、土埃の舞う向こうへと消えてゆく。

残された空は果てしなく高く青く。

その空の下、一階と二階で一人ずつ、同じ男のゆくすえを思って若い女が泣いている。

千恵子は二階で唇を嚙んで涙を堪《こら》えつづけている女の足を、桶《おけ》に汲んだ水で洗い、天日乾《ぼ》しでばりばりになった手拭《てぬぐ》いで拭《ふ》いた。幸いなことに血は出ていなかったが、柔かな足の裏は真っ赤になっている。

「……どこにも行かない？」

寝台に腰掛けた和江は、足元で手拭いを絞る千恵子に、尋ねる。

「行きません」

千恵子は手を止め、和江の顔を見上げ、答える。

少なくともお嬢様が私を必要としてくださっている限りは私はお嬢様の傍におります。そこまで答えるのは少し気が引けたので、千恵子は口を噤んだ。

窓の外の空はやはり果てしなく高く青く、どこかで焼夷弾《しょういだん》の雨が降って人が命を落としているのだとは想像できない。

しかし、その間にも確実に日本は戦争に蝕《むしば》まれていた。

喜三郎を送り出してから少し経った十月十日、米軍機動部隊が沖縄に空襲をかけ、日本軍は二日後の十月十二日からは、五日間にまたがり台湾沖で空中戦を闘った。我が軍は軽微なり。聞き飽きた言葉の真偽をもはや問う術はない。日本国民が最後の一人となっても戦いつづけろと言った東条英機陸軍大将はもう総理大臣ではないというのに、十月十八日、兵役法施行規則改正の公布により、十七歳以上の男子が兵役に編入されることとなった。千恵子は、真っ先に政吉を思った。

もしかしたら博多にも空襲があるかもしれない、という噂を、ちらりと配給所で耳にした。伸子の体調がここのところずっと優れず、連絡があったときは代わりに千恵子と政吉が食料を貰いに行っていた。そのときだ。

「本当なのかしら」

またもや配給は助惣鱈《すけそうだら》。優子も調理に飽きてくるのではないかと思うのだが、少ない食料でも優子はきちんと食事を作ってくれるし、庭に作った畑からも幾ばくかの収穫はあり、漆間の家では幸いにも、特に食べるに困ることはなかった。

「沖縄に空爆があったのなら、それはあるでしょうね」

千恵子の問いに政吉は神妙な顔をして答えた。三日前まで十日ほど、政吉は誠一の使いだと言って東京へ戻っていた。博多へ帰ってきたときは憔悴《しょうすい》しきった顔をしていたが、それでも帰ってきてくれた事実に千恵子は心から安堵したのだった。外はもう肌寒く、衣替えも済ませ、女中たちも今は臙脂の着物になっている。

「もうあと戻りはできないんだ」

ぼそりと政吉は言う。

「どういうことです？」

千恵子が問い掛けると、政吉は一層声を潜め、言葉をつづけた。

「新聞では伝えられていないけど、たぶん千恵子さんがここに来たころ、日本軍はインドを攻めたんです」

「ああ、それはラジオで聞いた気がするので知っています。インパール作戦、でしたかしら」

「その結果がどうなったか知っていますか？」

「いいえ」

「七月に、もう終わっているんです。でも誰もその結果を報じない」

知らなかった、というよりも知る由《よし》もない。政吉は言葉をつづけた。

そもそもこの戦争は満州事変に始まった日中戦争から、雪崩《なだ》れ込むようにして世界の国々を巻き込んだ大きな戦争になっていったものである。当初、日本の敵は中国だけであった。

「援蒋《えんしょう》ライン」と呼ばれる、米国、英国から中国国民政府の蒋介石《しょうかいせき》へ軍事物資の援助の行われる道を切断する、それがこの戦争を始めた理由の一つだったのである。インド東部ビルマ国境にあるインパールと呼ばれる土地が、この援蒋ラインの英国軍の基地の近くにあり、そこを攻撃するため、日本軍の第十五軍隷下《れいか》三個師団は三つの方向からインパールを目指したが、そこへ至るまでには富士山よりも高い道もなき山を越え、広く深い河を越え、沼地を越え、生い茂る密林を越えなければならず、各師団とも前線に展開したころにはもう戦うこともできないほど疲れきっていた。そして四月、ビルマは雨季に入り、部隊内ではマラリアや赤痢が蔓延《まんえん》し、感染が広がって死んでゆく。残った兵士達も、水も食料もないまま飢えて死んでゆく。ようやく撤退命令が出たのは七月五日のことであった。

「そしてその直後に、東条総理が死守すべきだと言ったサイパン島が陥落した」

政吉はそう言って話を締めくくった。千恵子は喉が渇いて、声も出せなかった。三月から七月。そのあいだ国民の目や耳に入った悪い情報と言えば、五月の古賀峯一《こがみねいち》聯合《れんごう》艦隊司令長官の殉職くらいだ。あとは日本軍が順調に敵軍を蹴散《けち》らしているということばかり。

——許昌《きよしよう》攻略の戦果　敵屍捕虜三千余

——ナミ飛行場爆砕　敵機十七機血祭り

——洛陽《らくよう》爆撃　吹き飛ぶ機関車

「政吉さんは、どうしてそんなことをご存知なんですか？」

唾《つば》を飲み込み、ようやく声が出る。ふと不思議に思い、千恵子は尋ねた。政吉は眉間《みけん》に皺《しわ》を寄せたまま、低い声で答えた。

「誰にも言わないと約束してくれますか？」

真剣な声と眼差《まなざ》しに、千恵子はただ息を呑み頷く。

「僕の父は特高に殺されているんです」

「えっ」

千恵子は今度こそ言葉を失った。だって、政吉さんは三島さんのご親戚で、そんな立派なお家から犯罪者が出るなんて、しかもそんな人だったら旦那様がお雇いになるはずが。

心の中を見透かしたかのように、政吉は言葉をつづけた。

「表向き、僕の父親は三島章太郎という人になっているけれど、まだ僕が小さいころ、彼の息子が殺されて、母が尋常ではないほど泣いていたのを見て思いました。僕の父は章太郎ではなくその息子のほうだと。息子は反政府運動をしていて、仲間たちへの見せしめのようにして殺されたのだと、残った仲間が僕に教えてくれました。僕は母や章太郎に知られないように、彼らと付き合いをつづけています。その中の一人に、記者がいるんです」

政吉はそこで一旦《いったん》言葉を区切り、千恵子を見た。千恵子は瞬《まばた》きもせずに政吉を見つめ返す。

「先日東京へ行ったときに聞きました。彼はインパールへ向かった第三十三師団に同行していた。そしてどのような惨状だったか真実を見ている。写真も見せてもらいました」

「……」

「そこで既にもう、東条総理の失脚は決まったようなものだったのですよ」

私たちに知らされていることが間違いだったとおっしゃるのですか。

――いくさする身はかねてから　捨てる覚悟でいるものを

――鳴いてくれるな草の虫　天皇陛下のためならばなんの命が惜しかろう

引きずるように歩を進める千恵子の横を、銃に見立てた木の棒を振り回して、子供たちが歌いながら通り過ぎてゆく。本来の歌詞は「天皇陛下のためならば」ではなく「東洋平和のためならば」であるが、前者で歌われることのほうが多い。

かすかな雷の音とともに、空を雨雲が覆《おお》い始めた。早くしないと降られてしまう、と政吉は千恵子の腕を摑んで走り出そうとしたが、千恵子はその腕を振り払った。和江に見られたら、またなんと言われるか。

いつか和江が漏らした言葉を思い出す。ねえ、日本はこの戦争に勝てるのかしら。その言葉は今、そのまま千恵子の問いとなった。そしていつか仲子の言っていた言葉も、同じくして千恵子の問いとなったのだった。

兵隊にゆく男の人が、無事に帰ってこられると思う？

十月二十日　米軍がフィリピンのレイテ島に上陸

十月二十三日　レイテ沖海戦

十月二十五日　海軍の神風特別攻撃隊が初出撃

神風攻撃隊敷島《しきしま》隊五勇士の偉勲

神風特別攻撃隊敷島隊員として昭和十九年十月二十五日〇〇時「スルアン」島の〇〇度〇〇浬《カイリ》に於《おい》て中型航空母艦四隻《せき》を基幹とする敵艦隊の一群を捕捉《ほそく》するや必死必中の体当り攻撃を以《もつ》て航空母艦一隻撃沈、同一隻炎上撃破、巡洋艦一隻轟沈《ごうちん》の戦果を収め悠久の大義に殉ず、忠烈万世に燦《さん》たり
仍《よつ》て茲《ここ》に其《そ》の殊勲を認め全軍に布告す
昭和十九年十月二十八日　聯合艦隊司令長官豊田《とよだ》副武《そえむ》

四

ブラジレイロは、実質月末を待たずに閉店した。月が明けて十一月初旬の、冷たい雨が降る夕刻、ここのところずっと顔色が悪く、体調を懸念《けねん》されていた伸子が、とうとう倒れた。喜三郎がいなくなってから、無理な空元気で頑張る姿は和江以外の女の涙を誘った。日に日に体調が悪くなっていっているのは傍目にも判り、それなのに医者に診せることは断固として拒否していたのだ。

さすがに真っ青な顔で目を瞑る伸子を医者に診せないわけにはいかず、優子と千恵子は、志乃の往診にきている医者に診てもらうことにした。

使用していない四畳半に布団を敷いて寝かせてある伸子の容体を診ると、初老の医師はあっさりと、妊婦毒だと宣言した。その場にいた優子も千恵子も唖然《あぜん》として医者を見つめた。

「気付いていなかったのかい?」

呆れたように言って、医者は千恵子と優子の手を取ると、布団の上から伸子の腹部をそっと触らせた。そこには確かに、通常では考えられない膨らみが存在していた。「早発型だね。まだ二十週かそこらだろう。妊婦毒は遅ければ遅いほど軽くて済むんだけど、ここまで早いと母体も子供も危険だよ。入院させるかい?」

女中だけでは決められないので、とりあえず誠一が県庁から帰ってくるまでは返事は待ってもらうことにする。そしてもう一度夜に連絡させてくださいと頼み、ひとまずこの場では帰ってもらった。

「……いったい誰の子?」

真剣な顔をして問う優子にも驚いて、千恵子は顎《あご》が外れたような顔で優子を見つめてしまった。あの別れの日の様子を見ていれば判るでしょうに、と言おうとしたのだが、あの日は和江のほうがもっと目立っていたことを思い出して、千恵子は口を噤む。

伸子の綺麗だった顔は青黒くむくみ、細い指も芋虫みたいに太くなっている。少し前の食欲旺盛《おうせい》な時期に気付いてあげていれば、こんな無理をさせることもなかったのに。

「もしかして、喜三郎さんと？」

ようやく思い出したのか、優子は眉を顰《ひそ》めて尋ねた。

「はい。そうだと思います」

「そう……」

長い溜息をつき、優子は目を覚まさない伸子のお腹《なか》を再び触った。

「二十週と言ったら、もう五ヶ月を過ぎているということよね。それにしては少しお腹が小さすぎない？」

「目立つほど膨らんでくるのは七ヶ月を過ぎてからですから、おそらく正常だと思います」

自分の母のお腹から妹の生まれた過程を思い出し、千恵子は答えた。優子は複雑な顔をしたまま、夕飯の支度に戻るからと言って部屋を出て行く。

お腹に子供がいるのであれば、生きて帰ってくるかもしれないとは言え、どれほど別れは辛かっただろうか。確かに千恵子などに、その辛さが判るわけもない。兄が戦死する可能性は充分あるけれど、それはなんだか全く想像ができなかった。

しかし今一番身近にいる政吉が出征することを考えたら、思いがけず、千恵子の胸の中は波のような墨に塗《まぶ》されたのだった。何もしていないのに鼓動が速まり、手に汗が滲《にじ》む。兄に対する気持ちとは驚くほど異なっていた。そんなときに、ガラリと戸が開き、千恵子は震え上がる。

「何をしているの、こんなところで」

振り向くと和江が立っていた。横たわる仲子を見て、あからさまに怪訝そうな顔をして尋ねる。

「優子さんが松子さんと何かこそこそ話をしていたけど、何かあったの？」

何もありません、と千恵子が返答するよりも前に、仲子が背後で苦しげに呻《うめ》き声をあげた。

千恵子は慌てて仲子に向き直り、なす術もなく手を握る。眉間に皺を寄せ、痛みを必死に堪えているような形相で、荒い呼吸の間に微かな声が聞こえた。

「仲子さん、大丈夫？」

「い…痛い、お腹痛い……」

千恵子の手を握る力が強まり、何かの機械のようにその力は強く、もう手を振り解くことができなくなった。医者を呼ぼうにも電話は応接間のほうにしかない。おたおたしていたら次第に呼吸は速くなり、そのうち仲子は搾《しぼ》り出すような叫び声をあげながら、布団の上をのたうつように転げまわり始めた。

「仲子さん!?」

驚いた和江が千恵子の傍らに座り込むのと同時に、叫び声を聞きつけた松子と優子も部屋に入ってきて、のたうつ伸子の姿に驚いて尋ねた。

「どうしたの⁉」

「優子さん、お医者様に電話をお願いできますか」

千恵子がそう頼むと事情を察した松子が、産婆《さんば》さんの手配も、と重ねて言い、優子は慌てて応接間のほうへと駆けてゆく。松子もそのあとを追って部屋を出て行き、再び部屋の中は伸子と和江と千恵子だけになった。千恵子の手を摑んだまま転がりまわる伸子は、押さえつけようとしてもその手を撥《は》ね除《の》けて、苦しげに叫びつづける。

「……どういうこと、産婆さんて」

背後で、しばらく黙っていた和江が低い声で問うた。もうこの状況で下手な嘘をつくことも不可能なので、千恵子は在りのままを答えた。

「お腹に赤ちゃんがいるんです。……でも妊婦毒で伸子さんも赤ちゃんも、このままだと危険なんだそうです」

和江の顔色が一気に白くなる。奥歯を嚙み締めるギリギリという音が聞こえてきそうだった。しばらく部屋には伸子の苦しむ声だけが聞こえていたが、結局和江は千恵子に真実を尋ねた。

「……父親は喜三郎なの」

「おそらくは」

「いつから判っていたの」

「つい先ほど、奥様の往診にいらしたお医者様に診ていただいて」

和江の平手打ちによって千恵子の言葉は遮られた。じんじんと頬が熱く痛く、何が起きたのか判らずに千恵子は呆然と和江の顔を見つめる。和江は千恵子の間抜けな顔に再度平手を見舞い、声を荒らげた。

「一緒に働いているのだから体調の悪くなっていることくらい判るでしょう！　何をしているのあなたたちは！」

一気にまくしたて、和江は千恵子の手を握っている仲子の腕を摑むと強引に引き剝《は》がし、その身体をガクガクと揺さぶりながら叫んだ。

「この淫売！　聞こえていて？　私あなたが喜三郎の子供を殺したら許さなくってよ。判っているでしょうけど、戦争で死ぬかもしれない喜三郎があなたに彼の命を預けたのよ、自覚していて？　その子を流したら私はあなたを殺すかもしれないわよ、ちょっと、聞こえているの仲子さん、返事をおし！」

返事をせず、痛みに悶《もだ》え苦しんでいる仲子に摑みかかろうとする和江を背後から抱きとめ、なんとか仲子から引き剝がしたところに、松子が慌しく扉を開けて入ってきた。

「千恵子さん！　あなたお嬢様に何をしてるの⁉」

松子の大きな声に和江は我に返ったようで、千恵子の腕を振り解くと部屋の外へと駆けてゆく。千恵子は弁明の余地を与えられず、頭を垂れる。

「伸子さんのことは私と優子さんでなんとかするから、あなたはお嬢様のところへ行きなさい。あと旦那様がお帰りになったら状況の説明をお願いするわね」

松子のてきぱきとした指示によって部屋を出された千恵子は、中門の前で医者と産婆を待ち、二人を部屋に案内してから和江の部屋へと向かった。

和江は案の定、屍《しかばね》のように寝台に転がっていた。千恵子は何と声をかければ良いか判らず、しばらく美しい屍を見ながら戸の前で佇《たたず》んでいた。泣き声は聞こえない。意を決して寝台に近付き、ほうじ茶を淹れてきましたよ、と声をかける。テーブルの上にお盆を置いて、窓のほうに回り込むと、和江は魂の抜けたような顔をしてただぼんやりと空を見つめていた。

「私、喜三郎の子が欲しかった」

まるで気持ちの籠っていなさそうな乾いた声で和江は言った。

「でも神様は私ではなくあの売女《ばいた》を選んだのよね」

何と返答すれば良いものか。黙っていると和江は腕を伸ばし、千恵子の手を摑んで引いた。

「傍にいて」

手のひらは、いつかのようにひんやりと、花びらのように滑らかで冷たい。

「はい」

「ここに来て」

和江は縋るように千恵子を見つめ、腕を更に引いた。千恵子が足をよろけさせて寝台の上に倒れ込むと、和江は千恵子の身体に腕を回して、その肩に顔を埋める。頰の横で乱れる髪の毛からは、白檀《びゃくだん》の香のような、懐かしい香りがした。千恵子がうっとりとその香りに酔っていたら、ふと唇に、柔かな和江の唇が重なってきた。その行為に千恵子は、僅かな違和感すら抱かなかった。

ねえずっと傍にいて。

はい。

他の人と仲良くなっては嫌。

はい。

何か、千恵子はこうなることを漠然と待っていたような気がした。幾度も幾度も、和江は唇を重ねる。やがて甘い蜜《みつ》が滴り、髪に絡めた指先は熱くなり、恍惚《こうこつ》と目を瞑れば闇はどこまでも柔かい。

階下では、生まれる前の赤子が母親の胎内で死んでいた。

泣き叫ぶ伸子の悲痛な声は遠く、遠く、千恵子の耳にも和江の耳にも、聞こえない。

元気で、声高く朗らかに笑う伸子が倒れ、漆間家はだいぶ活気がなくなった。体調が良くなりしだい、伸子は実家の青森に帰ることが決まっていた。誠一は、預かっていた伸子を傷物にしてしまった旨《むね》を両親に謝罪し、見舞金としていくらかのお金を包む。

博多の秋も深まりつつある中、空気の入れ替えをするために窓を開け放したままの応接間で、ジリジリと電話が鳴った。机を拭いていた千恵子が手を止めて受話器を取ると、交換手が通話を繋《つな》いだ相手は千恵子の実家の母だった。そう言えばだいぶ手紙を書いていなかった。焦《じ》れて様子を聞くために電話でもかけてきたのだろう。千恵子は咄嗟《とっさ》に謝ろうとしたが、それよりも前に、年老いた女の声が、言った。

「昭夫が、満州で死んだ」

電話の向こうから聞こえる女の声は、確かに千恵子にそう伝えた。意外なほどあっさりとした、ひどく作り物めいた声だった。千恵子が黙っていると、水が漏れるように啜り泣く声が聞こえ始める。

……覚悟はしていた。

今突きつけられたこの事実が、出征した男を国で待つことしかできない女のゆくすえだと、兄を送り出したときから覚悟はしていたけれど、千恵子の足は震え、指先は冷たく凍え、声は喉の奥で硬結する。

昭夫兄さん。昭夫兄さん。必ず生きて帰ってくでば、千恵子の土産は何がいいが。生きて帰ってきてくれればそだけで良いです、ご病気には気ぃつけて。わかてるよ。昭夫兄さんは下しやすいんださげ、お腹を冷やしたら駄目じゃがね。わかてるよ、お母さんみてだね千恵子は。

そのあと母が何を言ったのか、千恵子が何と答えたのか憶えていない。気付けば電話を戻し、政吉に声をかけられたときの千恵子は、床の上に座り込んでただ天井を見つめていた。

「千恵子さん、何があったんですか」

その声も最初はとても遠いところから聞こえた。

「千恵子さん」

自分の名を呼ぶ声。放っておいて、と千恵子は思う。天井から、目の前にある顔へと焦点をずらすのが一苦労だった。

千恵子さん、と、声は何度も千恵子の名を呼ぶ。やがてやっと焦点が合う。

「……政吉さん」

「そんなところに座っていては冷えてしまいますよ」

膝をついた政吉は千恵子の胸の前に手を伸ばした。その手を取れと言うのか。しかし千恵子の手はだらりと垂れ下がったままだ。

「動けないの」

千恵子は訴える。電話で聞いた母親の、作り物めいた声にそっくりだった。

「どうしてこの国は戦争をしているの？　どうして兄さんが死ななきゃいけないの？　この間政吉さんが話してくれたビルマのお話が真実なのであれば、日本が投降する機会はあったんでしょう？　それなのにどうしてまだ戦争をしているの？」

政吉を責めても、政吉にこんなことを言っても仕方がないのに、遣《や》る瀬《せ》無くて、作り物みたいな声で千恵子は機械のように、どうして、と繰り返した。政吉は眉を顰め、千恵子の両肩を摑み尋ねた。

「お兄さんが、亡くなったんですか」

着物越しに肩から、じんわりと政吉の熱が伝わってくる。それほど千恵子の身体は冷えていた。千恵子が頷くよりも早く、政吉は千恵子の頭をその胸の中に抱いた。男の人の匂いと熱が顔を包む。嗚呼、温かい。でも涙は出ない。

ねえ伸子さん、生まれる前に大切な人が死んでしまうのと、生まれてからずっと絆《きずな》を培《つちか》っていたのに、その絆でも抗えない力によって大切な人が目の前から消えてしまうのと、どちらがより辛いかしら。

ねえどうして。問うても誰も答えてくれない言葉は虚《むな》しく落下して暗い水底へ沈んでゆく。縋ることも泣くことも受け入れることもできないまま、ただもがくようにして、もういっそ身体ごと、心ごと、言葉と一緒に水の底へ沈んでしまいたい。


政吉が千恵子の兄の死を誠一に伝えた。誠一は千恵子を部屋に呼び、満州国へ行く切符を手配してあげるから現地へ行ってくるか、と尋ねた。兄の遺品をその手で日本に持って帰ってくるか、と。

千恵子は断った。満州へ行ったとしても、会いたい人はもう死んでいる。憔悴した様子で首を横に振る千恵子に誠一は、明日は一日休養を取るようにと命じた。千恵子はますます首を横に振る。仕事をしているほうが気が紛れるから、と言っても、松子も優子もよってたかってその申し出を潰《つぶ》しにかかった。

「お嬢様の世話は私がするから、いやだけど」

優子は苦笑いしながら、だから休め、と言う。ちょうど和江は熱を出して寝込んでいた。

結局千恵子は一人の部屋で夜を過ごし、遅い朝を迎えた。誰も起こしに来ないし、何をする必要もない。手持ち無沙汰《ぶさた》に縁側で庭を眺めながら、優子がこさえたおやつの干《ほ》し柿《がき》を齧《かじ》っていたら、使いから戻った政吉が、これから街に出掛けないかと声をかけてきた。

「僕ではお兄さんの代わりになるとは思わないけど、旦那様にも許可を貰っているし、千恵子さんさえ良ければ甘味でも食べに行きましょう」

政吉の笑顔には翳《かげ》りがなく、千恵子はつられたように笑顔になり、頷いていた。

街、とはこの辺りでは中洲のほうか、もしくは岩田屋デパートのあるほうを指す。政吉はいつも使いで自転車を使っていたが、千恵子が自転車に乗れないため、二人は連れ立って歩いた。もう十一月も半ばになっていた。薄い外套を羽織っても袖から吹き込んでくる冷たい風が少し寒いくらいで、千恵子は手に息をかけて擦《こす》り合わせる。

「寒いですか？」

「ええ、少し」

答えるや否や、政吉は千恵子の手を取って、自分の手のひらの中に包み込んだ。乾いたさらさらとした気持ちの良い手のひらだったが、傍から見たら手をつないでいる若い夫婦のように見えてしまう。手よりも頬のほうが熱くなり、千恵子は手を振り解こうとしたが、政吉の力は見た目よりも強く、がっちりと摑んだまま離してくれない。

「誰か知っている人に見られたら困ります」

千恵子は赤くなっている顔を見られないよう、俯《うつむ》いて政吉を詰る。

「僕は千恵子さんのお兄さんですよ？　僕たちはきょうだいですから。何も困ることはありません」

政吉は面白がって答えた。私よりも年下のくせに。先日誕生日を迎え十八になっていた千恵子は内心舌打ちしたくなる。政吉が先に歩く道は、過去、和江と一緒にブラジレイロへ通った道だった。政吉は、通りかかった友樂館の石段を上り、ポスターの並んだショーウィンドウを覗く。上映作品は、既に戦争映画だけになっていた。

「映画でも観ようかと思っていたけど、観たくなるのありませんね」

こっそりと、耳打ちするように政吉は言った。館内の赤い絨毯は鮮やかだけれど、人の姿は見えない。政吉は手をつないだまま、階段を下りた。つないだ手からは政吉の熱が伝わってきて、不思議なことに反対側の手のひらまで温かくなっていた。映画館を通り過ぎ、特に喋ることも思い当たらず、千恵子は無言のまま政吉の半歩あとを歩いた。

政吉は、今まで千恵子が通ったことのない薄暗く細い道に入ってゆく。そんな路地を千恵子は知らなかった。小料理屋などが並んでいるが、政吉が入っていったのは、路地の奥まったところにある、料亭と思われる建物だった。暖簾《のれん》をくぐり、平然とした態度で飛び石を進んでゆく政吉の背中を見て、千恵子は躊躇する。

「政吉さん、私、お金が……」

「そんなものは僕が出しますから、心配しないでください」

　玄関で履物を脱ぐ。仲居の案内で薄暗く長い廊下を渡り、部屋に通されて初めて、千恵子は自分の無知と無防備を恥じた。二間続きの狭い部屋だった。襖を開ければ奥の間には二組の布団が敷いてあるのだろう。

「……帰ります」

「帰らないで！」

　扉を開けようとした千恵子の前に政吉は立ち塞がり、前日と同じように千恵子の身体を引くと胸の中に抱きしめた。昨日は兄の死に呆然としていて気付かなかったが、背に回る政吉の腕は太く固く、頬に触れる胸は広く暖かく、不覚にも抗えずに千恵子の手足の先からは力が抜けていった。

「騙《だま》すような真似をしてごめんなさい。でもずっとこうして千恵子さんと二人で話したかったんです」

「二人きりで話すだけなら甘味屋でも良いじゃありませんか」

　抗わなければいけないのに、口では嫌がっているようなことを言っているのに、千恵子は動けず、ぐったりと政吉の胸に抱かれたまま詰る。

「千恵子さんが嫌なら僕は何もしませんから、帰らないでください」

「何もしないのなら何故こんなところへ」

「あの家では千恵子さんが泣けないだろうから」

その言葉に、千恵子は返す言葉がなかった。

戦地で天皇陛下のために殉ずることは名誉とされている。漆間家の主は国家に、天皇陛下にお仕えする人である。その人の前で、兄が死んで悲しい、と口にするのは憚《はばか》られた。

「……別にここに来ても、同じです」

そうは言いながら、兄の死に対してよりも、政吉の気持ちに千恵子は涙が出た。涙は少しだけ政吉の上着を濡らして、すぐに止まった。悲しみは涙で浄化できるわけではなく、時間が浄化するものだ、と、吹雪が言っていたのを思い出す。

「政吉さん」

「はい？」

「私、ぜんざいを食べようと楽しみにしてきたのだけど」

「……頼んできます。部屋から出ては駄目ですよ」

それきり涙が出なくなったことも不思議だったが、食欲があることも不思議だった。政吉が部屋を出てゆき、千恵子は一人、ハンカチで目尻《めじり》を押さえて洟《はな》を啜りながら円卓の座布団に座る。昨晩ほとんど眠れなかったため、円卓に肘《ひじ》をついてうつらうつらと嫌な夢を見ていたら、どのくらい時間が経ったのか判らないころ、ガラリと戸が開いて、政吉が湯気の立つぜんざいと綺麗なガラスの器に盛られたアイスクリームを盆に乗せて戻ってきた。甘い香りに唾液が滲む。

「おまちどおさんでーす」

女給の真似らしき口ぶりと共に政吉は千恵子の前に、ぜんざいの椀と塩昆布の小皿を差し出した。箸だけが朱漆の金箔《きんぱく》でやけに豪華だ。目の前に座り、銀のスプーンで嬉しそうにアイスクリームを口に運ぶ政吉は子供のように無邪気で、千恵子は、胸に抱きすくめられたときの漠然とした恐怖に似たものは感じなかった。

「私にも一口くださいな」

なんとなく微笑ましい気分のまま千恵子はそう言ってしまい、目の前にいるのは近所の子供ではなかったと焦《あせ》る。しかし政吉は律儀に白い山を一口掬い、千恵子の口の前にそのスプーンを運んだ。誰が見ているわけでもないのに、躊躇いながら口を開けると、ひやりと甘いものが入ってくる。そして唇の間からスプーンが抜けるのと同時に、政吉の手が千恵子の顎を摑み、冷たい唇が千恵子の唇に重なってきた。

かつて触れたことのある和江の柔かな唇とは違い、そのくちづけは乱暴で、弾力があって、唇を割って入ってくる舌は冷たく甘い。驚きもせず、千恵子はただ目を閉じて政吉のくちづけを受けた。

お嬢様、私はあばずれなのかもしれません。政吉さんのくちづけに、抗うこともできません。

懺悔《ざんげ》をするような気持ちで、千恵子は和江を思う。

政吉は一度唇を離し、卓を跨いで千恵子の傍に寄り、再度千恵子の身体を胸に抱くと強く唇を重ねた。甘い舌を挿し入れて口の中をかき回されるたび、千恵子の思考はぜんまいのネジのように停止してゆく。やがて政吉の唇は唇を離れ、頬にくちづけを繰り返し、千恵子の耳朶《みみたぶ》を啄《ついば》んだ。荒い息が耳にかかり、千恵子は抗うように顔を背け、ぎゅっと身体を縮める。そうすることにより、政吉はますます千恵子の身体を深く抱き込むことになり、火照《ほて》ったうなじには、冷たいはずなのにやきごてのように熱いくちづけが降る。

「やめて……」

いいえ、やめないで。もっと別のところにもくちづけて。心の奥で別の女が囁く。高雄《たかお》に結んだ帯に手が掛けられる気配がして、抱く力が弱まったと思ったら、すいと身体が宙に浮いた。千恵子は政吉の腕に抱え上げられていた。

「お、下ろして」

政吉はそんな抵抗などあっさりと無視して、千恵子を抱えたまま続きの間の襖を開けた。

案の定そこには二組の布団が、ぴったりと寄り添って敷かれており、それを見た千恵子の心臓は破裂しそうになる。政吉は壊れ物を扱うようにそっと千恵子の身体を布団の上に降ろした。そしてまた上からくちづけを降らせる。

「嫌なら何もしないって言ったじゃないの」

「でも千恵子さん、嫌じゃないでしょう」

くちづけの合間に答える政吉の声はひどく意地悪で、千恵子がむっとして起き上がろうとすると、大きな手が乱暴に身体を布団の上に押さえつけた。

「大人しくしてれば、乱暴にはしませんよ」

「嫌、離して！」

千恵子の叫びも虚しく、政吉の手によって瞬《また》く間に帯は解かれ、襦袢《じゅばん》の胸元まで開けられていた。抵抗したくても千恵子の両の手首は政吉に押さえられていて、脚も政吉の脚の間に挟まれていて動かせない。政吉は千恵子の嚙み締めた唇にくちづけると、そのまま顎から首へと顔をずらしてゆく。千恵子の首を舐《な》め、吸い付き、軽く歯を立てる。声を出したらきっと喘いでしまう。抵抗すら誘う言葉になってしまう。千恵子は唇を嚙みつづけた。しかし、政吉の唇が胸の突起を啄んで吸い、その先を舌で舐《ねぶ》ってからはもう無理だった。

「……いやあぁぁ」

政吉の愛撫《あいぶ》をその肌に受けるたび、堰《せき》を切って水が流れ出るように千恵子の喉からは喘ぎ声が漏れつづけた。やがて鬱血した手首を解放されて、脚の間に政吉の脚が割り入ってくる。逃げるよりも千恵子は政吉の背に腕を回して縋りつき、脚の間にあたる政吉の膝頭《ひざがしら》が、もっとそこを強く刺激してくれないかと、愛撫を待っていた。

嗚呼お許しくださいお嬢様、私はあばずれです。今まで知りませんでしたが、仲子さんと同じ、男の人に触れられてよがってしまうあばずれです。

政吉の唇が胸を吸えば、もっと気持ちよくしてほしくて腰を浮かせてしまう。政吉の指が脚の間に触れれば、その奥にある虚しさを満たしてくれるのを待ってしまう。膣《ちつ》に指を挿し入れられる痛みすら気持ちが良くて、中を掻《か》きまわされれば何度も腰が震えてしまう。どろどろと身体の中から溢れた液体が、いつの間にか敷布団を濡らしていた。

服を脱ぎ捨てた政吉は、滑らかな薄褐色の肌に覆われた、赤面してしまうほど綺麗な身体をしていて、千恵子の鼓動は更に速まった。そして初めて目にした男の、固く膨張した脚の間のものは想像していたよりもずっと大きく、化け物みたいな形だった。脚を開かされ、それを擦りつけられたとき、千恵子の身体は恐怖に竦《すく》んだ。

「嫌、そんな大きなのは無理です」

「大丈夫、きっと入るから力を抜いて」

“私”を見つける
幻冬舎文庫の女性作家フェア

最新刊

表示の価格はすべて本体価格です。

2017.02
幻冬舎文庫　創刊20周年

すばらしい日々
よしもとばなな

父はなぜ最後まで手帳に記録し続けたのか？

父の脚をさすれば一瞬温かくなった感触、ぼけた母が最後まで孫と話したがったこと。老いや死に向かう流れの中にも笑顔と喜びがあった。愛する父母との最後を過ごした“すばらしい日々”が胸に迫る。

540円

犬とペンギンと私
小川糸

ハレの日も、雨の日も、どっちも特別。

インド、フランス、ドイツ……。今年もたくさん旅したけれど、やっぱり我が家が一番！　家族の待つ家で、パンを焼いたり、ジャムを煮たり。毎日をご機嫌に暮らすヒントがいっぱいの日記エッセイ。

600円

女の子は、明日も。
飛鳥井千砂

仕事　子供　家庭　恋愛　ほしいものは、どれ？

略奪婚をした専業主婦の満里子、女性誌編集者の悠希、不妊治療を始めた仁美、人気翻訳家の理央。女性同士の痛すぎる友情と葛藤、その先をリアルに描く衝撃作。

600円

骨を彩《いろど》る
彩瀬まる

色とりどりの記憶が、今あなたに降り注ぐ。

十年前に妻を失うも、心揺れる女性に出会った津村。しかし妻を忘れる罪悪感で一歩を踏み出せない。わからない、取り戻せない、もういない。心に「ない」を抱える人々を鮮烈に描く代表作。

540円

幻冬舎 〒151-0051 東京都渋谷区千駄ヶ谷4-9-7 Tel. 03-5411-6222 Fax. 03-5411-6233
幻冬舎ホームページアドレス http://www.gentosha.co.jp/

た。

物のように動き、次の瞬間、今まで千恵子が経験したことのない鋭い痛みが脳天を貫いてい

くなった脚の間のものをその膣口にあてがった。溢れた体液にまみれてそれはぬるりと生き

指ですら痛かったのに、非情にも政吉はまた千恵子の腕を摑んで抗えないようにして、固

「やめて、堪忍《かんにん》して」

「あぁぁーっ」

痛い、痛い、痛ぃ。

深々と中に突き刺さったそれは千恵子の身体を裂くかのようで、あまりの痛みに千恵子の目からは涙が溢れた。政吉はその顔を見て、辛そうにごめんなさいごめんなさいと謝罪を繰り返しながら、ゆっくりりと腰を動かし始める。酷い、こんなに痛いのにどうして止《や》めてくれないの。千恵子は歯を食い縛り、涙を流す。

しかし、それはおかしな感覚だった。身体の中が抉られて擦られて、ひたすら痛いはずなのに、やがて最初の痛みは遠退《とおの》いてゆき、しだいに千恵子の身体の中はただ熱く、虚しく、いつの間にか政吉によって満たされることだけを待っていた。

自慰をしてあんなに後悔したのに、この行為のあとに襲われる後悔の渦はどれほど深いことだろう、と千恵子は思い、それでも流される。そしてどこか遠くから聞こえてくるような、

自分の喉から漏れている喘ぎ声を聞いた。どれほど深い闇に落とされるのだろう。伸子は喜三郎と床を共にして、後悔をしなかったのだろうか。

腰を打ち付ける政吉の肌からは汗が垂れ、千恵子の身体は海の上に放り出されそうになる。嗚呼お願い放り出して。もっと強く突いて満たして。収縮する膣が政吉を締め上げ、千恵子が叫び声をあげながら放り出された瞬間、身体の中で政吉が痙攣し、奥のほうに熱い液体が何度も放出された。

滴るようなあやまちに、満たされて、悲しくて、気が遠くなる。


兄の昭夫は決して身体が丈夫ではなかった。しかし徴兵検査で乙種として合格してしまったので、数ヶ月後に召集され二等兵として出征して行った。去年のことである。昭夫の出征が決まってから千恵子は二人の妹と一緒に、風の吹き抜ける酒田の駅で千人針を持ち、通りかかる暗い顔をした女たちに、針を刺してもらった。お父さん？　お兄さん？　そう尋ねる女たちに、兄です、と千恵子は答える。そう、と、女たちは憐《あわ》れむように笑う。そして、無事帰ってこられますように、という言葉と共に、針を刺す。

針を刺すのは女と決まっている。いつか政吉が、そんなのは不公平だと言ったが、全くそのとおりだと千恵子は思う。女の情念は深く、闇のように底知れない。けれど男の情念だって負けないくらい深く、熱いのではないかと思う。

障子戸の外は、燃えるような夕暮れに沈もうとしていた。烏《からす》の鳴き声が遠くに聞こえる。千恵子は肌寒さに夢うつつから引き戻され、身体を起こした。横で静かな寝息を立てて眠る政吉が床に脱ぎ捨てた上着から、何かの封書がはみ出ていた。封はびりびりに破かれていて、千恵子はいつかペーパーナイフを買ってあげようと思う。着物を肩に引っ掛け、起き上がり、何気なくそれを手に取った。そして、いけないと思いつつも中を覗いた千恵子は、山漆の葉に触れてしまったときのようにそれを取り落とした。

この紙の色は。

縮まる心臓を抑えてもう一度恐る恐る封筒を拾い、中の、薄い淡紅色の書面を取り出して広げた。千恵子の息は止まる。

……嗚呼、神様どうして。どうしてこの人まで。

臨時召集令状
右臨時召集ヲ令セラル依《ヨッ》テ左記日時到著地ニ参著シ
此《コ》ノ令状ヲ以《モッ》テ当該召集事務所ニ届出《イ》ヅベシ
到著日時　昭和十九年十一月二十二日午後一時

到着地、召集部隊の記載もある。そして「甲種」の印が左上に押印されていた。徴兵検査はもう既に受けていたということだ。先日東京に戻ったのはお使いのためなどではなく、検査のためか。何より、記入された召集の日時はもう四日後であった。手が震えて、千恵子はその令状を封筒の中に納めることができない。

「そういうことだったから、千恵子さんと二人きりで話がしたかったんだ」

寝ていたと思っていた政吉の声が、突如背後から聞こえる。千恵子が驚いて振り向くと、とても悲しそうに政吉は微笑んでいた。

「どうして」

千恵子の口からはそんな言葉しか出てこない。

「政吉さんは三島のお家の方なんでしょう。大本営にお知り合いだっているでしょう。それなのになぜ二等兵での召集なの？　お目こぼしを受けることはできないの？」

その問いに、悲しそうな笑い顔のまま、政吉は答えた。

「僕の母は三島の六番目の妾《めかけ》なんだ。それに僕は、前に話したとおり三島の家の者とは認められていない。むしろ志願兵の年齢が下がったことで厄介払いできて、本家の者はせいせいしているだろう」

政吉はまだ十六だが、三島本家の者が政吉の母に、息子を志願させるよう命じたのだという。

昨日聞いた母の声と同じく、作り物のような、芝居の台詞《せりふ》のような言葉だった。しかし政吉の言葉は決して作り物ではなく、ここは舞台でもない。その事実に千恵子の目からは涙が溢れた。

行かないで。傍にいて。どんな後悔も乗り越えてみせるから愛撫をしつづけて。何もかも言葉にならず、ただ胸が痛くて涙が流れる。しゃくりあげる千恵子を政吉は抱き寄せ、その冷えた身体を滑らかな肌の中に包んだ。

「泣かないで」

「だって」

「千恵子さんとこうしていられて、幸せなんだから」

この悲しみは時間が浄化してくれるのだろうか。千恵子は心の中でかつての美しい上級生に問うた。ああお姉さま、浄化にはどのくらいの時間がかかるのでしょうか。吹雪はただ、記憶の中で悲しく微笑むだけだった。

「……もう一度」

千恵子は政吉の胸に縋って言う。

「もう一度抱いて。ずっと忘れられないように、政吉さんを私の身体に刻んで」

「千恵子さん」

「お願い」

その言葉に、政吉は千恵子の顎を摑み、じっと顔を見つめると、涙にくちづけた。頬にくちづけ、唇を重ねる。そしてゆっくりと身体を倒し、千恵子の身体を組み敷くと痛いほど抱きしめた。骨が撓《しな》るほど強く抱きしめられ、痛いほど愛撫され、貫かれ、抉られて打ち付けられる。

お願いもっと強く、もっと乱暴にして、壊れるくらい。

汗にまみれて懇願する千恵子の声は、泣き声なのか喘ぎ声なのか悲鳴なのか、もう判らなかった。迫り来る波のような闇。このまま二人でその波に飲まれて引きずり込まれたなら、このままときを止めることができるだろうか。別れずに済むのだろうか。

嗚呼、神様。千恵子は泣く。そして、政吉の胸に縋る。


屋敷に戻ったのは、既にとっぷりと日の暮れた、夜の九時過ぎだった。松子らは政吉が付いているから、と特に千恵子の心配はしていなかったが、和江は違った。千恵子たちが戻って来る様子を二階から眺めてはいたが、二人の間で繋がれた手を見て、ギリギリと唇を嚙み締めた。

千恵子は風呂《ふろ》を使い、なんとなく勿体無い気持ちで政吉の名残を洗い流した。脚の間から半濁した液体が流れ出てくるたび、それを押し戻したいと思う。そして政吉を、愛《いと》しいと思う。弟みたいに思っていた政吉が、まさかあのような行動に出るなど思ってもいなかったが、強引に求められる心地好さと、奈落へと落ちてゆく怠惰な快感は譬えようもなかった。ひりひりと内壁が痛む。血のついた下帯を盥《たらい》の中で洗い、搾った。

風呂から上がり、千恵子が台所に水を汲みに行くと、和江が灯りもつけず、その奥に蹲《うずくま》っていた。確か風邪を引いていたはずだ。それなのにこんなところで、上着も羽織らずに。千恵子は自分の着ていた上着を脱ぎ、和江に手渡そうとしたが、和江はその手を引《ひ》っ叩《ぱた》き、青白い顔で千恵子を睨み上げた。

「ずっと政吉と二人でいたんですってね」

千恵子はその炎のような気迫に押され、小さな声で、ハイ、と答える。

「あなたもあの売女と一緒ね。私の傍にいると言ったくせに」

ゆらりと、亡霊のように立ち上がり、和江は千恵子の横を通り過ぎてゆく。その背中に声を掛け、呼び止めて事情を話しても、単なる言い訳にしかならないだろう。和江の座っていたあたりから、熱に籠った白檀の香りが立ちのぼってくる。千恵子はその香りを胸の奥まで吸い込み、グラスに水を汲むと一気に流し込んだ。

その晩は夢も見ず、泥に埋まるようにして千恵子は眠った。政吉に抱かれ、その罪に対する後悔に襲われるかと思っていたけれど、不思議なことに微塵の悔いもなかった。千恵子の身体の中にあるのは、肌と股関節《こかんせつ》の痛みと、満たされたことによる疲労に似た充足感。そして政吉への愛しさだけだった。

明けて昼間、和江に呼ばれて千恵子は二階の部屋へ向かった。まだ熱が下がりきっていないのか、部屋の真ん中に立つ和江の頰はほんのりと赤い。そして瞳《ひとみ》も潤んでいる。和江は部屋に入ってきた千恵子をその潤んだ瞳で見据え、直後、頰を引っ叩いた。やはり風邪で弱っているのか、それほど痛いとは感じなかった。しかし気を緩めたら反対側の頰も手の甲で払われ、千恵子はよろめいて床に膝をつく。

「私に嘘をついた罰よ」

頭の上から花瓶の水が降ってきて、千恵子の背筋にも胸元にも生き物のように水が伝う。床にはばらばらと摘んだばかりの野紺菊の花が散った。

この季節に水浴びはもう寒い。でも、これは罰、と千恵子は奥歯を嚙む。千恵子は嘘をついた。あばずれではないと言っておきながら、あばずれだった。和江の傍にいると言っておきながら、風邪で和江が苦しんでいるときに政吉と出かけ、政吉に抱かれ、政吉のために涙を流した。和江は寒さに蹲る千恵子の手を引いて立たせ、窓際まで歩かせた。開け放した窓の桟柱に巻きついた、鈍く銀色に光る鎖が千恵子の目に入る。その鎖の先には黒い革でできた太い犬の首輪が。

「お嬢様……」

「私ね、嘘つきが嫌いなの。それにあばずれはもっと嫌いなのよ」

抵抗しようと思えばできた。しかし和江の手は何よりも強い鎖のように千恵子の指を絡め、そこに連れて行くと、容赦なく千恵子の首に首輪を巻きつけたのだった。

「小さな頃にね、お父様が犬を貰ってきてくださったの。むくむくした可愛い黒い子犬だったのだけど、一年もしないうちにすぐに大きくなってしまって、本当に熊《くま》みたいに大きくなってしまったの。力も強くて、普通の綱では食い千切って逃げてしまうのよ。だから鎖を買っていただいたの。それでも逃げたいらしくて、歯がぼろぼろになるまで噛んでいたわ。金属の鎖だから食い千切ることなんてできないのにね。取っておいて良かったわ。首輪もその犬のものだから、もしかしたら獣臭いかもしれないけれど、あなたには丁度良いわね」

抑揚のない声で言い聞かせながら千恵子の首に巻かれた首輪は、ぞっとするほど金具が冷たい。更にその金具に和江は南京錠《ナンキンじょう》をつけて、小さな鍵《かぎ》を袖の中に仕舞ってしまった。

「お座りなさい、その首輪に相応《ふさわ》しいように」

立ち尽くす千恵子に和江は命じた。

「お許しください……」

「お黙り。言うことをお聞き」

和江の手に頭を摑まれて、ぐいと下におろされる。屈辱的な行為に千恵子は唇を嚙み締め、命に従って膝を折り、両手を床についた。うしろから吹いてくる風が冷たくて、奥歯がカチカチと鳴り、身体が凍りそうだった。

「いいザマだわ。しばらくそうしてらっしゃいな」

和江は千恵子の姿を見下ろして満足そうに言うと、南京錠の鍵を持ったまま部屋の外に出て行ってしまう。

「お嬢様！」

千恵子の呼び声は虚しく天井に響くだけで、部屋の戸も、無慈悲に閉められた。

柱と千恵子をつなぐ鎖は、千恵子の身長程度の長さしかなかった。解こうとしても身体そのものが障害になって解けず、首輪を切ろうにも、鋏の入っている抽斗まで手が届かない。

千恵子はひとしきりもがいてから、なす術のないことを知り、ただ空っぽな気持ちで虚しさと寒さに身体を抱えた。寒いと欠伸《あくび》が出る。そしてそれによって眠くなってくる。寝ては死ぬ。雪山で遭難しているような気分で、千恵子は手の甲に爪を食い込ませた。

お嬢様、何をそんなに恐れているのですか。あなたを蝕むものは何なのですか。私がどうすればあなたの心を安らがせることができるのですか。

千恵子は窓際に仲良く並んだ二つの文化人形に問う。答えはない。時間が経つにつれ肌を刺す寒さに意識が遠退いてゆく。視界の中で、人形の赤い帽子が溶けてゆく。朦朧《もうろう》とした頭では、もはや何も考えられない。

それでも、死にゆくような眠りの中、千恵子は和江の言葉をぼんやりと頭の中で繰り返した。

……あなたもあの売女と一緒ね。私の傍にいると言ったくせに。

和江はそう言った。あの売女、とは誰のことだろう。千恵子は単純に伸子のことだろうと頭の隅のほうで思い込んでいたが、私の傍にいると言ったくせに、という言葉につながるとなると、伸子ではないような気がする。伸子はただ和江に怯えていたし、二人にそれほどの繋がりはないだろう。

かつてブラジレイロで、過去に恋をしたことがあるのかと、和江に問われた。お姉さまと慕った上級生がいた、と千恵子は答えた。和江は相手が女であったことに、驚きもせずその事実を受け入れた。過去にきっと和江も、千恵子と同じように美しい同級生や上級生に思いを寄せたのかもしれない。そして、裏切られ、泣いたのかもしれない。

かつて慕った少女に裏切られ、好きになった男は別の女を孕《はら》ませ、そしてまた慕った女は他の男と遊びにゆき。もしこれが自分に降りかかったことだったら、自分ならばもっと泣いているだろう。千恵子は、伸子の妊娠が判った日の、萎《しお》れた白百合《しらゆり》のような和江を思う。そして遠退く意識の中、和江の泣き声を聞く。

……なんとか失禁する前に、松子が千恵子の有様を見付けてくれた。

いつもは部屋に引き籠《こも》っているくせに、今日に限って珍しくなかなか部屋へ戻らない和江を不審に思い、何かあるのかとこっそりと部屋を窺ったら千恵子が倒れていたのだ。倒れていたというよりも冷え切って寝ていたのだが、千恵子は松子に南京錠を外してもらい（針金で外せるものだった）、和江に内緒で部屋に戻された。そして濡れた着物を着替えさせられて寝かされた。一時間くらいしてから、女中部屋に誠一が事情を聞きに来たので、千恵子は慌てて起き上がり、布団の上に転がっていた綿入れを羽織った。

誠一は向かいの伸子の寝台に腰掛け、疲労の溜まった顔で千恵子に謝罪した。

「そんな、私のほうが悪いのですから、旦那様が私に謝罪などなさる必要は御座いません」

千恵子は慌てて立ち上がり、床に膝をつき、誠一に頭を上げるように言う。

「松子さんからいつも聞いているよ、和江の我儘には全《すべ》て千恵子さんが付き合ってくれているから、ほかに被害が及ばないと」

「私など、お嬢様のお相手をさせていただくだけで嬉しゅうございます」

誠一は長い溜息をついた。そして、どうして和江はあんなふうになってしまったのだろう、と誰にともなく言った。

「一人東京の高女に残してきてしまったからだろうか」

千恵子は黙ったまま誠一の伏せた瞼《まぶた》を見つめた。夏からここのところだいぶ忙しかったらしく、毎晩のように客が訪れており、応接間の方にはお茶を出したあとも夜遅くまで灯りがついていた。誠一の目の下はうっすらと黒く落ち窪《くぼ》んでいる。

「私には判りません。それにもし私がその理由を判っても、私から旦那様に申し上げることなどできません」

いつか優子に聞いた理由や自分なりに考えたことを思い巡らし、千恵子は答えた。

和江はまだ女学校の学期が残っている。それなのにこちらの女学校に通わないのは、いつか東京に帰って復学するためなのだと松子が言っていた。一日中慣れない土地で慣れない家の中に籠り、貸し本屋もほとんど来ないような場所で、対等におしゃべりをする友人もない。そんな環境だったら、自分もきっと良い娘のままではいられない、と千恵子は思う。

そうだね、と誠一は頷き、部屋を出て行こうとして思い出したように振り返った。

「和江がこんなことをしてしまったけど、千恵子さんはまだこの家で女中をつづけてくれるかい？」

千恵子は躊躇なく頷いた。誠一は嬉しそうに微笑み、再度出て行こうとしてまた立ち止まった。

「ああそう言えば、急だけれども如月君が明日の朝、東京に戻ることになった。見送りをするからいつもより少し早く起きてくれるかな」

……心臓が、背後から腕を突っ込まれ、摑まれたように縮んだ。昨日赤紙を見た時点では四日後だったので、出発は明後日だと思っていた。もうこんな日が暮れてからでは千人針に立つこともできない。

はい、と千恵子が答えると誠一は今度こそ戸を開けて部屋を出て行った。

身体が震えた。こんな急に別れがやってくるなんて。兄の死を聞かされてから二日しか経っていないというのに、また大切な人を戦場に送り出さなければいけないなんて。ただ私は、無事を祈ることしかできないのですか。

政吉の顔を見たら泣いてしまいそうで、千恵子はそれきり部屋に籠った。優子から扉越しに食事の用意ができたと言われても、気分が悪いと嘘をつき、布団の中で自らを抱き、政吉から受けた愛撫を思った。あれが、本当に最初で最後だなんて。あの指も、舌も、もう触れることができないなんて。身体の真ん中に空洞ができたようだ。

どれくらい経ってからか、窓の外で木の枝の折れる音がした。続いてガラスを叩く音。千恵子が布団から朦朧とする頭だけ出してそちらを見遣ると、外の闇の中に政吉が立っていた。慌てて寝台を降り、千恵子はガタガタと窓を開けた。

「夜は雨戸を閉めたほうが良いですよ」

政吉は笑いながら言う。言いたいことがたくさんあるのに、千恵子の口からは何一つ言葉が出て来なかった。政吉さん、とただ名前を呼ぶと、千恵子さん、と政吉は答える。

「出発が明日の朝になってしまった」

意外にも乾いた声で、政吉は言った。乾いた声、と思ったのは千恵子の心だが、ほかにどんな声を出せたというのだろう。千恵子は頷き、言った。

「旦那様から伺いました」

「もう一度千恵子さんを抱きたかった」

政吉は千恵子のおさげを手に取り、愛しそうにくちづけた。そしてそのまま頭一つ低い場所から腕を伸ばし、窓越しに千恵子を抱きしめ、小さな声で言った。

「こちらからねだるのもおかしな話だけれど、何か餞別をください、千恵子さんが身に付けている物を」

千恵子はその言葉に戸惑った。餞別は差し上げたい。しかし今の千恵子にはあげられるようなものが何もなかった。和江が喜三郎にしたように手紙を書く時間も、伸子が同じ男にしたように千人針に立つ時間もなかった。少し考えてから千恵子は政吉の腕を解き、寝台の下から裁縫箱を出し、中から裁ち鋏を取り出した。そして、ついさっきまで政吉がくちづけていたのと反対側のおさげに、躊躇いもなく根元から刃を入れた。

「千恵子さん！」

ジョキリと良い音がしておさげの束が切り落とされ、摑んだ手の中でそれは茹《ゆ》でた菜っ葉のように垂れ下がる。千恵子は古いハンカチにそれを包み、政吉に手渡した。

「なんてことを……」

「戦地に持っていってください。私だと思って」

政吉は包みを大事そうに受け取ると、懐《ふところ》に仕舞った。そして腕を伸ばし、確かめるように切り取られた方の髪の毛を撫で、再び千恵子の首に腕を回してその身体を抱き寄せた。

「ごめん、千恵子さん」

夜風の音に混じって、耳の近くで政吉が泣いている。

「謝らないで」

二人は涙の味のする、永遠のように長いくちづけを交わした。唇を離したあと、政吉は千恵子の頰を両手に包み、尋ねた。

「生きて帰って来られたら、僕と一緒になってくれますか」

……奪わないで。温かな手のひらに、千恵子は願う。

「ええ、勿論《もちろん》です」

この人を奪わないで、神様。

五

翌朝、喜三郎のときと同じようにして家中の者に見送られ、政吉は東京へと帰っていった。千恵子は午前の仕事を終えたあと、和江の目を盗み、新聞社のビルディングを越え、市電の線路を越え、若宮通近くの警固《けご》神社へ向かった。日が高いのに、神社の参道はなんとなく薄暗く、鳥居には驚くほど多くの鳩《はと》が止まっている。

政吉が帰る前に何もすることができなかった千恵子は、ただ無事を祈るしかできない。袂から賽銭《さいせん》を出して、賽銭箱に投げ入れる。乾いた音が響く。二礼二拍手一礼し、千恵子は手のひらを合わせ、ひたすら政吉の無事を祈った。鳩が、バタバタと音を立てて背後で羽ばたく。毎日、それを繰り返した。そして戦況を知るためにひたすら新聞を読んだ。

政吉の召集日である二十二日から二日経った十一月二十四日正午、東京では、米国に占領されたマリアナ諸島から飛来した爆撃機B29による初空襲があった。八十機の編成で来襲したB29は、都下北多摩郡武蔵野町の中島飛行機製作所とその付近を集中爆撃し、その後小隊に分かれ、荏原《えばら》、品川、杉並と東京港の一部を爆撃した。そして三日後の二十七日、今度は十機のB29が白昼、雲の上から渋谷、城東、江戸川を爆撃した。爆弾と大型焼夷弾の混合投下だったため、破壊力が大きく、負傷者も多く出た。更に二日後の二十九日深夜から三十日早朝まで、二日に跨いで、一次、二次と続いて空襲が行われた。被害地は第一次空襲時に神田、本所、城東、江戸川、葛飾《かつしか》、そして第二次に芝、麻布《あざぶ》、日本橋、葛飾である。このときも爆弾と油脂焼夷弾の混投だったため、一度に大規模な火災が発生し、神田区内は忽《たちま》ち合流火災となって延焼が広がった。このB29による一連の空襲で東京は、八五四棟一一五九世帯が罹災《りさい》し、一万三六五六坪が焼失した。

警固神社の参道も通い慣れ、宮司に正しい祝詞《のりと》の上げ方を習って暗記したころ、暦は師走《しわす》に入る。にわかに、これまで以上に慌しく誠一の具合も思わしくないように見えてきて、任期はまだ残っているが、東京に呼び戻されることが決まった。東京から地方へ疎開に出る人々が、十二月の初め現在で一日に千二百人弱である。その流れに逆行するが如く、有力な地方知事は元々東京の人間のため、誠一のような立場の者は皆内務省に呼び戻されていた。

　そして同じころ千恵子は再び山形からの電話で、父親の重治が倒れたと聞かされ、実家に戻ることが決まった。お兄さんが亡くなった満州にも行けなかったのだから、手遅れになる前になるべく早くお帰り、という誠一の気遣いにより、漆間の家族と松子、優子が東京にゆく一週間前に千恵子は帰り支度を始めた。体調の回復した伸子も、途中まで千恵子と一緒に帰ることになったのだった。

　汽車に乗る前日、千恵子と伸子は背中合わせになって自分の荷物をまとめる。

「千恵子さんは一年もいられなかったわね」

　何日か振りに喋る伸子は寂しげに話し掛けてきた。

「ええ、でも良い経験をさせてもらいました」

　千恵子は一瞬手を止め、短いけれど充実した博多での日々を思い返す。きっとこのまま帰れば千恵子が山形の田舎から出ることは二度とないだろう。それはきっと伸子も同じはずだ。

再び少ない着物をたたみにかかったら、伸子がポツリと言った。

「私ね、青森に帰ったらお見合いをして結婚するの」

「え？」

「旦那様が良い人を見付けてくださったんですって。それで両親は納得したみたい」

……だって喜三郎さんは。死んでしまったお腹の子は。

千恵子は一瞬考え、その言葉を心の中で言うだけに留めた。喜三郎や政吉が兵隊に行かなければならないのと同じように、残された女たちにはやらなければならないことがある。結婚して、丈夫な男の子を産むこと。兵隊に行ってしまった人は帰りを待つしかできないけれど、その間にも結婚をして子供を産むことはできる。

辛いですね。千恵子が言うと、仕方のないことだから、と伸子は答えた。

和江とはあの日以来、言葉を交わしていなかった。誠一と松子がだいぶ配慮してくれていたおかげで、二度と鎖につながげられたりはしなかったが、千恵子の顔を見ても暗い瞳をして目をそらす和江は、きっと何か言いたいことがあるのだろうと千恵子は思う。しかし自身から話しかけることは、配慮してもらっている立場上憚られた。

翌朝、喜三郎や政吉が見送られたのと同じ時刻、まだ薄暗い中、千恵子と伸子は漆間の屋敷をあとにした。和江は最後まで姿を見せなかった。空襲のせいで省線が動いていないかもしれない、という理由で小池は時間をかけて、門司港まで車を走らせた。そして千恵子たちは白い息を吐きながら連絡船に乗り込む。

下関へ通勤している人たちのほかは人影がまばらで、二人とも黙ったまま、ただひたすら揺れる波を見つめる。やがて口を開いたのは伸子のほうだった。

「お嬢様が私に意地悪だったのは、喜三郎さんのことが好きだったからなのね」

なんとなく勝ち誇った声を、千恵子は少しだけ不愉快に思った。

そもそも独占欲というものが、千恵子にはよく判らなかった。女学生のころ、美しい吹雪と仲良くしている千恵子は、吹雪に憧れる他の下級生たちから妬《ねた》まれた。妬むくらいなら、皆で仲良くすれば良いではないかと思っていたが、どうやらそういうものではないらしい。そのとき初めて千恵子は明確な独占欲を知った。疎《うと》ましいのではなく、羨ましい、と千恵子は思った。心の中にそれほどの情熱を持たない千恵子は、彼女達の瞳や指先から発せられるキラキラと光るような生気が、まぶしく感じられたのだ。

だから千恵子は、そうじゃありませんよ、と仲子の言葉に心の中でだけ否定する。あの人はただ、人との関りを持ちたいだけだ。その方法が歪んでいるだけで。一番に愛されることを望んでいるだけ。和江の発する光は、出会った瞬間から格別だと思った。求める力が強すぎて、きっとその力に耐えられない人は、疲労し、離れてゆくだろう。そして悲哀という光が輝きを増し、どうしようもなく惹《ひ》かれるのだ。少なくとも千恵子は、和江のすることなら何でも赦《ゆる》せるだろうと思っていた。

下関に到着して、そこから東京まで気が遠くなるほどの時間を汽車で過ごした。隣で仲子がぶつぶつと何か呟いていたが、汽車の騒音で何もかも掻き消され、千恵子には雨の音程度にしか聞こえなかった。やがて千恵子が覚醒《かくせい》するのと同じくして、伸子が眠りに落ちる。涙の筋が煤《すす》に汚れて黒かった。

人と埃《ほこり》と煙草《たばこ》に煙る上野駅で千恵子は伸子と別れた。さようなら千恵子さん、手紙を書くわ。そう言って千恵子の手を握ると、伸子は大きな荷物を持って雑踏の中へと消えていった。

汽車の時間までまだ何時間もあったので、駅の売店で五銭を支払い、新聞を買った。金属同様、紙も高価になっているので、売店にもあまり数がなく、千恵子の買ったのが最後の一部だった。

天皇陛下の大きな御尊影の横に、白抜きで「大東亜戦争第四年に突入」の文字が刷られている。もうそんなに経っていたのか。千恵子は混み合う待合室の隅に座り、松子がくれた干し柿を齧りながら、薄暗い電灯の灯りを頼りに小さな文字を追った。

——われ奇襲に成功せり　高千穂降下部隊　敵飛行場に殴込み

——紅蓮《ぐれん》の敵基地へ　天降《あまくだ》る純白の華

——B29十五機撃墜　五機は体当り

日本から敵陣への攻撃は、特別攻撃部隊が主流になっていた。数ヶ月前、燻《くすぶ》った日本人の心を湧《わ》かした神風特別攻撃隊が発端である。現にこの新聞にも、囲み記事で「臣道の極致神風隊」とあった。天皇に帰一し奉《たてまつ》る真善美の神業　一億この必殺精神に徹せ。記事を書いているのは大本営海軍報道部長の栗原大佐という軍人である。神風はアメリカでは自殺行為と報道されているが、それは困る、と彼は記事に書いていた。

神風特攻隊というものはこれを発令された長官が既に神である、指揮者も隊員も勿論神である、訓練の時から神である、必死必中という言葉が既に間違いだと思う、必死とか死を覚悟しているという事ではない、生死を超越しているのである。

記事を読み終え、言いようもない鬱屈《うっくつ》とした思いに千恵子は目を閉じた。

栗原大佐、自殺行為だと思わないのであれば、あなたがまず回天に乗れば良い。これが愛国だと、この行為が生死を超越しているのだと言うのなら、まずはあなたが紅蓮の敵基地へ降る純白の華になれば良い。千恵子は新聞を握り締め、祈る。ねえ政吉さん、お元気ですか。東京の空襲で麴町の連隊は大事なかったようですね。きっとあと一ヶ月もしたら、戦地へ向かってしまうのでしょうね。ねえ政吉さん、死ぬ前にあなたに会いたいです。

やがて汽車が来る。上野から酒田へは夜行列車に乗ってゆく。

機械油臭い車内の固い寝台に揺られて千恵子は朝を迎えた。荷物を担《かつ》いで列車を降りると、十二月の正午近くの酒田駅には、大気が煙るほどの海風が吹いていた。その風を頰に受け、千恵子は故郷に帰ってきたのだ、と実感した。駅と、日本海を望む港は離れているが、それでもびゅうびゅうと風は吹いてきて、ときおりその風には雪の粒が混じり、福岡での日々からは想像もつかぬほど寒い。家は駅から徒歩で十分ほどだが、その間にも手足が凍え、頬被《かむ》りをしているにも拘わらず頬が痛くなった。

瀬崎家は、土着ではなく重治の父親の代に秋田のほうから引っ越してきた余所者《よそもの》である。酒田と東酒田の真ん中からやや酒田側に位置する。約十ヶ月ぶりに足を踏み入れた実家は、悲しくなるほど狭く小さく、貧乏たらしいものだった。電気は辛うじて通っているものの、博多の屋敷では当たり前に慣れてしまっていた、ガスも上水道も下水道も存在しない。水を汲むのは庭の井戸から。風呂も炊事も、薪《まき》を焚《た》かなければならない。

それでも暮らしてしまえば十日ほどで千恵子はまた元の生活に馴染み、寒い家にも慣れた。思えば漆間の屋敷での暮らしが、一介の娘には贅沢すぎるものだったのだ。

千恵子は長女である。上の兄は戦死し、下の兄は結婚して東京で暮らしている。下の兄の兵役の年は過ぎているが、背が小さいため兵隊には行けないでいた。下には妹が二人と弟が一人。妹二人は千恵子よりも八歳と十歳年が違い、弟に至ってはまだ六歳である。

胃潰瘍《いかいよう》に倒れた重治は鉄道省の職員で、酒田駅に勤めている。雇用条件のきちんとした勤め先であるため、重治が倒れてからも半年は給料の七割を保証してくれるということだったが、裏を返せばそれ以降に復職できなかった場合には、申し訳ないけれど、という意味もある。長男である昭夫を失ったことは重治にとって何にも勝る悲しみを与えたらしく、病院の寝台で寝ているその顔は憔悴しきっていた。

「年越しは家で過ごしてえもんだな。皆で蕎麦《そば》食べでの」

見舞いに行った千恵子に、重治は力なく笑いながら言った。

妹たちの世話をするため、母のトヨは家に、千恵子はその代わりに病院に来る役割分担になっていた。汚れ物をまとめ、重治と会話をして、バスに乗って駅に出て家へ帰る。帰れば妹たちは飽きずに博多の屋敷の話を聞きたがった。酒田しか知らない娘たちだから、まず暖かい南の町というのが想像できないのであろう。毎日こんな海風に晒《さら》されるようなこともないと千恵子が言うと、妹たちは暖かく穏やかな気候の町に思いを馳せてうっとりと目を細めるのだった。

二十九日の夜に再び潰瘍が見付かったため、結局家へ帰って新年を迎えるという重治の願いは叶《かな》わなかった。柔かくて食べられそうな伊達巻《だてまき》と、花人参《はなにんじん》と椎茸《しいたけ》の煮しめだけ届けて、大晦日《おおみそか》の年越し蕎麦の食卓を、重治抜きで囲んだ。千恵子たちが豆炭炬燵《こたつ》に入って蕎麦を啜っている最中、東京には千六百余の焼夷弾の雨が降り、そのあと夜空に割れるような除夜の鐘を聞いている、まさに年を跨ぐときにも、東京では火事の中を逃げ惑う被災者たちが新鮮な水と国の助けを求めていた。

遂《つい》に一切の決定される年が来た。大和一致を標榜《ひょうぼう》して起った小磯内閣の下に、吾々《われわれ》は凡《あら》ゆる障碍《しょうがい》を乗り越えて、ただ一つ勝利を目指して邁進《まいしん》すべきこの年を迎える。

（中略）

宣戦の大詔を拝して既に三年の歳月が流れている。今日なお国内に解決を待つ大小の問題があることは、一面吾が綽々《しゃくしゃく》たる余裕を物語ると同時に、他面、嘗《かつ》てドイツ帝国の大宰相がその国人の政治的観念を評して「徒《いたず》らに精神的」といったが、同様の事情が日本の政治のうちに看取せられるためであろう。戦局が切迫の一路を辿《たど》りつつあるとは、政治の比重が日を逐《お》って増大しつつあるの謂《いい》に外ならぬ。この新しい年と共に、大和一致の真面目を発揮して、国家総力の完全なる結集に到達するために、勝利への大道を最後まで歩み尽すために、指導者がその智慧《ちえ》と勇気とを惜しみなく示されんことを祈るものである。

誤って吾々は一切の決定される年が来たと言った。決定されるのではない。吾々の一人一人が、特に指導者が自らその手によって勝利の為《ため》に一切を決定する年が来たのである。

昭和二十年一月一日　読売報知より

おかしい、と思ったのは、一月最後の、夕焼けが奇妙なほど赤い日だった。真冬なのに、夏の夕暮れのように、やけにその日は夕日がゆっくりと沈んでいた。

一月から二月にかけての酒田は十二月よりも寒く、海風も益々強くなる。外に出るときはすっぽりと頭巾をかぶらないと髪の毛はすぐに潮でべたべたになり、鼻にも目にも埃が入ってえらいことになる。町じゅうの女がモンペ姿に頭巾を被って出歩いているので、恥ずかしいことではないが、まだ千恵子には博多での暮らしに未練があった。

一月半ばに重治は無事退院しており、復職も果たし、ときおり除雪車に乗っては上乗せ賃金で饅頭《まんじゅう》などを買ってきて幼い子供らを喜ばせていた。トヨの内職の繕い物を手伝うほかは特に千恵子が働く必要もなく、日がな一日、時間の止まったような町で暮らしており、そのおかげで千恵子はその変化に全く気付かなかった。

どんなに貧しい食べ物が続こうと、月に一度、必ず月のものはあった。けれども、記憶を辿れば漆間の屋敷を出て以来、二度来ていて良いはずのものが、両方とも来ていなかった。そして、ここ数週間に連続する嘔吐《おうと》と、尋常じゃない食欲。

……伸子さん、おそらく私は今、かつてのあなたと同じ身体になっている。

便器に蓋をし手洗いを出て、千恵子は扉の前で立ち尽くした。お腹を押さえてもまだ膨らみなどはない。しかし立ちくらみに目を閉じると、妊婦毒にのたうちまわる伸子の姿が蘇る。そして胸が痛くなるような泣き声に重なって、和江の言葉まで聞こえてきた。私、喜三郎の子が欲しかった。

……産まなければ。

千恵子は再び目を開け、臍《へそ》のあたりを見つめた。

でもどうやって。

千恵子はまだ未婚の、そしてまだ二十歳にもならない娘だ。夜、千恵子は家族が眠ったあと、別れ際に伸子が教えてくれた彼女の実家の住所に宛《あ》てて、手紙を書いた。戦争が始まってからは、郵便物は全て政府の検閲を通してでないと配送されなくなっていた。別に政治的にやましいことを書いているわけではないのに、万年筆を握る千恵子の手のひらには汗が滲み、字が歪む。ゆっくりと文面を考え、一文字一文字、便箋にしたためた。

前略　お互いに実家に戻って三ヶ月ほどになりましたが、お変わりありませんでしょうか。初めて差し上げるお手紙でこんなことをご報告するのは気が引けますが、現在私は、かつて伸子さんが喜三郎さんのことで苦しんだのと同じ苦しみを背負うことになりました。相手は政吉さんです。彼が東京に戻る二日前に初めて結ばれてそれきりですが、まさか妊娠するとは夢にも思っておりませんでした。仲子さんは喜三郎さんの子を産もうとしていらっしゃいましたね。でもずっと隠してらした。あのときに妊婦毒で皆が知ることにならなければ、仲子さんはどのようにして産もうと思っていらしたのですか。仲子さんの代わりではないけれど、私はお腹の子を産みたいと思っています。この手紙が無事に仲子さんに届くことを願っております。お返事お待ちしております。かしこ

仲子様

瀬崎千恵子拝

インクが乾いてから便箋を四つに折りたたみ予備の便箋を一枚入れて、封筒に糊《のり》をした。

翌日、郵便局に届けに行ったが、意外なことに十日後にはもう仲子からの返事が来た。検閲が入る割に随分と早く届くものだと感心しながら千恵子は封を切り、なんだか良い匂いの漂う便箋を広げ、流れるような文字を目で追った。

前略　お手紙いただけて嬉しゅうございます。私は先日結納を済ませ、来月には相手の家への輿入《こしい》れが決まりました。漆間さまのお屋敷で過ごした日々に戻りたいと言えばバチが当たりそうな気がいたしますが、これから来る日々のことを考えると憂鬱でなり

ません。相手はもう四十を過ぎた方で、私は後妻として迎え入れられます。喜三郎さんのように美しい殿方ではありませんので、触れられることを考えると少しぞっとしてしまいます。私は喜三郎さんの子供を産めなかったけれど、少しでもあの人の子供をお腹に宿せたことが幸せでした。ですから、千恵子さんが政吉さんの子を宿したと知って、純粋に嬉しゅうございます。あのとき産婆さんに伺ったお話に拠《よ》れば、流産や死産は早期の栄養失調の妊婦が多いそうですので、なるべく動かぬよう、なるべく栄養のあるものを召し上がるよう、お気をつけくださいませ。私はお腹が目立ってきたら、漆間さまのおうちをお暇《いとま》しようと思っていました。福岡の市街に、無許可だけれど取り上げをしてくれる病院があったので、お給金を貯《た》めていた分をはたき、そこに入院させてもらうつもりでした。千恵子さんのおうちは確か酒田ですね。港のほうへ行けば街は栄えているでしょうし、そういう病院の一つくらいはあるのではないかと存じます。お探しになってみてはいかがでしょう。経過をお聞かせくださいね。

かしこ

吉村伸子拝

千恵子様

無許可で取り上げをしてくれる病院、なんてこの酒田では聞いたことがなかったが、知らないだけで、もしかしていかがわしい通りにはそういうところもあるのかもしれない、と千恵子は港のほうの雑踏を思う。

伸子からの手紙を丁寧に封に納め、千恵子は古い簞笥の専用の抽斗に奥深く収めた。

次の日、欲しい本があるからと家を出て、千恵子は乗り合いの馬橇《ばそり》に乗って酒田の市街地へと出かけた。橇は駅を越えて港のほうへ向かう。不思議なことに駅を越えると、家の傍よりは風が強くなかった。

市役所の前に橇が止まる。千恵子は橇を降り、頭巾を取って港へと向かった。酒田港は最《も》上川《がみがわ》と並行するようにして、日本海に口を開く。川から流れる水と海の水と。酒田港の水はきっとほかよりも塩辛くないだろう。

千恵子が自ら鋏を入れて切ってしまった髪の毛は、まだ肩にも届かず、風に煽《あお》られて顔に張りつく。酒田は福岡のように市街地にデパートがあったりするわけではないが、港町としては比較的大きな街だ。そして造り酒屋もいくつかある。通りを歩き、千恵子は船場町と呼ばれる地区で、それらしい路地を探した。船場町は明治時代まで遊郭のあった場所だ。住宅地を通り過ぎ、酒を出す店が軒を連ねる通りでは、真冬の昼間だというのに重治くらいの年齢の男たちが地べたに座り込んで酒を呷《あお》っていた。

おそらく「いかがわしい」度合いで言えば、ここが一番いかがわしい。千恵子は通りの入り口で足を竦ませていた。しばらくして、背後から声をかけられた。

「若いお嬢さんがこんなところにいたら駄目だよ、何してるの」

千恵子は驚いて振り返る。低く掠れた声の持ち主である女は、母のトヨと同じくらいの年で、こういうご時世だと言うのに化粧が濃かった。ひっつめた髪のおかげで露《あらわ》になっているその顔もはっとするほど美しく、一目でいかがわしい界隈《かいわい》の住人だと判った。言葉に土地の訛りもなく、外から流れてきた酒を出す店の人間だろう。

「す、すみません」

千恵子は無意識にあとずさる。

「何か探してるの？」

「……病院を」

どうせもう二度と会わないだろうと思い、千恵子はあとずさるのを止めて白状した。

「病院？　堕《お》ろすの？」

さすがに話が早い。千恵子は、産みたいんです、と答えた。

「あんたみたいな真面目そうなお嬢さんが、どうしてまた」

「親の知らないところで出会い、結婚する前に兵隊に行ってしまったから」

千恵子がバカ正直に答えると、女は少し驚いた顔になり、立ち話もなんだから、と千恵子の手を引いて歩き始めた。限りなく港に近いほうまで女は千恵子を連れて歩き、細い路地に入った。そしてまだ暖簾のかかっていない一軒の店の戸をガラガラと開ける。中は、二人掛けのテーブルが二つにカウンターのこぢんまりとした小さな店だ。私の店だから、と女は言って、テーブルの椅子に腰掛け、千恵子にも座るよう促す。

この界隈の人だったら、何か知っているかもしれないと思い、千恵子は病院を探すに至った経緯を話した。政吉のことを思って涙が出そうになったが、堪えた。そして、おそらく親に知られたら有無を言わさず堕胎させられるということも。女は煙草を吸いながらも、真剣に千恵子の話を聞いていた。ひととおり話し終えたら、女も煙草を消して、深く長い溜息をつくと千恵子の顔を見つめた。

「あたしが昔世話になったところがあるから、教えてあげるよ」

「あるんですか⁉」

「一駅向こうだけどね。あと入院はできないけどね」

千恵子は喜んだあと、落胆した。入院できなくては、大きくなったお腹は隠せない。その落胆ぶりが顔に表れていたようで、女はクスリと笑い、膨らんできたらうちへおいで、と提案した。思いもかけないその助け舟に千恵子は喜ぶべきなのだろうが、あまりにも親切で逆に気味が悪かった。しかもこんな小汚い店で初めて会った、更に水商売の女を相手にして、自分はいったい何をしているのか。急に我に返り、千恵子は恐くなる。しかしその感情も顔に表れていたらしく、女はまた笑った。

「心配しなくて良いよ。何も取って食うわけじゃないから。あんたいくつ？」

「……十八です」

「あたしの子が生きてたら、今あんたと同い年くらいだわ」

「……いつ亡くなられたんですか」

「死産だった」

千恵子は、マッチを擦って二本目の煙草に火をつけるその女の指を見つめた。

「あ、だからって産婆がいけなかったわけじゃなくて、そこの婆はもうだいぶ年寄りだけどきちんとしてるよ。その頃はあたしが食べるもんも食べられなくて、しかもこういう仕事してたから。そりゃ丈夫な子なんか産めないとは思ってたけどね」

あたしの名前は菊代、と女は名乗った。そしてまだ不安そうな顔をしている千恵子に菊代は、女の子一人で来るような場所じゃないけどいつでも来ていいからね、と言った。千恵子も菊代に名を名乗り、店を出たら既に日は沈んでいた。欅は終わっている。薄暗い長い道のりを、歩いて帰った。どこかからみりんと醤油《しょうゆ》の混じり合う匂いが漂ってきて、耳の下あたりが痛くなる。風がまた強くなり、頭巾をあの店に忘れてきたと気付くころにはもう家の近くまで戻って来ていた。

建て付けの悪い玄関の戸を開けて入ると、千恵子目がけて幼い弟が駆けてきて、なんとなく不安そうな顔で、父さんと母さんが待っている、と伝えた。やましいことをしてしまったあとなので、千恵子が暗澹《あんたん》とした思いで居間へ向かうと、早くに帰宅していたらしい重治が胡座《あぐら》をかいて食卓の前に座り、その横には目を真っ赤に腫らしたトヨが正座をしていた。

……あ。

千恵子の目は食卓の上の一点に引き付けられた。そこには、抽斗の奥に仕舞っておいたはずの伸子の手紙が、封筒から抜き出され広げられていた。抗議する術を持たない千恵子はただ息を呑む。父と母、四つの目に射られ、鼓動はこれ以上ないくらい速く強く、その場からぴくりとも動けなかった。

「どういうごどだ」

先に口を開いたのは重治だった。千恵子は自分の鼓動だけ聞きながら黙って目を伏せた。トヨはその言葉を皮切りに再び涙を流し始めた。風が窓を揺する音に混じり、啜り泣く声は亡霊の恨み節のようだった。

「九州さ行ったとき、この手紙さあるよなふしだらなことあったんだが」

ありました。でもそれはお父さんが言うようなふしだらなことではない。千恵子は下唇を嚙む。言い返しては重治の逆鱗《げきりん》に触れるだけだろう。胃の中は空っぽのはずなのに、苦い液がこみ上げてきた。お腹に子供がいると自ら宣言してしまうような行為を、こんなときに見られるわけにはいかない。しかし飲み込もうとしても涙が出て、不快感に耐え切れず、結局千恵子はうしろの障子を開けて台所に駆け込むと排水口に向かって、苦いものを吐き戻した。嗚呼伸子さん、あなたは一人でこの気持ちと戦っていたのですか。どうやって耐えていたのですか。

口を拭い、千恵子は居間へと戻ろうとして、廊下に響く重治の怒声を聞いた。

「ださげ俺は女中なんて反対したなだ！」

トヨの悲鳴のような泣き声にも容赦せず、重治は怒鳴りつづける。

「なんぼ良い家さ奉公行くっても所詮《しょせん》は女中でねが、おめは良い経験さなるって千恵子をあんだ遠くまでポンと行がせだんども、まだ嫁さも行てね身体をこげなことさして、責任どう取んなだ！」

最後のほうはトヨにではなく、奉公に行った先に対し問うていた。漆間様は何も悪くない。千恵子は障子を開けて部屋に入り、叫ぶ。

「旦那様は関係ねえ！」

重治は入ってきた千恵子を睨み据え、立ち上がると、ついこの間まで病人だったとは思えない物凄《ものすご》い力で娘の頬を張った。雷に打たれたときはきっとこんな感じなのだろう、とうっすらと思いながら千恵子はよろけて障子にぶつかり、床に倒れ込む。

「なして未婚の娘を、若っけ男さ近づけるようなごどしたのか、そのごどを言ったんだ。男近づけねばこげだことさなんねがったろう、千恵子も、この手紙の娘も」

「私たちだけでできね仕事もあったんだ、男手のいる仕事とか畑仕事とか、旦那様のお仕事のごどだって喜三郎さんや政吉さんでねばできねがったなだ。何も知らねくせにそんだごど言わねでくれ！」

今度は反対側の頬を張られ、千恵子は食器棚の角に頭を強打する。ガラガラと音を立てて上から食器が降ってくる。痛みよりも悔しさに涙が滲んだ。

「明日、母さんと一緒堕ろし行てこい」

しゃがみ込んだ千恵子を見下ろし、重治は無慈悲に言い放った。

「やんだ」

千恵子は答えた。

「おめさ口答えする権利などねえ！　堕ろせ！」

「未婚の娘を傷物さされたあげく、父親が誰かも判らね子供なんて産んだら、世間様さ顔向けでぎねえ！　言うこと聞げ！」

「やんだ」

胸倉を摑まれ、力任せに無理矢理立たされ、今度は拳《こぶし》で左の頰を殴られる。奥歯が揺れた。やめてお父さん、千恵子が死んじゃう。トヨの悲鳴は遠く、もう痛みの感覚もなく、頰がどのくらい腫れているのかも判らない。視界が赤く、口の中が切れて血の味がしていた。

「……明日死ぬがも判らね」

重治の手に胸倉を摑まれたまま、千恵子は言った。

「明日死ぬがも判らね男の、子を身籠《みごも》て何が悪い⁉　結婚してねば子産んでいけねえって一体誰が決めたな⁉　生きて帰ってこらっだら一緒なろうって約束した人なんだ、その人の子供を先さ産んで帰り待つのがなして悪いな⁉」

「口答えすんな！　おめがどう思おうと、どう考えようと、おめは俺の子だ！」

重治は手を離し千恵子を壁際《かべぎわ》に突き飛ばすと、突如自身も床に蹲り、お腹のあたりを押さえて苦しそうに眉を顰めた。

「お父さん！」

頽《くずお》れる重治に駆けより、トヨは大声で次女の節子を呼ぶ。奥の部屋で様子を窺っていたらしい弟妹たちが三人ともわらわらと父の周りに集まってくる。節子は様子を見てすぐに事情を察したらしく、外套を羽織り頭巾を被ると、医者を呼びに外へ出ていった。千恵子はよろよろと立ち上がり、食卓の上の手紙を摑み、部屋を出ると妹たちとの相部屋へ向かった。そして手付かずだった給金の袋と筆記帳と何枚かの下着を風呂敷に包んだ。ここにいては殺されてしまう。

「何こそこそしったんだ」

振り向くと、居間に蹲っていたはずの父が、鬼のような顔をして入り口に立ち塞がっていた。それでも顔は苦痛に歪み額に脂汗《あぶらあせ》を浮かせ、今にも倒れそうだ。千恵子は心の中で泣きながら謝罪の言葉を唱え、助走をつけると渾身《こんしん》の力を籠めて父親の身体を突き飛ばした。ぐう、とうめいて重治が体勢を崩した隙《すき》にその間を通り、千恵子は玄関で草履を突っかけて扉を開け、外へ飛び出した。

「千恵子！」

父母が娘を呼ぶ声は、強い風に攫《さら》われてすぐに上空へと飛んでいった。雪道に草履は走りづらく、何度も足が抜けそうになる。途中で、医者の手を引く節子とすれ違った。節子は一瞬気付かずに通り過ぎ、すぐに振り返って姉の名を呼んだ。医者には先に行ってくれというような手振りで説明をして、千恵子のほうへ駆け寄ってくる。

「千恵子ねえさん、顔、腫れっだよ」

「お父さんから殴らっだ」

「……まだ出で行てしまうな？」

寂しそうな妹の声に、千恵子の息は詰まる。

「……ごめんの」

「戻てくるよの？」

「ごめんの」

「……ねえさん？」

「お父さんとお母さんを大切にの、節子」

千恵子は踵を返し、再び走り出した。節子が何か叫んでいるが、やはりその声も風に攫われてゆく。

行くあてもなく走りつづけ、気付けば千恵子は数時間前に訪れた船場町のあたりに戻ってきていた。昼間よりもより一層いかがわしさの増す通りは寒くて、恐くて、千恵子はなぜここに来てしまったのかとしきりに後悔した。しかし千恵子の腫れあがった醜い顔を見れば、誰も声などかけてこない。千恵子は昼間の記憶を頼りに、フラフラと菊代の店を探した。

六

風に晒されて身体は寒いのに、顔だけが痛くて燃えているように熱い。その温度差だけで頭も痛くなり、気が遠くなりそうになる。菊代の店は昼間と違い、入り口に暖簾をかけていたので一度通り過ぎてしまった。狭い間口がそれらしかったため、戻って、千恵子はおずおずと戸を開ける。中から酒の匂いと、だし汁の匂いと、年配の男の体臭が溢れてきた。

ひどく腫れ上がった顔をしていたにも拘わらず、菊代はすぐにその娘が千恵子だと気付いた。慌ててカウンターの中から出てきて、千恵子を店の中に引っ張り入れる。そして客の目に付かぬよう、カウンターの中の更に奥にある小さな部屋へと通した。

「随分早く来ることになったんだね」

囁くような声で菊代は問う。

「……すみません」

「謝ることないよ。酷い顔、大丈夫？」

客をほったらかしたまま、布団を敷いたり氷嚢《ひょうのう》を作ったりと、世話する菊代の温かい手に千恵子の目からは涙が溢れた。

「話は店が閉まってから聞くから、とりあえず今はゆっくりお休み。可愛い顔が台無しだよ」

そう言って布団の上を軽く叩くと、菊代は店へ戻っていった。千恵子は震えながら布団の中が温まるのを待ち、走ったことによってお腹の子に悪い影響がないことを祈った。

きっとあの様子だと、重治はもう一度入院するだろう。手術をしても、一度潰瘍になってしまうとずっと治らないという。命に関わるような病気ではないとはいえ、冷静になってくれば、なんと酷いことをしたのかという自責の念に、千恵子は苛まれた。

じんじんと痛む頬の熱が幾分か冷めて、口の中の傷も血を溢れさせなくなった頃、やっと千恵子は浅い眠りに入った。枕の奥に頭が落ちてゆきそうな感覚だ。それでも、重治の怒声もトヨの泣き声も、節子の寂しそうな声も、暗闇《くらやみ》に包まれた耳の奥からは消えてくれなかった。

再び目覚めたのは、菊代が店の暖簾を下ろし、千恵子の寝ている部屋にあまり明るくない電球を灯してからだった。人の気配に目を開けると、橙色の光が菊代の背をぼんやりと照らしていた。菊代は押入れからもう一組の布団を出して、千恵子の布団の横に敷き始める。

「あ、起こしちゃった？」

菊代は背後の千恵子を見遣り、尋ねた。千恵子は首を横に振り、起き上がって布団の準備を手伝う。そしてお腹が空《す》いていないかと聞かれて初めて、吐き戻したことと、朝食べたあと何も口に入れていないことに気付いた。菊代は、こんなもんしかないけど、と、店のほうから椀に盛った芋煮に似た団子汁と箸を持ってきてくれた。布団の上で千恵子はそれを啜り、しみじみとした温かさに再び涙が出そうになった。

「で、親にばれて追い出されたの？」

「いえ、自分から家を出てきたんです」

千恵子は答えると、風呂敷包みからお給金の袋を出して菊代に差し出した。

「これで、しばらくここに置いてもらえませんか、ご迷惑はおかけしません。お手伝いできることがあれば何でもしますので」

菊代は一瞬きょとんとその包みを見て、そのあと千恵子の顔を見て、包みを差し戻した。

「いらないよ、こんなに。あんた随分としっかりしたところのお嬢さんなんだね」

あまり良い感じの言葉ではないと千恵子は直感したが、その真意は判らない。確かに父の重治を筆頭に厳格な家庭だった。重治は近所では「人間時計」と呼ばれるほど時間に正確な男で、寸分狂わず毎朝同じ時間に同じ場所を通ると近隣の人は言う。千恵子は戻された包みを持て余し、困って菊代を見つめた。

「あのね、こういうところでは、困ったときはお互い様なんだよ」

「でも私は、こういうところの人ではありません」

「まあそうだね。じゃあ出てく？」

「……置いてください」

菊代は千恵子が持て余している包みをもう一度手に取ると、中に入っているお金を幾らかだけ抜き取った。そしてその包みを再び千恵子に返す。ほとんど厚みは減っていなかった。

「これだけもらうよ。これで子供が産まれるまでは、ここにいて良いから。狭いけど」

本当にありがとうございます。と千恵子は深く頭を下げた。それを見て、本当にしっかりしたところのお嬢さんなんだね、と菊代はもう一度、呆れたように言った。


菊代の店は「ありよし」という。ありよしというのは先代の女主人の名前で、もう亡くなっていた。主だった客は、酒田港で働く者たちである。荷役作業に就く沖仲仕《おきなかし》や、造船修理工場の工員が多く、こんなに日照時間の少ない土地で働いているというのに、やけに肌が赤黒くて、不精髭が生えていて、なんだか臭い。兵隊に行けない年齢の男たちばかりなので、極端に若いか、年寄りかどちらかだった。重治が、年末年始以外は酒を呑まず、更にいつも身綺麗にしている男だったため、千恵子は最初店の客に慣れることができず怖かった。

開店時間は昼の一時で、二時半頃に一度暖簾を外し、夕方は気が向いたら営業する、というぃい加減な店である。こんなんで稼ぎが出るのかと千恵子が心配すれば、あたし一人が食っていければ良いの、と菊代は言う。千恵子は酒ばかりを出して酔っ払いばかりが来る店ではなかったことに、幾分か安心した。昼間の勤務中に、酒をかっくらう猛者《もさ》はそれほどいない。菊代の団子汁は美味だったが、店で出す他の料理も簡単なものばかりなのに、どれも美味しかった。もう二十年ものだという糠床《ぬかどこ》も良い具合だ。

　殴られたうえに雪道を走って冷えたことを心配して、菊代は千恵子を三日間ほど寝かしっぱなしにした。三日目あたりからは腰が痛くて寝ていられなくなったので、千恵子は菊代の使いで無許可の販売所に安い野菜を買いに行ったり、正規の方法ではもう高くて手に入らない醬油を譲ってもらったり、できるだけ仕事を手伝った。

「本当に、痒《かゆ》いところに手の届く子だねあんた」

　十日ほど経ってから、菊代は千恵子の働きぶりに感心したように言った。菊代はその年代には珍しく、あまり喋らない女だった。勿論、店に来る常連客や近所の店の人たちとは楽しそうに喋っているけれど、人の深層に踏み込まないというか、人との接触に希薄なところがあった。そういう人がなぜ自分を置いてくれているのかと、千恵子は疑問に思っていたが、迷惑がっているふうにも見えないし、むしろ距離を置きつつも大切に世話をしてくれているように見える。その好意に千恵子は甘えていた。

「お屋敷の女中でしたから」

千恵子が答えると、ああそう言えばそうだったね、と菊代は笑い、あまり無理をしないようにと適度に休むことを勧める。あまり喋らない菊代は、毎朝古くて小さな神棚に手を合わせ、短い祝詞を唱える。いつも薄暗い部屋の中、その瞬間だけは天からの静謐《せいひつ》な光が差し込むようで、背筋の伸びたうしろ姿が綺麗だった。水商売の女性は違う世界に住む者で、穢《けが》れているから近寄るなと千恵子に教えたのは両親だった。確かに、菊代は煙草を吸うし、お酒を飲む。しかし千恵子はその行為が穢れているとは思わなかった。重治とトヨのところに、仮に、雪の中行く当てのない娘が迷い込んできたとしたら、まず家には入れずに警察に引き渡すだろう。

居着いて二週間に届くころ、菊代は店仕舞いをしたあとに、店のテーブルで食事を摂りながら初めて千恵子に身の上を打ち明けた。十三歳を過ぎた頃、一つ違いの妹と二人で揃《そろ》って兵庫の有馬に売られ、温泉芸者になったのだという。芸者というのが曖昧《あいまい》でよく判らなかったが、その耳慣れない言葉にドキリとして千恵子は身を固くした。

「あんたみたいにしっかりしたところのお嬢さんには縁のない話だよね」

千恵子の動揺を見抜いたのか、クスリと鼻先で菊代は笑った。

「二十二を過ぎた頃に、囲ってくれた金持ちがいたの。やくざもんの爺《じい》さんであっちのほうはもう使いものにならなかったんだけど、うっかりあたしってば他の人とできちゃって」

菊代は汁物の椀を空にして、灰皿を手許《てもと》に寄せると煙草を咥《くわ》えた。

「もうね、ものすごく好きで好きで、どうしようもなかったの。この人と一緒なら死んでも良いってくらいにね。でも、爺さんにばれちゃってね」

長くなりそうだったので、千恵子は立ち上がってお茶を淹れた。構わずに菊代はつづける。

「たぶん男のほうは殺されたんだと思う。あたしは屋敷から逃げて、神戸港まで行ったの。ものすごい遠かった」

千恵子にはその距離感は判らなかったが、山ひとつ越えるくらいの距離だった、と菊代は言った。そこから菊代は食料運輸の船に貨物として乗り込み、横浜へ向かうつもりだった。横浜から東京へ行けばなんとかなるだろう、という考えだったのだが、船を間違えたおかげで、辿り着いたのは東京から遠く離れた酒田だった。

「……意外とそそっかしいんですね」

「うん。乗り込んだ船の中で、初めてその男の子供を身籠ってることが判ってね。本当に嬉しかった。船員に見付かったとき、お願いだから殺さないで、子供がいるんだって泣きついたら助けてくれたんだよ。それから、自分たちもきつい中で、食料も分けてくれて」

菊代は煙草を灰皿に押し付け、千恵子の淹れた茶を啜る。

「酒田に着いて、お金もないし体調も悪いし、ここから東京まで行くこともできなくて、どうしようと思っていたら、声をかけてきてくれた人がいたの」

どこかで聞いたような話だ。

「港で一人で泣いてたらね、どうしたのって。その人が、この店の女将《おかみ》の有吉さんだったのよ」

「……」

「あたし泣いたことなんてほとんどなかったんだけど、ひもじいときと不安なときと、あとお腹の中に子供がいるときって、なんだかどうしようもなくなるんだよね」

菊代が知り合ったばかりの自分に何故ここまで親切にしてくれるのか、千恵子はやっと合点がいった。

「あんたなんだかずっと遠慮してるみたいだったけど、あたしもあんたと同じ原因と理由でここに居着いているの。だから本当に気にしないでここに居て良いんだからね」

やっと、壁が取り払われた。いつか売られてしまうのではないかとまで考えていたので、その夜千恵子は、ここ数日で一番よく眠ることができた。

「ありよし」という先代女将の名が苗字なのか名前なのか、菊代は知らないという。たぶん花柳界から流れてきた女だろうと、菊代は思っていたそうだ。千恵子も、菊代の本名を知らない。別に人を知る上で、名前などどうでも良いのだな、と思うようになった。

それから千恵子は接客も始めた。隣町のもぐりの産婆には、普通に仕事をする分には問題ないと言われていたので、休み休み、料理をしたりお酒の相手をしたりする。菊代と知り合わなければ一生口をきくことがなかったであろう、出稼ぎの労働者たちは、それぞれ言葉の端に国の訛りがあった。九州訛りの客もいたりして、千恵子は帰ってきたのはつい最近だというのに、博多を懐かしく思った。そして和江を思い出すとひりひりと心が痛んだ。旦那様とは仲良くなれたのだろうか、青山に戻ってお友達とは会えたのだろうか。寂しい思いをしていないだろうか。鍋《なべ》から立ち上る温かい湯気の中でも、和江は泣いている。

しかし、心穏やかな日々はそう長くつづかなかった。三月上旬、重治が痺れを切らして千恵子の捜索願を出したのである。内陸と港が離れているとは言え、酒田は狭い町だ。千恵子に似た娘が船場町の飲み屋にいる、という話はすぐに警察に伝わり、重治にも伝わった。

ある日、珍しく鉄道さんがこんなところまで来てるよ、と言いながら昼の客の一人が戸を開けて入ってきた。駅の職員はだいたい制服で町を歩くから、兵隊と同じように目立つのである。千恵子は身を固くし、菊代は眉を顰めた。

「どこにいた？」

「小学校の近くだね。誰か探してるみたいだったけど」

　千恵子の顔から血の気が引いた。菊代は割烹着で手を拭く間もなく千恵子の手を引いて奥の間に入り、この隙にお逃げ、と囁いた。

「どこへ？」

　千恵子は答える。押入れの中を引っ掻き回し、頭巾と着るものを引っ張り出した菊代は、それらを千恵子の手に押し付けた。

「お父さんが駅にいないなら、なんとか変装すりゃ改札は通れるでしょ。あたしの頭巾だけどこれ被って、モンペもあたしの穿いて、口紅でも引いていきな」

「でも私どこにも行くあてなんかない。菊代さんずっとここに居て良いって言ったじゃない」

「遅かれ早かれここに居たらお父さんには見付かるよ」

「でも……」

　千恵子が半ば涙目になって訴えたら、菊代は荷物の包みから筆記帳を取り出し、鉛筆で何か書き記した。

「あたしの妹が東京にいて店やってるから、ここに行きな」

「一緒に兵庫に売られた妹さん？」

「そう。借金返して東京で店買ったんだよ。あたしも行ったことないから、着いたら手紙でも書いてよ」

そう言って、ありよしの住所も下に書き加える。

千恵子は外套もモンぺも頭巾も菊代のものに着替え、ぐずぐずと荷物をまとめた。それまで気付かなかったが、部屋の奥には忍者屋敷のように小さな扉があり、そこからも出入りが可能だった。閂《かんぬき》を開けていると、店側の扉が開き、聞き覚えのある声が聞こえてきた。

「はいはーい、ちょっとお待ちくださいね」

菊代は明るく返事をして、千恵子の尻《しり》を叩くと「早くお行き」と囁き、店へと降りてゆく。

「お客さん、今日はホッケだけど」

「いや、飯食いきたんでね。この店さ俺の娘いるらしって聞いだなやの」

「は？」

扉の向こうで、重治と菊代の駆け引きが聞こえた。

「見てのとおり、あたし以外は全員港の男だけど。それともあんたまさか、生き別れた私のお父さん？」

店にいた他の客がどっと笑う。千恵子はようやく外れた閂を取り、小さな扉を開けた。強い風が一気に駆け抜け、店と奥の間の戸をガタガタと揺らす。慌てて外に出て扉を閉めた。

通りには砂埃《すなぼこり》が舞っていた。

この小さな扉の中での生活は、短いけど、とても暖かな日々だった。

千恵子は扉に向かって頭を下げ、世話になった菊代の店をあとにした。別れ際のありがとうも言えなかった。せめてあまり走らないようにという言いつけを守り、千恵子は頭巾を目深《まぶか》に被り、首を下に垂れ、ゆっくりと駅に向かった。

ちょうど去年の今頃、千恵子はやはり同じように酒田を出て、不安と期待に入り混じった気持ちで九州へと向かったのだった。

上野駅への切符を買って駅の改札を抜け、千恵子は待合所に入る。あのときの気持ちと較べると、今はなんとくすんだ気持ちでいるのだろう、と千恵子は肩を落とす。

大きくて耳障《みみざわ》りな金属音を立てて汽車が到着し、千恵子は普通列車でひたすら南下した。ところどころで汽車は大きく傾《かし》ぐ。固い椅子の上で、窓にぶつかりながら、上野に辿り着いたのはもう暗くなってだいぶ経ってからだった。そんな夜遅くだというのに物凄い数の人間が、駅の中でごろごろと眠っていた。駅から出ることもままならない。屍のように煤けている人たちを踏み越えてまで外に出て宿を探す気力も残っておらず、そのまま千恵子も石のように荷物を固く抱え、駅の待合所に泊まった。

朝、寒さと、首と腰の痛みで目覚める。駅舎の外を見遣ったら、三月十二日早朝六時、東京は焼け野原だった。

二日前に、東京は大空襲に見舞われていたのだった。

七

B29百三十機帝都来襲　深夜、市街地を盲爆
大本営発表（昭和二十年三月十日十二時）本三月十日零時過より二時四十分の間B29約百三十機主力を以て帝都に来襲市街地を盲爆せり、右盲爆により都内各所に火災を生じたるも宮内省主馬寮《しゅめりょう》は二時三十五分其《そ》の他は八時頃迄《まで》に鎮火せり　現在迄に判明せる戦果次の如し　撃墜十五機、損害を与えたるもの約五十機

以上が、大本営の発表した、三月十日の東京大空襲の結果である。

実際に飛来したB29は百五十機、実際に被災した区域は、当時の東京三十五区のうち、王子区、淀橋《よどばし》区、品川区、荏原区、大森区、蒲田《かまた》区、中野区、目黒区、杉並区、四谷区を除いたほぼ全てだった。

折柄十三米《メートル》ノ烈風ニ煽《アオ》ラレテ忽《タチマ》チ合流火災トナリ帝都ノ約四割ヲ灰燼《カイジン》ニ帰シ死傷者甚大《ジンダイ》、

一大修羅場ヲ現出セリ
都民ノ死者七万二千名、負傷者二万一千名生ゼリ
――どれほどの被害があったのかの詳細は、報道によっては遂に伝えられることはなかった。

東京はまだ所々燃えていた。交通機関はマヒし、千恵子が上野まで辿り着けたことも奇跡に等しい。バスもタクシーも車体がそのまま黒い灰と化し、目的の場所へは歩くしかなかった。土地勘のない場所で、千恵子は道に恨めしく転がっている生々しい人々の亡骸《なきがら》から目を背け、行き交う人に道を尋ねつづけた。死臭による気持ち悪さなのか、悪阻《つわり》なのかもはや判らない激しい吐き気を堪えながら、菊代の妹の店を探す。妹の名は雛代と言う。

書き記された住所を見る限り、雛代の店は四谷区に存在するはずである。たしか、四谷と麹町は近いはずだ。千恵子は汗ばんできた身体を休めるため、道端に座り込む。誰も何もその様子を気にしない。

煤の混じったざらざらした冷たい風に吹かれながら、千恵子は目を閉じ、政吉を思う。麹町の連隊に行けば、政吉に会えるかもしれない。子供を身籠った、と直接報告ができるかもしれない。きっと手を取って喜んでくれるだろう。帰ってくることを約束してくれるだろう。

しかし、結局千恵子はその考えを打ち消し、汗が引いてから立ち上がった。一度手を触れ合ってしまえば、離れ難くなることは判りきっているし、もし連隊まで行って会うことができなければ、それきり永遠に会えないのではないかと思ってしまう。そして連隊自体が焼け落ちていたら、千恵子は泣くだろう。

昼を大幅に過ぎて、ようやく雛代の店に辿り着いたとき、千恵子は身体が頽れるような感覚を味わった。四谷の小さな通り、菊代の店がある船場町の裏路地そっくりな通りに、雛代の店はあった。通りはそっくりだが、雛代の店のほうが幾分か洗練されており、外装もハイカラだ。暖簾は出ていないが、入り口の「準備中」の掛札に、酒所ひなよ、という文字が書かれている。千恵子はガラガラと音を立てて戸を開けた。

「あら」

カウンターの中で、よく知った顔の女が千恵子を出迎える。何もここまで似ることはないだろうと思うほど、雛代は菊代にそっくりで、溜め込んだ不安は雛代の笑顔によって安堵に変わり、身体中からどっと抜けていった。

「千恵子ちゃん？」

「はい……」

千恵子は今度こそ泣きそうになった。

「よく来たね。姉さんから電報受け取ってたよ」

座んな、と言って雛代はカウンターの席とコップ一杯の水を勧めた。店の中は、菊代の店よりもはるかに綺麗で、いかにも東京の金持ちが来て、しゃれた酒を嗜《たしな》んでいそうな店構えだった。顔も、似てはいるが雛代のほうが心もち柔かで洗練されている。

「東京でもまだこんなお店が営業できるんですね、空襲があったのに……」

千恵子は店を見回して尋ねた。

「四谷区は空襲なかったからね。ほかは軒並み潰れたか、田舎に逃げたけど。私も空襲で焼かれて困ったら姉さんのところに行こうと思ってたんだけど、あなた置いて行けなくなっちゃったね」

「……ごめんなさい」

「謝ることないよ。それよりお腹に子がいるんでしょ？　長旅だったんだし、少し横になりな」

L字型のカウンターの奥には、天井に正方形の穴が空き、二階へと上る梯子《はしご》が掛かっていた。気をつけて、と言いながら雛代は先に梯子を上がり、梯子が揺れないよう上から手で押さえる。

二階は八畳ほどの広さで、菊代のところと同じく天井近くに神棚と、その下の小机には男の遺影と黒い位牌《いはい》が置いてあった。雛代は隅のほうにあった布団を引っ張り、部屋の真ん中にそれを敷いてくれた。何か暖かいものでも持ってくるよ、と、千恵子が布団にもぐり込んだのを見届けてから雛代は下へ戻っていった。

目を瞑ると、道程に見た焼け野原が瞼の裏に鮮明に蘇った。鮮明と言っても、一面の焼け野原は、炭の色しか持たない。空は青かったのかもしれないが、千恵子の脳裏には灰色しかなかった。

帝都、東京。本来地方者の胸をときめかせるはずのその場所は、今までの中でも一番大規模な空襲に無残にも焼き尽くされ、ただ茫漠と黒焦《くろこ》げの残骸《ざんがい》が賽《さい》の河原のように広がっていた。丸焦げになった給水ポンプ車。橋の上で川に身を投げようとしている恰好のままの、人のかたちをした炭、橋の下には同じく、人のかたちをした炭が折重なるように何十も何百も、大きな河原の石のごとく転がっていた。酒田にも博多にも、千恵子がいる間は空襲がなかったので、初めて目にする本物の焼跡と、行き倒れた人の亡骸と、その光景が放つとてつもなく残酷な臭いに、千恵子は悪阻ではない理由で何度も吐き戻しそうになった。

気付けば身体が水を吸ったように重くなっていた。何か食べなければ。雛代が梯子を上がってくる音は聞こえているのに、千恵子は起きることができず、そのままやけに熱い身体を持て余しながら沈むように眠りに落ちていった。

疲労と緊張と身体の冷えから来る発熱だろうと、雛代はかつての菊代と同じようにかいがいしく千恵子の世話をしてくれた。初日はガタガタと震えて、何枚も布団を上に重ねたけれど、幸いにも熱はそれほど高くならなかった。そして雛代の作った生姜湯《しょうが》や葱味噌《ねぎみそ》のおかげか、三日後には千恵子は起きられるようになった。幸い、寝込んでいる最中に大きな空襲はなかった。

千恵子は来て早々に迷惑をかけてしまったお詫《わ》びをし、ひとまずは菊代に手紙を書くことにした。まだ準備中の一階のテーブルで千恵子が筆記帳の紙を破き、封筒を作っていたら雛代は面白がって、私にも作らせて、と子供みたいにせがんだ。千恵子は更に筆記帳を一枚破き、雛代に手渡す。

「姉さんは酒田ではどんな様子？」

千恵子の真似をして几帳面に紙を折りながら、雛代は尋ねた。

「私が見た限りではお元気でした。いつも身綺麗だから、お客さんにも好かれていましたよ」

「そう、良かった」

嬉しそうに雛代は笑い、つづけた。

「実際にこうやって千恵子ちゃんが来られる距離なんだから、いつでも会いに行けるはずなんだけどね、なんだか随分会ってないし、どうしても遠いと思っちゃって駄目ね。本当は会いたいのに」

失敗した、と言って雛代はもう一枚筆記帳から紙を破り取る。

「私たちね、昔はものすごく仲が悪かったのよ」

「まあ、本当ですか？」

意外に思って千恵子は手を止めた。

「うん。女衒《ぜげん》もね、考えてくれりゃ良いのに、面倒くさがって同じ置屋に売りやがって。私と姉さん、顔も背格好もほとんど同じだったから、呼び出しの回数だって同じだけありゃ良いのに、私のほうが売れてたのよ。それで、姉さんはやっかんで私の煙草に唐辛子の粉を混ぜたり、足袋の先に穴開けたりして意地悪をするのよね」

「菊代さんがですか？」

「そうよ。煙草に唐辛子混ぜられてごらんなさいな、死ぬかと思うわよ。足袋の穴だって、本当に恥ずかしいんだから。糸を緩ませておくだけで、最初は穴が空いてないの。でも歩いているうちに指が出てきちゃうのよ。恥ずかしいし、気持ち悪いし。一つしか違わなかったとはいえ、やっぱり妹に劣るのは悔しかったんでしょうね」

両親の教えによって刷り込まれた「水商売の女」像とはかけ離れた、上品な笑い方をするこの二人にそんな確執があったなど、千恵子にはとても想像ができなかった。

「悔しいから私も仕返しに着物の袖に蛙《かえる》の卵入れたりしてね。姉さんその頃、ヌルヌルしたものダメだったから、出てきたときにはお座敷で大騒ぎよ」

懐かしそうに、楽しそうに雛代は笑う。封筒を作るのはもう諦《あきら》めたらしく、代わりに正方形に紙を切り取り、鶴《つる》を折り始めていた。

「何がきっかけで仲直りしたんですか？」

千恵子は尋ねる。一瞬遠くに目を遣《や》り、雛代は少ししてから答えた。

「親と一緒に暮らしてた頃から元々それほど仲良くなかったから、仲が直るというより、仲良くなっただけなんだけどね。姉さんが泣いて私のところに来たときね」

「泣いてたんですか？　どうして？」

「引かされた爺《じじい》に殺されそうになって逃げてきたのよ。兄弟の盃《さかずき》交わした組の跡取とできちゃってね。その男が姉さんに手をつけたことがばれて、その人は姉さんの目の前で爺に半殺しにされて、庭の池に沈められて、そのあとはもう行方が判らなくなってしまったんだって」

「……ひどい」

菊代は、相手を「やくざもんの爺さん」と言っていた。比喩《ひゆ》かと思っていたのに、本当にやくざだったとは。千恵子は眉間に皺を寄せ、雛代を見つめた。

「そうね、普通のお嬢さんは驚いちゃう話かもね。でもね、千恵ちゃんの知らない、私たちが暮らしてきたようなところには、そういう酷い人はたくさんいるんだよ」

雛代は懐からマッチと煙草を取り出し、一本咥えて火をつける。その仕草までが菊代にそっくりで、千恵子は感心した。

「あれだけ苛《いじ》めておいて、何を今更って最初は面白くなかったんだけど、私しか頼る人がいなかったんだっていう優越感よりも、可哀相《かわいそう》だと思ってしまってね、爺に追い出されたらもう兵庫では生きていけないだろうし、いっそ東京に行くように勧めたの。まだ姉さんは若かったし、知らない土地でだったら生きて行けるでしょう」

「それで船を間違えて酒田に」

「本当に間抜けな話よね。どう間違えたらそんな遠くまでって思ったんだけど、何年後かに借金払い終わって、私も姉さんがいる酒田に行こうとして船を間違えて東京に来てるんだから」

何もそんなところまで似なくても。千恵子は笑った。封筒は作れないのに、雛代の手許にはもう二つの鶴が向かい合っている。千恵子は黒っぽく光るテーブルの上に鎮座するその対の白い鶴を見て、和江を思い出した。

漆間家も、既に東京へ戻ってきている。東京の屋敷は大事なかったのだろうか。そしても し家が焼け落ちてしまっていたら、和江はどうしているのだろうか。

その晩、千恵子は並んで眠る雛代に、尋ねた。

「姉妹ではなくても、仲直りはできると思いますか?」

「どういうこと?」

暗がりの中、雛代は千恵子と同じく眠れなかったらしく、すぐさま返事が返ってきた。

「ご奉公に上がらせていただいていたおうちで、私のことを信頼してくださっていた方を裏切ってしまったんです」

千恵子の言葉に雛代は少し沈黙し、難しそうね、と答えた。

「私と姉さんは血のつながりがあったし、同じ置屋の芸者だったから、立場的には対等だった。だからなんとかなったんだろうけど、その方は奉公に上がった先の方だったんでしょう?」

「はい」

再び雛代は沈黙し、千恵子が返答を待っていると、原因をきちんと把握した上で、謝罪しようとする誠意があればきっと大丈夫よ、と答えた。

「あと、あまり時間が経つとこじれたものは元に戻らなくなるよ」

「はい」

お嬢様にお会いしたい。会ってお話ししたい。でもどうやって許していただけば良いのか。千恵子は色々と謝罪の言葉や挨拶の言葉を考えながら、昂《たか》ぶった気持ちのまま眠りに落ちた。

夢か現《うつつ》か、擦り切れた活動写真のように、色彩のない和江の姿が、断片的に現れては溶けるように消えてゆく。千切れた蝶々の羽、桜の茶筒、つつじ、紫陽花、白い足、見たことのない泣き顔。妙に頭が冴えたまま鳥の鳴き声を聞き、どこかで飼育しているらしい鶏の鳴き声で千恵子は覚醒する。薄暗い部屋の中で喉が渇いて身体を起こすと、酷い頭痛がしていた。


三月二十一日、硫黄《いおう》島玉砕の事実を、ラジオは国民に伝えた。敵の上陸以来一ヶ月敢闘していたが、十七日の夜ついに、最高指揮官を陣頭に最後の壮烈な総攻撃を敢行したとラジオの音声は知らせる。サイパン玉砕の事実を伝えた、密《ひそ》やかな和江の声を千恵子は思い出す。

夜、同じようにラジオからは小磯首相の「国難打開の途」と名付けられた演説が流れた。今や帝国の総力を挙げて戦争目的完遂の一点に結集し敵の物量に体当りを決行すべき秋《とき》である同胞一人々々が胸底に内蔵する特攻精神を表面化しこれを一つに纏め上げて火の玉の如く敵にぶつかって行かねばならぬ。

切れたフィルムのような和江の夢を見つづけ、寝覚めが悪い。十日ほどそんな日が続いた。こんなに何日も連続で同じ夢を見るなんて、おかしいと千恵子は思う。

太陽が完全に昇る時間になっても、その日はなんだかどんよりとした空模様だった。窓を開けて空を見上げ、家々を包む生温い空気になんとなく嫌な気持ちがしたため、どうしようかと迷ったが、結局千恵子は雛代に、出かけてきたいと告げた。

「やっと決めたか」

雛代は千恵子の分の布団をたたみながら、クスクスと笑って言った。

「え？」

「ちょっと前の夜に話した人に会いに行くんでしょう？」

「……はい」

十日連続で見た夢のせいか、早く行かないともう会えなくなってしまうような気がしていた。

「くれぐれも転んだり走ったり重いもの持ったりしないようにね。気をつけて行ってらっしゃいな。場所はどこ？」

千恵子は筆記帳に書いてある漆間家の住所を見せた。交通の便が悪く、もう界隈にはタクシーもいないし、空襲のあとは相変わらずバスも通っていないようで、歩いた方が早いと、雛代は地図に印を入れたものを千恵子に渡した。

「もし途中で空襲にあったら、必ず近くの建物の中に入れてもらいなさい。もし誰もいなかったら、隣組の防空壕がどこかにあるはずだから、それを探すのよ」

「こんな昼間から空襲なんて」

「あなた今、自分が酒田じゃなく東京にいるのを忘れないでね。きっと歩いていれば自覚するでしょうけど」

思いがけない雛代の厳しい言葉に、千恵子は唾を飲んだ。明日の昼までに帰ってこなかったら捜索願を出すから、それまでに帰ってくるように、と言って、雛代は千恵子の肩を叩いた。

外に出ると相変わらず空はどんよりとしていて、雨が降りそうなのに降らない、気持ちの悪い天気だった。いつか喜三郎があの家を出て行った日、和江はひたすら唇を噛んで涙を堪えていた。そのときの感じに良く似ている。いっそ泣いてくれた方が、見ているこちらの気は楽になる。

地図を見ていたにも拘わらず迷子になり、代々木のほうを回って、明治神宮へと向かった。山の手はまだ空襲の被害に遭っているようには見えなかったが、疎開した家が多いらしく、建物が存在しているのに、通りはなんとなくがらんとしている。子供の姿も全く見当たらなかった。

昨年の夏あたりから東京近郊では、中学生も女学生も、学徒動員のため工場で働いているのだと雛代は言った。もしくは、工場に行くまでもない作業には学校の体育館に机と機械が運び込まれ、そのままそこが組立工場に変わるのだと。電波探知機の配線、陸軍の軍服縫製、海軍戦闘機の組み立て、防毒マスクの製造。本来であれば成人した男の仕事を、このときはまだ若い学生が行っていたのである。責任者として大人がつくとはいえ、本来勉強をするために通っている学校だ。勉強よりも戦争のための仕事が優先されているという、千恵子が学校に通っていた頃には考えられなかった事実に胸が痛んだ。そして軍需工場は空襲に一番狙《ねら》われるところだ。実際武蔵野町の飛行機工場は一番に空襲の餌食《えじき》になったそうだ。したがって、工場で働かねばならないけれど、空襲を恐れるため学生の出勤率は半分くらいしかない。

神宮の近くの道すがら、焼け落ちていない桜の木がまだ固そうな新芽を付けていた。千恵子はそこで一休みすることにして、頭巾を地面に敷き、鳥居を背にして座り込む。まだ肌寒いというのに、歩きつづけたおかげで身体中汗ばんでいた。果てしなく続きそうだった灰色の空は徐々に明るくなってきていて、千恵子が座った地面にはうっすらと影が落ちていた。

目を閉じて呼吸を整えていると、大丈夫ですか、という心配そうな声が上から聞こえてくる。目を開けると、千恵子と同い年くらいの美しい娘がこちらを見下ろしていた。千恵子はその顔を見上げて、驚きのあまり息を詰まらせる。

「……お姉さま」

「……千恵子さん？」

それは、かつて女学校で指を絡ませあった美しい上級生だった。まさか、こんなところで再会するとは。吹雪も目を丸くして千恵子を見つめ返す。

「あなた、どうして東京へ」

「お姉さまこそ、こんな空襲があったのに、まだ酒田へお戻りにならないのですか」

「私は、まだ夫の両親がこっちにいるから……」

おっと、という響きがぎこちなかった。千恵子の心は曇る。吹雪はおずおずと千恵子の横に腰掛けた。しかし、昔のように手をつないだりはしなかった。

「ご結婚、なさったんですね」

千恵子が尋ねると吹雪は、ごめんなさい、と消え入りそうな声で言った。

「お姉さまが、お幸せなら私はそれで良いんです」

千恵子が若干無理をして微笑むと、吹雪は吐き捨てるように言う。

「幸せなんかじゃないわ、全然」

美しかった手には、労働のあとがありありと滲んでいた。決して楽な暮らしではないのだろう。千恵子が手の甲を見つめているのに気付いたのか、吹雪はぎゅっと拳を握って、荒れた指先を隠した。

「幸せなんかじゃないわ。……でも、女はやっぱり一人で生きてはいけないのよ」

吹雪の言葉に、千恵子は殴られたような気持ちになる。嗚呼、これがかつて青鞜に心酔した娘の言葉だろうか。千恵子たちが女学生として生きた時代、既に青鞜社は存在していなかったが、平塚明子《はるこ》としてらいてうは雑誌や文芸誌にそのオピニオンを訴えつづけていた。

「私はあたらしい女になるの」と誇らしげに言っていた吹雪はどこへ行ってしまったのか。

「お姉さま、私、お腹に赤ちゃんがいるんです」

千恵子が考えた末にそう言うと、吹雪は驚いて目を丸くした。

「まあ、いつご結婚なさったの」

「結婚は、していません。父親も、兵隊に行きました」

「……」

「一人で生きていかなきゃいけないんです、私は」

千恵子は吹雪の荒れた手を取った。吹雪は一瞬たじろぐが、千恵子はその手を離さない。

「ねえ、男の人に頼らず一人でも大丈夫だと、生きてゆけると言ってくださいませ、お姉さま。千恵子なら大丈夫だと、おっしゃってください」

本当は不安で不安でたまらなかった。知らない土地から、知らない土地へ。順応しやすい性格だとしても精神のほうは参っていたようで、久しぶりに顔を見た旧知の人の肩に顔を埋め、千恵子は泣いた。吹雪はぎこちなく、汚れた千恵子の髪を撫でる。

「……千恵子さん、変わったわね」

千恵子は嗚咽に声を出せない。黙ってしゃくりあげていると、吹雪は言葉をつづけた。

「少し前まではただの可愛い娘だったのに、私よりもずいぶん大きくなってしまったみたい」

しばらくしてから涙は止まった。吹雪は手を握りつづけていてくれた。二人して立ち上がり、晴れてきた空の下、向かい合う。

「私、来週には夫の両親を連れて群馬のほうへ疎開するの。だからきっと東京で会えるのはこれが最後だわ」

千恵子は頷き、もう一度その身体に抱きついた。

「私は一人で生きられなかったけど、きっと千恵子さんなら大丈夫よ」

吹雪は言う。大丈夫よ。かつて憧れた人が発したその言葉のなんと心強いことか。それから吹雪は千恵子に、空襲が来たら絶対に神宮に来ては駄目だ、危険だと注意した。

「危険？」

「誰もが広い場所を探すでしょう。敵だって同じことを考えるわ。だからもし一休みするとしても、次からはこんなところで休んでいては駄目」

そんな、まだこんな日の高いうちから。千恵子は笑おうとしたが、吹雪の不気味なほど真剣な眼差しに気圧《けお》されて頷くことしかできなかった。

吹雪は名残惜しそうに、それでも用事があるからと、足早に去っていった。千恵子はその後姿が見えなくなってから、雛代のくれた地図を再度広げた。漆間家本宅はもうすぐ近くだった。


漆間家の青山の屋敷は、広大な敷地を持つ公園のようだった。見上げるほど大きな木造りの門は車用らしく、その横には通用門らしい、開け放された小さな扉がある。

こちらに来るのなら事前に連絡くらい入れなさい、と、突然訪れた千恵子の顔を見るなり松子は詰った。だって電話線が切れていて、と千恵子が言い訳をすると、優子と二人で笑いながら、冗談よ、よく来たわね、と言って歓迎してくれた。奥方は東京に連れて帰らずに、軽井沢の病院で静養することになったという。

千恵子は客間の、十畳は超える広間に通された。障子は開け放されており、広大な庭に数多くの草木が植えられているのが見られた。千恵子は縁側のほうへ足を運ぶ。

花の匂いに溜息が出た。すぐ外に見える沈丁花《じんちょうげ》が甘酸っぱい香りを部屋の中まで漂わせ、その横の寒緋桜《かんひざくら》は毒々しいほど鮮やかに花を垂れている。柊南天《ひいらぎなんてん》がひよこみたいに黄色い花をぽつぽつと星のように咲かせ、地面の近くを見れば、鈴蘭水仙が申し訳なさそうに小さな白い花を付けていた。中でも目を引いたのは、固い蕾を湛《たた》えている椿の木だった。つやつやとした深い緑の葉が濡れたように美しくて、千恵子はその葉の中に紅色の椿の咲くのを楽しみに思った。

「あれは乙女椿の木よ」

湯気の立つ湯飲みを二つ持ってきた優子が、千恵子の視線の先を追い、言った。優子の纏っている着物は、昨年の秋に女中たちが揃いで着ていた臙脂よりも、更に地味な茶鼠色《ちゃねずいろ》に変わっている。そういえば、町の中でも、柿の葉色か黒か灰色の服を着た人しか見ることができなかった。

「お嬢様が一番好きなお花なの。普通の椿と違って、花びらが折重なるように八重咲きに咲くの。花の色も八重桜みたいに淡くてとても綺麗なのよ」

千恵子はその花を見たことがなかったため、説明してもらってもどのような形状の花なのか想像がつかなかったが、八重桜のような淡い色だけは思い描けたので、頭の中で普通の椿にその色を塗ってみた。

肝心の和江は、復学し、まだ学校に通っているのだという。しかし第三高女のような良家の子女の通う女学校でも学徒動員は避けられないらしい。学校に通っているというのは建前で、実際は授業を行う時間に学校外へ勤労動員しているのだ。空いた時間には竹槍《たけやり》訓練がある。


あのお嬢様が勤労動員など。戦闘訓練など。

想像するだけで千恵子の胸は痛んだ。

「もうだいぶ、疎開やらで生徒さんがいないようだけどね」

「何時くらいにお帰りになります？」

「いつもは四時過ぎにはお帰りよ。もうすぐじゃないかしら」

「それなら、お会いできますね」

千恵子が発したその言葉に、優子は複雑な表情を見せた。

「……何かあったんですか」

「お嬢様、東京に戻ってきてから前にも増して頑なになってしまって、松子さんも私も口をきいていただけないのよ。旦那様ともほとんど一言も」

嗚呼、やはり。想像していただけに千恵子の心も曇る。

「だから、待っていてもお話できるかは判らないけど、旦那様も六時過ぎにはお戻りになるから、それまではいらっしゃいな。きっと旦那様もお喜びになるわ」

　そう言う優子の言葉に素直に甘え、千恵子は濡縁でしばらく外の庭を眺めていることにした。早春の花々に、ときおりその新芽を啄む小鳥が飛んできて、空の雲は朝の曇天から予想もできないほど薄く伸び、弱々しい午後の光を広い庭の上に降らせている。窓の外も部屋の中も、何もかもが静かで、博多で生活していた日々とここはなんら変わらない。上野駅を出たときに衝撃を受けて立ち止まった無残な空襲の焼跡など、この濡縁に座っていたら、想像もできなかった。千恵子は優子と松子が向こうで動いている静かな気配を聞きながら、柱に凭れて座ったまま少しだけ眠った。

　やがて遠くのほうで、ガラガラと戸の開く音が聞こえた。千恵子がはっと身を起こすと、窓の外の庭は橙の雫《しずく》を水に落としたように染まり、いつの間にか日がだいぶ傾いていた。おかえりなさいませという声は聞こえるが、その返事は聞こえてこない。千恵子は立ち上がり、部屋を横切って回廊へ出る襖を開けた。家の間取りが判らないのでウロウロはできないが、頭上に消えていく小さな足音が聞こえてきた。左のほうから優子がやってきて、お嬢様が戻られたけど、と教えてくれる。

「どうする？　お部屋に行く？」

「案内していただけますか？」

優子のあとについて、千恵子は回廊をわたり、玄関のすぐ近くにある階段を上った。黒光りする階段は磨き抜かれていて、白い足袋が映り込む。和江の部屋は、階段を上って、更に三段ほどの段差を上がった一番奥にあった。一階とは違い、二階は洋風に設えられている。和江の部屋にも樫の木だと思われる重そうな扉がついていた。

「お嬢様」

優子が扉の中へ声をかける。応《こた》えはない。試しにドアノブを回してみても、中から鍵がかかっているようで開かなかった。鍵穴があったので、千恵子はしゃがんで覗き込むが、その狭くて小さな穴からは、誰の姿も見当たらなかった。

「出ていらっしゃるのを待ってみます」

千恵子が言うと優子は、無駄かもしれないけど、と言って一階へ戻ってゆき、しばらくして毛布を運んできてくれた。千恵子はそれに包《くる》まって、ひたすら和江が出て来るのを待った。座り込んでいる間にも刻々と空気は冷たくなり、窓は全て閉まっているはずなのに、幽《かす》かに風が廊下を通り抜けてゆく。これだけ寒ければお腹も冷えるし、お手洗いに出てくるだろうという千恵子の楽観的な予測は外れ、既に膀胱《ぼうこう》の圧迫が始まっているらしい千恵子だけが、二度もお手洗いに行く羽目になった。そして結局、誠一が仕事から戻り、和江の分の夕食を乗せた盆を持った優子が来るまで、一度も和江は扉を開けなかった。

　誠一は優子が言ったとおり、千恵子の来訪を大層喜び、歓迎した。九州にいた頃よりも更に目の下は落ち窪み、痩《や》せてしまっている。千恵子にはどれほど激務なのか計り知れないが、身体を壊さないよう祈るばかりである。

「夕食は摂っていけるんだろう？」

　誠一は上着を脱ぎ、松子に手渡したあと、食卓に座った。

「はい、明日の昼までに帰ってきなさいと」

　既に食卓に向かい合って座っているのだから、いいえとも言えまい。

「夕食を食べていたら明日の朝までに酒田には帰れないだろう。どこにいるんだね、今は」

「……二番目の兄の家に」

　嘘をついた。誠一は一瞬意外そうな顔をしてから、そういうことにしておこうか、となんとなく含みのある声で言った。

　嗚呼、親から連絡が入っているのだ。

　千恵子の視界は一瞬暗くなったが、考えてみれば至極当然のことである。今夜中に誠一が連絡をとったとしても、明日の朝までに雛代のところへ戻れば、居場所は判るまい。

　食卓に並んだ料理は、九州のときからは考えられないほど貧しいものになっていた。芋の混じったご飯を咀嚼《そしやく》しながら、千恵子は政吉と庭を耕した日々を思い出す。

食事を終えてから千恵子は誠一の私室に招かれ、優子の淹れてくれたお茶を飲みつつ誠一と向かい合うことになった。私室は二階と同じように板張りの洋間で、びろうど張りの長椅子に腰掛けると、誠一は切り出す。

「千恵子さんのお父さんから、福岡の官舎に連絡があって、現知事が私に連絡してきたのだが」

千恵子は、やはり、と思い俯く。

「家出したというのは本当なのかい」

「……はい」

迂闊《うかつ》だった。ここを訪れる前に考えるべきだった。誠一はしばらく沈黙していた。政吉とのことを責められるのではないかと、千恵子は胃の辺りまで心臓になったように感じる。

「捜索願も出ているけど、どうする。警察に連絡するかい？」

「勘弁してください」

千恵子は即座に答えた。誠一は灰皿を手許に寄せて、煙草に火をつけると、とりあえず事情だけでも話してくれないか、と優しげな声で言った。千恵子は驚いて顔をあげる。ということは親は私が身籠っていることを旦那様に喋ってはいないのだ。

「……お嬢様にお会いしたかったんです」

二度目の嘘をついた。今度もすぐに見破られてしまった。

「だとしたらもう少し早く来て然るべきだ。お父さんから連絡が来て、もう一月は経っているんだ。嘘はやめなさい」

優しげだった声は、僅かな怒気を帯びる。

「……政吉さんの子供を、身籠りました」

事実を伝えた、そのときの誠一の顔を、千恵子はどう形容するべきなのか最後まで判らなかった。そして男は女を、正しい女か穢れた女かと二分するものなのだ、と改めて千恵子は思った。

夜は東京にも夜盗が出るという。物がないのは皆同じなのに、人はほかよりも物を持ちたがる。そして僅かな金を得たがる。古くからいる小使の男が自宅に帰ってしまったため、送れない、と誠一が言い、夜遅くなってからの一人歩きは危険だから、と松子に言われ、千恵子はその夜、屋敷に泊まってゆくこととなった。久しぶりに広い風呂にも入ったが、歩き疲れた足の痛みは取れず、ふくらはぎがずきずきと痛んだ。

優子の部屋に布団を敷かせてもらい、千恵子はその中に潜り込む。

「学校のお友達でも居れば良いのだけど、九州から戻ってから、学級でも孤立してしまっているらしくて」

　真下にしか光の差さない灯火管制電球の下、布団の中に包まった優子が静かに言った。

「千恵子さんが話し掛ければなんとかなるんじゃないかと思っていたけど、やっぱり駄目だったわね」

　溜息が二人分重なる。しばらくしてから、優子は懐かしむように、喜三郎さんや政吉さんは元気でやっているかしらね、と誰にともなく言った。千恵子は、下っ腹がしくしくと痛むような気がして、唇を噛んでその悲しい痛みを堪えた。

　次の日の朝早くに松子に起こされ、千恵子は再び誠一の部屋に通された。誠一は無言で、千恵子の前に金の入っているであろう封筒を差し出した。千恵子が九州で働いていたときの全ての給金を入れていたものよりも厚みがある。

「……いりません」

　千恵子はその封筒の意味を即座に理解し、硬い表情で断る。

「受け取り給《たま》え」

「受け取れません」

「では、酒田のご両親に送ろうか」

「やめてください。私は自分の勝手で東京に来たのですし、旦那様には何の責任もありません。酒田にはいずれ折を見て私から連絡しますから、どうか私の所在を知らせないでください」

「父親のない子を産むつもりなのか」

「……産むつもりでおります」

誠一は溜息をつき、親の気持ちも考えてみなさい、と諭すように言った。

……嗚呼、旦那様。

千恵子は問う。その言葉を大本営の軍人に言ってみてはくれませんか。弾薬を積んだ桜花に乗って敵艦に突っ込み、命を散らす少年兵の親の気持ちを考えてみろと、軍人の前で言ってみてはくれませんか。

ねえ旦那様、そうして死んでゆく男の命を、せめて子を産むことでつなぎたいと、親になることを望む女の気持ちは考えようとはしてくださらないのですか。

叫ぶようにして心の中でだけ誠一に問いかけ、千恵子は声が漏れぬよう、唇を嚙み締める。

しばらくの沈黙ののち、誠一は千恵子に条件を出した。二週間に一度は安否確認のため青山の屋敷に顔を見せること。子供が生まれるまでに和江になんとか喋らせる努力をすること、だった。そうすれば酒田には連絡しないでおく、と。逆に、屋敷に参らなければすぐに連絡をされてしまうという条件である。

「今身を置いているところを教えてくれれば、迎えをやるから」

誠一が出勤していったあと、千恵子は小使の吉田の運転するオート三輪で雛代の店まで送ってもらうことになった。来た道は覚えていたので、その道筋を逆に行ってもらい、次に屋敷に行くときは、同じ道筋で迎えにきてくれるよう、頼んだ。

戻ってきた千恵子の顔を見て、雛代は意外そうに目を丸くした。

「向こうにお世話になると思っていたのに」

「そのほうが良かったですか?」

そんなことないわよと言って、雛代は笑った。

仲直りをするどころか、喋ることすらできなかったことを報告すると、一度こじれてしまった糸を解くのはとても難しいから、と雛代は言った。でも時間をかけて根気よくつづければ、こじれた糸は解けるでしょうよ。

雛代はそれからほどなくして、店を閉めた。自分たちが食べることとさえ儘ならない状態で、他人に酒や飯を出す余裕はない。必要なのは金ではなく食料である。そもそも一日中客の来ない日もあったので、営業しなくても何の支障もなかった。もしかして、酒田に行きたいのかもしれない、と千恵子は思った。しかしそれを口に出しては尋ねなかった。人を慮《おもんぱか》るよりも自分の身体を優先する図々《ずうずう》しさ。母親になるということは、そういうことだ。
やがて、青山の屋敷に行ってから二週間が経った。千恵子は、自分の行動を振り返ることによって和江との気持ちのこじれが少しでも解けるような、何かの解決策を見出《みいだ》せるのではないかと、筆記帳に日記を書き始めた。

四月十日
午後に迎えがきて、吉田さんのオート三輪に乗って青山のお屋敷に向かう。明治神宮には七分咲きだけれども、綺麗な桜が咲いていた。前回よりも道が更に悪くなっていて、途中で車酔いを起こし、お屋敷についてからしばらく休ませていただく。お庭に咲いている花はいくつかが入れ替わり、今目を引くのは、白い猫の尻尾《しっぽ》のような庭桜、可憐《かれん》な山吹、芝桜、紅薔薇色《べにばらいろ》の花海棠《はなかいどう》。本来ならばもう開花して良いはずの乙女椿は、まだかたい蕾を閉じたまま、一つも花を開いていない。
お嬢様は前回とほぼ同じ時刻にお戻りになる。玄関でお待ちしていたら、一瞬私の顔を見て、はっと息を飲み、次の瞬間には階段のほうへ駆けていってしまう。だいぶお痩せになっていた。
三日前の組閣で、小磯内閣は解散し、新たに鈴木貫太郎内閣に一新されている。そのおかげでお忙しくなったのだろうか、旦那様のところにお医者様が往診にいらしていた。ご好意に甘えて身体を見ていただく。血圧は正常。妊婦毒の心配も今のところないとのこと。

その夜もお屋敷に泊まらせていただく。遠くに飛行機の飛ぶ音が聞こえる。つい二日前にも空襲があった。私は恐くてあまりよく眠れなかったのに、となりで優子さんは小さな寝息をたてながら動きもしない。

四月二十五日

前回よりも少し早い時間に吉田さんが来て、お屋敷へ向かう。春霞《はるがすみ》の中、桜はもうほとんど散ってしまっていたけれど、そこから鮮やかな青葉の生える様子が綺麗だった。たった二週間でも、お庭の花は入れ替わる。小手鞠《こでまり》、紫蘭、花水木。九州へ行く前は喜三郎さんが花を手入れしていたそうだけれど、九州へ行ってからと、戻ってきてからは、元々は庭師だった吉田さんが手入れをしているのだとか。道理でこれだけの数の花を咲かせられるものだ。しかし乙女椿は頑なに花を咲かせないようだ。もう時期を過ぎたというのに未《いま》だ蕾のまま。

お嬢様は前回よりも少し遅い時刻にお戻りになる。前回と同じように玄関で待ち構えていたら、前よりも少しだけ長く目を合わせてくださった。それでも、声をかけようとしたらうさぎのように走り出して階段を上ってしまう。旦那様の往診のお医者様に再び身体を診ていただく。身体は順調。しかし少し栄養失調になっているとのこと。オート三輪に揺られるときは、なるべく腰の下に柔らかいものを敷くようにとのこと。

夜遅くまでお嬢様のお部屋の前で待っていたら、中から声をかけていただいた。冷えるから早く寝なさい、と。私が部屋に戻ってから、お手洗いに行った様子。

その晩も泊まらせていただく。やはり飛行機の音がしている。私の耳鳴りかと思ったけれど、静かな部屋にはその音は響く。四谷区とここはそう遠くないのに、なぜ雛代さんと寝ているときは気にならないのだろうと考えてみる。そういえばもう慣れてしまったが、雛代さんの鼾《いびき》は最初驚くほど大きかった。

五月十日

三日前にドイツ軍が連合軍に無条件降伏を発表する。

とうとう乙女椿が咲き始めた。嬉しくなって庭に出た。何十もある蕾のうちの二つだけ、内から外を窺うようにそっと花を咲かせている。まだ半分しか開いていないのだとか。中に見える薄桃色の花びらは、奥にゆくほど翳り、色の濃さを増し、椿というよりも西洋の薔薇《ばら》のようだ。もしかしたら薔薇よりも花びらは多いかもしれない。ぽってりと厚い千重の花びらの中に、そっと指を差し込んでみる。柔かな花びらは、その中を守るように私の指を押し戻す。奥には雄蕊《おしべ》も雌蕊《めしべ》もないのだそうだ。そして花を落とすときは花びらを一枚も散らすことなく、遂にその奥を晒すことなくぽたりと地に落ちる。

飽かず乙女椿の花を眺めていたら、首のうしろにもやもやとしたものを感じ、振り向くと部屋の中にモンペ姿のままのお嬢様が佇んでいらした。そのままガラス越しにしばらくお互いの顔を見詰め合ったけれど、ついに声をかけていただくことはできなかった。滑るように部屋の外へ出てゆかれ、扉が閉められる。あとを追って庭から部屋へと上がったが、お嬢様はもう二階に上がられたあとだった。

夕食をいただいたあと、前回と同じようにお嬢様のお部屋の前で出ていらっしゃるのを待つ。いったいなんのつもりなの、と中からお声をかけていただく。お嬢様ともう一度お話をしたいだけでございます、と答える。中で幽かな足音が聞こえ、扉の直前まで来たけれど、その扉が開くことはない。扉と何かが擦《こす》れる音がしているので、お嬢様は扉のすぐ傍にいらっしゃる。しばらくしてから、お父様があなたを心配していたわ、と扉の中から声をかけていただく。

いったいどこへいっていたの。お嬢様がお尋ねになるので、父と言い争いをして、家を出ておりました、と答える。

お父様と言い争いなんて、どうやってするの。続けてお尋ねになるので、どう答えれば良いかわからず、拳で顔を殴られました、とまた答えると、お嬢様は沈黙してしまう。

その殴られた理由を話すべきなのだろうけれど、話せなかった。話したらきっと永遠にこの扉は開けて貰えまい。お嬢様はしばらくしてから、扉の前を去っていったらしく、足音が遠ざかった。

部屋へ戻ると、優子さんが布団も敷かず、畳の上に突っ伏して泣いていた。出征したただ一人の肉親である弟が、特攻へ志願したのだと、遺書となる手紙を握り締めて泣いていた。

姉さん、とうとうこのような便りを出さなければならないときが来ました。

晴れて特攻隊員として選ばれて出陣するのは名誉なことですが、姉さんのことを思うと泣けてきます。でも私は技量抜群として選ばれるのですから、どうか喜んでください。

わたしは姉さんに祈って突っ込みます。

……嗚呼旦那様、親の気持ちを考えてみなさいと、大本営の軍人に言ってはくれませんか。

五月二十五日

前日深夜に空襲警報が鳴り、夜は壕で過ごした。店に戻ると朝から風が強かった。雛代さんの具合が悪そうだったのが少し気になったが、寝ていれば治るからと笑ってくれたので、いつものとおり吉田さんのオート三輪で青山へ向かう。前日の空襲で、吉田さんは嫁の実家が焼けたのだと寂しそうに言った。

庭の乙女椿が、満開になっていた。こんなに大きく開く花だとは。前と同じく庭に下りて花を眺める。土の上には、生首のようにまだ綺麗なかたちのまま花がいくつも散っている。強い風が吹き、その風に撫でられて耐え切れず、花は震えながら綺麗なままぼたりぼたりと落ちゆく。柔かな花びらがいっぱいに開いていても、なおその奥は秘されている。赤子の肌のような色だ。薄桃色に、日に透ける花脈が血管のよう。

花に惑わされる虫の羽音まで、空襲に来る敵の飛行機の音に聞こえた。

ようやく髪の毛が肩に届くまで伸びてきていたので、うしろで一つに結わえる。この前と同じように、首のあたりに何かが突き刺さり、振り向くと、お嬢様が前と同じくガラス越しに立っていらした。先ほど落ちたばかりの比較的綺麗な花を拾い、土を払い、お嬢様へと持ってゆく。お嬢様は無言のままそれを受け取ると手のひらに握り潰し、庭に投げ捨てる。そして部屋を出て行ってしまう。

私を見てくださっているのか、花を見ていらっしゃるだけなのか。お嬢様の投げた花は土に汚れ、もはや赤子の肌のように柔かく無垢《むく》には見えない。花びらが何枚か剝がれて、蝶《ちょう》の羽のように地面に散っている。

旦那様は今日は遅くまでお帰りにならないそうだ。お食事も摂ってらっしゃるとのこと。松子さんと優子さんと三人で食卓を囲む。優子さんの弟のことは、優子さんが喋らないので松子さんも聞いていないようだ。夕食後は少しだけラジオを聴き、いつもどおりお嬢様のお部屋の前に行く。私がいろいろと声をおかけしても、しばらくの間は無反応だったが、一時間半ほど粘り、やっと向こうから声をかけていただく。

お父様は。お尋ねになるので、本日は遅くなるそうでございます、と申し上げると、毎週医者が来ているらしいのだけど、お父様は何かご病気なのかしら、とまた独り言のようにおっしゃる。

旦那様はただの過労だと私たちには伝えているけれど、おそらく何か肺の病気なのではないかと思う。痩せてきているし、発作のような咳《せき》をしているときもある。

前とは違い、お嬢様は扉の傍にはいらしてくださらない。いつまで経っても衣擦れの音は聞こえず、その代わり、風の音だけが時間とともに増してきている。昼間よりも確実に強くなっているだろう。十時を過ぎた頃、寒いからもう寝なさいとお声をかけていただく。部屋へ降りると、優子さんは既にお布団に入っていた。

横になるとしくしくとお腹が痛む。恐い。風に混じって伸子さんの泣き声が聞こえる気がする。


空襲警報が鳴ったのは、三十分ほど経ってからだ。羽虫の幻聴ではなく実体を持って、天井を揺らしながら頭上には戦闘機が迫り来ていた。書いていた筆記帳から千恵子が目を上げるのと同時に優子も身を起こし、細く開けてあった雨戸の隙間から外を窺う。その狭い隙間からも、向こうのほうの空が交叉《こうさ》する探照灯に照らされている様子がありありと窺えた。

「千恵子さん、お嬢様起こしてきて、庭の奥に壕があるから、そこまで連れて来て」

優子の言葉に千恵子は頷き、廊下へ出ると階段を上がった。和江の部屋の扉は天岩戸《あまのいわと》のように閉ざされたままだった。やがて戦闘機の飛ぶ音に、爆音が混じり始めた。

「お嬢様！　出てきてくださいお嬢様！」

部屋の中は何の気配もしない。千恵子は一階に降りて手洗いを確認したが、誰もいなかった。もう一度扉の前に行き、両の拳でその扉を叩く。爆音は雷に似ているけれど、雷のように空気を震わせることはなく、地震に似た地響きが足の裏から伝わってきている。

「千恵子さん、まだなの⁉」

階下から松子の叫び声が聞こえた。お嬢様、扉を開けてください、逃げなければ、死んでしまうかもしれない。千恵子は地響きを聞きながら、かつて上野駅を出たときの、この世の終わりのような光景を思い出していた。このまま逃げ遅れたら、あのときに見た黒い土くれのような死人の一人になる。

「お嬢様！」

和江の気配はない。米の袋を背負った松子が隣に来て、ノブを押したり引っ張ったりするのを手伝ったが、すぐに諦め、厳しい顔をして言った。

「壕は危険だと隣から連絡があったから、私たちは明治神宮へ向かうわ。そこで落ち合いましょう」

千恵子は和江をこの扉から出すまでここに残されるのだ。

「明治神宮ですか」

「ええ」

「たぶん危険です。どこか他のところへ」

「何故？」

「……」

初めて青山に来たとき、明治神宮で休んでいたら危険だと吹雪に言われたことを思い出す。

おそらくどこへ逃げても確率は五分五分だろうが、吹雪の言葉を信じたかった。松子が溜息をついて頷いたとき、物凄い音と地響きが聞こえてきた。その衝撃に家中の窓ガラスに罅《ひび》が入った。何かが落ちた、しかも至近距離に。

「お嬢様はお任せくださいな、早く逃げて」

千恵子が言うと、あなたの言うとおり神宮ではなく青山墓地に行くから絶対に来るのよ、と言って松子は頭巾を被り、駆け足で階下へと降りて行った。

「お嬢様！　お願い、出ていらして、このままでは死んでしまう」

轟音《ごうおん》に掻き消され、千恵子の声もおそらくもう中には聞こえていないだろう。何かの落ちる音、何かの崩れ落ちる音がだんだんと接近してきている。恐くて恐くて、涙が出た。でも、この中に和江が立て籠っている限り、一人で逃げるわけにはいかない。

「お嬢様！」

何十回目かの呼びかけのあと、一瞬の沈黙があり、奇跡のように扉が開いた。

「お嬢様、早く外へ！」

差し伸べた千恵子の手を振り払い、和江は突っ立ったまま虚《うつ》ろな瞳をして言った。

「ねえ千恵子さん、この空襲で私が死んだなら、お父様はどう思うかしら」

「縁起でもない！」

「お父様は、哀《かな》しんでくださるかしら」

　こんなときなのに、和江は可笑しそうに笑っている。既に流れている涙が怒りのためなのか恐怖のためなのか悲しみのためなのか判らないまま、千恵子は和江の頬を引っ叩いた。

　人にかける迷惑の心苦しさよりも、自分の身体を優先させるのが母親だ。現に千恵子は雛代を東京に留めおいた。そうして生まれてくるはずの命を守るのだ。所詮漆間家は千恵子にとって他人でしかない。和江だってただの他人だ。生きようと思えば、今このとき、ぐずる女を放っておいて一人で逃げれば良いだけだ。しかし千恵子はそれよりも和江を生かすことを望んでいた。

　初めて和江に会った日、窓辺に並んだ二つの文化人形は仲良く寄り添っていた。一つより二つのほうが可愛い、と千恵子が言ったら、和江は嬉しそうに笑った。あのとき、確かに和江は笑ったのだ。

　和江は対になった人形のように千恵子に傍にいることを望んでいたのに、千恵子は結局政吉を選んだ。そのために千恵子は和江に許しを請《こ》おうとした。けれどこの轟音の中、思う。誰よりも大切な人が一人とは限らない。守らなければならない物はひとつだけではない。今ここで和江を置いて一人逃げたら、千恵子は政吉の子を産んだあとも死ぬまで癒《い》えぬ、後悔という名の傷を負うだろう。静かに泣く和江の夢を毎夜見るだろう。ふたつの物を守りたいという千恵子に、人は自らに対する欺瞞《ぎまん》だと鼻白むかもしれない。しかし千恵子はそうしてしか生きられない。誰よりも寂しいお嬢様。あなたは一人じゃない。私が今ここにいる。千恵子は手を差し伸べる。

和江は頰を押さえて立ち尽くす。そのうしろで×の字に紙を張ってある窓ガラスの外が、赤く炎上した。下に火の手が回ってきたのだ。

「乙女椿が……」

振り返った和江が窓のほうに駆け寄ろうとする手を摑み、強引に千恵子はその手を引いて階段へと向かった。背後からはガラスの割れ、飛び散る音。開け放された玄関を出ると、赤い吹雪のように火の粉が舞っていた。空は探照灯により煌々《こうこう》と明るく、頭上には旋回するB29がまさにその鈍く光る鋼《はがね》の機体から口を開けて焼夷弾を落とそうとしている様子までがまざまざと見て取れた。

和江は赤く燃え広がる海のような街を目にして、その場に立ち竦んでしまった。

「早く！　走って！」

叫んで手を引いている間にも千恵子の下っ腹は痛みを増して、視界をぐらぐらと歪める。

嗚呼神様、神様、お願いです私たちをお守りください。お嬢様と、私のお腹の子をどうかお守りください。

やっと走り出した和江は千恵子の手に引かれ、背後から迫り来る爆音に悲鳴を上げて泣いた。

「お嬢様がいなくなったら旦那様が哀しむのは当たり前でしょうが。こんなときにバカなことをおっしゃらないでください」

千恵子の言葉が聞こえているのかいないのか、和江は泣きつづける。青山墓地はまだ遠く、炎の海に照らされて朱色に染まった夜空には、数え切れないほどの爆撃機が耳を劈《つんざ》く轟音とともに飛ぶ。そしてその機体から、くろぐろとした焼夷弾を大粒の雨のようにバラバラと降らせる。しかし雨は炎を湿らせることなく、もっと燃えろと歌うように、破裂して赤い花を咲かすのだ。爆発によって巻き起こされた強い風が火の手を速くしている。息もできないような砂塵《さじん》と灰で視界の悪い中、同じように逃げ惑う人の引いている荷車にぶつかり、千恵子も和江も弾《はじ》き飛ばされてその痩せた身体は路上に転がった。千恵子は右の肘を擦り剝《む》いただけで済んだが、和江が動かない。千恵子はその手を取って引っ張り起こそうと試みたが、和江は立ち上がることができず、涙の溜まった目で千恵子を見て言った。

「脚が……」

しゃがみ込んで脚を触ると、何にぶつかったのか、ふくらはぎがざっくりと切れて、切れたモンペの間から血が溢れていた。これでは立てない。包帯もない。血溜りが地面をじわじわと黒く染める。

「痛いよ」

子供のように和江は泣きじゃくり、痛いよ、痛いよ、と繰り返しながら千恵子に縋った。

「千恵子さん、痛いよ」

「大丈夫、痛くありませんよ」

千恵子は灰まみれになった和江の頭を撫でたあと、自分の着ていた着物の袖を摑み、一気に肩から破り取った。そして縫い目も破き、一枚の長い布にし、和江の膝の下を縛り上げた。

「痛いよ、怖いよ、お父様、お母様」

本当に幼児に戻ったように、和江は泣きつづけた。千恵子の剝き出しになった腕には火の粉が触れて、水脹《みずぶく》れができる。痛い。熱い。そんなことを思う余裕はもはやどこにも残っていなかった。

和江は千恵子の手に引かれて立ち上がり、歩こうとして再び膝を地面に落とす。千恵子は和江を走らせることを諦め、腕を持って背に担ぎ上げた。お腹が痛む。おぶさった和江の足から垂れた血が着物を濡らしてゆく。重いものを持ったりしないようにねという雛代の言葉が蘇る。うしろで和江は千恵子に縋って泣きじゃくる。神様、神様、お願いです、私たちを守って。

燃える家々の窓からは、鉄砲水のような勢いの炎が轟音と共に噴き出し、行く手を阻《はば》む。焼夷弾の炸裂音《さくれつおん》、空高くから唸《うな》る嵐のような砲声、横殴りの赤い雨のような火の粉。火を浴びて地面を転がりまわる人たち。もはや身体も心も、この光景に対して恐怖を感じなくなっていた。息ができない。心臓は本当に動いているのだろうかと不思議になるのに、足は確実に歩を進める。そしてそれはまるで自分のものではないように動き、青山墓地へ向かう。

和江をおぶったまま、火の手の回っていない青山墓地に辿り着いたときには、火の粉に焼けて着物もモンペもぼろぼろになっていた。大勢の人が避難してきている中、松子たちを探すのは至難の業に思えた。

「千恵子さん……」

耳のすぐ傍で、泣き止んだ和江の弱々しい声が聞こえる。なんですかお嬢様、と千恵子も応える。和江は咳込みつつも息を吸い何かを言おうとしたが、そのすぐあと、千恵子さん、とまた別の声が千恵子の名を呼び、和江のか細い声を掻き消してしまった。松子の声だった。

千恵子たちの姿を見付けた松子と、どこかで合流したらしい誠一が駆け寄ってくる。千恵子は腰を屈《かが》め、和江の身体を地面に降ろした。それと同時に誠一が倒れ込む和江の身体を支え、胸の中に抱きしめた。

「無事で良かった」

誠一のその言葉を聞き、千恵子は込み上げる嬉しさに溺《おぼ》れながら、地面に倒れ込んだ。お腹が痛くて、もはや立っていられなかった。意識が遠退いてゆくのが妙にゆっくりと、現実感を持っている。

「千恵子さん！」

焼け爛《ただ》れた腕に触れる土のひんやりとした冷たさと、松子の叫び声が、覚醒した意識の最後だった。

政吉さんごめんなさい、せっかくここまで来たのに、私はあなたの子を産めないかもしれません。

五月二十五日の空襲では、二百五十機のB29の襲撃により一五万四五七二世帯が失われ、罹災者は五五万九六八三名となった。今まで空襲から逃れていた山の手一帯が一斉に焦土と化し、宮城《きゅうじょう》内の明治神宮宮殿を始め、大宮御所、青山御殿、赤坂東宮仮御所、秩父宮《ちちぶのみや》邸、三笠宮《みかさのみや》邸と、皇族の邸宅もことごとく全焼した。

漆間家の屋敷は、他と同様跡形もなく焼け落ちていた。明治神宮に逃げなかったおかげで一命を取り留めた千恵子たちは、火の手が収まってから屋敷のあったはずの場所に戻り、予想していたこととはいえ、一同愕然《がくぜん》とした。柱一本残っていなかった。無残に黒焦げになって折れ曲がった給水管から、弱々しく水が噴き出しているだけだ。この場所に人の住む家があったということを示すものは、たったそれだけだった。ひどすぎて泣くこともできず、押し黙ったまま、誠一をはじめとする家の者たちは目の前の惨状を見つめた。

その状況の中でも幸運なことに、千恵子のお腹の子は無事だった。誠一が、墓地に居合わせた子供を連れた母親に声をかけ、千恵子の具合を診てくれるよう頼んでくれていたのだ。お腹が痛いだけで出血がないなら大丈夫、とその母親は言った。ただ、少しの間は安静にしているように、と。

訪ねてくる来訪者のために、誠一は「狸穴《まみあな》に移動　全員無事　漆間誠一」と記した紙をその場に残した。狸穴に親戚の家があるということで、そこに厄介になるのだという。

「千恵子さんは、本当に一緒に行かなくて大丈夫なの？」

松子が心配そうに尋ねる。千恵子は、お世話になっている家の人が心配なので戻ります、と答え、誠一たちとそこで別れた。千恵子が意識を手放して倒れ込んだあとに、千恵子の妊娠という事実を知った和江は、やはり最後まで口をきこうとはしなかった。誠一はそんな和江の態度を叱《しか》っていたが、千恵子にはその様子が、もう今度こそ天岩戸に入ってしまったように見えた。

千恵子は誠一たちと別れたあと、焼けた街を歩く。否、街ではない。かつて街だったところ、というだけの黒い平原だ。

東京は―焼け野原―。見渡す限りの焼け野原―。

歌うようにして千恵子は呟き、笑う。炭化した、かつて人だったものがあちらこちらに転がっている。生焼けの死骸には、季節ではないというのにもう虫が集《たか》っている。歌うようにして笑っていないと、精神が持たなかった。

そして、四谷区もそれは例外ではなかった。雛代の店があったはずの場所は、焼けた瓦礫《がれき》の折重なる更地になっていた。黒い瓦礫をいくつかどかしてみても、暖簾の切れ端ひとつ見付からなかった。

「雛代さん」

叫んでも答えはない。しくしくと、下っ腹が痛む。

「雛代さん」

千恵子は笑いながら、泣きながら、雛代の名を呼びつづけた。千恵子のことなど放って、さっさと酒田に行っていれば、あの人はこんな目に遭わずに済んだのに。千恵子は何度目かの呼びかけのあと、耐え切れず、しゃがみ込んで申し訳なさに泣いた。

近くの寄り合い住宅を探し回り、三日探しても、雛代は見付からなかった。

五日後、千恵子は捜索を諦め、狸穴に向かった。

八

誠一と政吉の母の如月泉美《いずみ》は、はとこ同士である。泉美が三島の妾になってから、実質如月家は漆間家からは亡き者として扱われていたが、誠一だけは年下のはとこを気遣って、何度か連絡を取っていた。その関係で政吉も漆間家に奉公に来ていた。このほど誠一は再び泉美に連絡を取り、千恵子とお腹の子の存在を知らせた。泉美はぜひ千恵子を自分のところで世話したいと申し出た。

六月の半ば、復旧した省線中央線に乗り、千恵子は杉並へと向かった。泉美は罹災する前に麴町の妾宅《しょうたく》を引き払い、母方の実家の杉並へと越していた。限りなく武蔵野町に近いその地域は、空襲の被害を受けていなかった。

周りでは初夏の日差しの下、新緑が青々としている。あの地獄のような光景からは想像もつかないところだった。千恵子は教えられた住所へ辿り着き、門を開け、古い平屋の住宅の扉を叩く。ごめんください、と二度声をかけたら、中からまだだいぶ若く見える、質素な紬《つむぎ》の着物姿の美しい女が戸口を開けて出てきた。この人が如月泉美だろう、と千恵子は思う。

泉美は千恵子の煤けた顔を見るなり、ごめんなさい、と言って泣き崩れた。部屋がない、と言われることを恐れ、千恵子は黙ったまま、泣きつづける泉美を見つめた。しばらく泉美は千恵子に縋って泣いていたが、やがてなす術もなく立ち尽くす千恵子にはっと気付いたように洟を啜り、いやあね、と言って笑った。

「あなたが千恵子さんね」

「はい」

「誠一さんから伺っています、どうぞお入りになって。私が政吉の母の泉美です」

涙声だが、追い返されなかったことに安堵し、千恵子は玄関の敷居を跨いだ。

家の中は広く、南に面して凹の字型をした建物の真ん中には中庭があった。藤棚《ふじだな》がちらほらと花を咲かせている様の見える部屋に案内され、だいぶ年嵩の女中が緑茶とカステラを運んできた。カステラなんてもうどのくらい食べていなかっただろう。

女中が下がる前に、千恵子はカステラを口の中にねじ込むように頬張り、お茶をがぶがぶと飲みほした。おかわりを、と泉美が女中に言うのを聞いて、我に返り千恵子は自分の行動に赤面する。

「お腹のほうは……」

二杯目のお茶と二切れ目のカステラを千恵子の前に出しながら、泉美は尋ねた。

「あ、はい、無理をしなければ駄目になってしまうことはないと言われました」

千恵子のその答えに、泉美は再び涙を溜めて頭を下げた。

「本当に、なんとお詫びをして良いか。普通の家のお嬢さんに政吉はなんてことを」

なんとなく、千恵子はその光景を冷めた思いで見ていた。あやまちを犯し、傷物にされ、帰ってくるかも判らぬ男の子供を身籠る哀れな娘。それが傍目から見た千恵子である。自分がどう思っていようと、世間の目からは逃れられない。しかし、政吉と犯したあやまちを悔いてなどいないのに、なぜその母親にまで頭を下げられねばならないのだろうか。

お腹はもう見て判るほどに膨らんできていた。千恵子は頭を下げる泉美にかける適当な言葉が見付からず、その手を取ると自分のお腹に触らせた。

「政吉さんの子供です」

泉美は顔をあげて、千恵子の顔を見つめた。

「産むために、病気の父を突き飛ばして家を出てきました。もう、堕胎して故郷に帰ることもできません。どうか、よろしくお願いします」

その言葉に泉美は千恵子の手を握り返し、ありがとう、と繰り返した。

その晩、千恵子は実に二週間ぶりにきちんとした布団の上で眠った。東京には、五月二十五日以降、空襲らしい空襲はなかったが、夜中に物音がするとどうしても起きてしまう。そのたびに千恵子は布団から起き出して水を飲んでいた。オート三輪のエンジン音ですら戦闘機の音に聞こえてしまう。雨のような火の粉、右腕に残る火傷《やけど》の痕《あと》。

あのときの和江の脚の傷は深く、化膿《かのう》による発熱が続いていた。鉄道が復旧してからすぐに検査を受けるため、優子に伴われて山梨の病院へ向かった。帰りには志乃の見舞いを兼ねて軽井沢に寄ってくると優子は言った。万平《まんぺい》ホテルはまだきちんとした料理を出してくれるのかしら。熱に浮かされながら能天気なことを口走り、誠一に渋い顔をさせていた和江。破傷風になっていないことを千恵子は願った。

杉並の家に世話になり始めて一週間後の六月十九日、かつて奉公していた福岡の街が大空襲に見舞われたことを、千恵子はラジオ放送で知った。呉服町、長浜、屋敷のあった天神町も例外なく焼け尽くされたとラジオは伝えた。

そして約十日後の六月三十日、千恵子は酒田に空襲があったことを誠一からの電話で知った。しかしそれを知ったところで千恵子はどうにもできない。実家に電話はなかったし、酒田駅に電話をすることも、今はできない。知らせてくれたことに礼を言って、電話を切り、千恵子は夜になってから手紙を書いた。あの晩に家を出てから初めて両親に宛てたものと、菊代に宛てたものだ。両方とも、返事はなかった。

梅雨の七月に入り、お腹の中で子供が動くのが確認できるようになった。自分のことのように泉美は喜び、飽かずに千恵子の膨らんだお腹を撫でるのだった。

「私、子供ができたときは死のうかと思っていたの」

物騒な話に千恵子は思わず身を引く。政吉が不義の子であるという事実を確認するような真似はしていないが、きっとそのせいもあるのだろう。しかし死のうとしたとは穏やかでない。

「あ、ごめんなさい。そういう意味じゃないわよ。私が自分に子供ができたときは、ああもう私は娘には戻れないんだって悲しくなって」

その話からどんどん話は移り変わり、三島の話から、泉美の血縁である漆間の話になる。そして意外なところで、和江と誠一が不仲である謎《なぞ》が解けた。泉美がその理由らしきものを知っていた。若かりしころの誠一は親としては僅かに先輩の泉美に、和江の愚痴をこぼしていたのだ。なんだか可笑しくて千恵子は笑ってしまった。

「和江さんに縁談があったのは本当だけど、それが理由ではないわね」

庭に面した部屋で向かい合った千恵子が尋ねたら、泉美はそう答えた。手には産着《うぶぎ》を縫うための、ガーゼ生地を持っている。

「じゃあどうしてお嬢様は旦那様を嫌ってるんです？」

「奥様が病弱なのは千恵子さんも知ってるわよね？」

「ええ」

「奥様が初めておうちで倒れて病気の発覚した日、誠一さん、家に戻らなかったのよ、というよりも戻れなかったのよ。たしか和江さんがまだ尋常小学校のころね」

和江は母親の入院した病院の病室で、夜遅くまで父を待ちつづけたが、とうとう誠一は病室に現れなかった。なぜならその夜、誠一には絶対に外すことのできない重要な会議があり、それを見越した秘書が奥方の不調を誠一に伝えなかったからである。

ねえ千恵子さん、この空襲で私が死んだなら、お父様は、哀しんでくださるかしら。

妙にはっきりと、和江の言葉が蘇った。母親が死んでしまうかもしれない、という恐怖と闘っていたであろう十歳になるかならないかの娘が、それで父親不信になったとしても無理はないだろう。

「私が知ってるのはそれだけ。でも千恵子さんの話を聞く限り、もっと他に根深いものもあるかもしれないわね」

泉美は手を止めていた産着の縫成に、再び取り掛かった。千恵子もつられて、鉤針《かぎばり》でおくるみを編み始めるが、眩暈にふと手を止めて、雨上がりの夕日の中で手を動かす泉美の横顔を見た。三島の家に入った時点で、泉美には女の友人という存在は一人残らずいなくなったと言う。そこまで覚悟して妾になったそうだ。だから泉美は、千恵子と和江のつながりを、こじれてしまっているにしても、羨ましがった。

夕日の中、孤独な女が二人、生まれてくる子供のために針を動かす。

子供ができたときは死のうかと思っていたの、と泉美は言った。千恵子は、死なないでいてくれて良かった、と思う。けれど泉美の横顔を見つめながら漠然と、政吉はもう戻って来ない、と千恵子は感じた。生きているのであれば、便りがあって然るべきだが、泉美は一言も息子の安否について口にしない。そして千恵子からそれを尋ねることもできなかった。

泉美は千恵子の視線に気付き、なあに、と笑う。死なないでいてくださってよかったです、と千恵子は答える。

「三島は一応、私が死ぬまでは面倒を見てくださることになってはいるのだけど、このままだと私、孫が心配でだいぶ長生きしなければならなくなるわね」

「そうしてくださると、私も安心ですね」

「でもその前に三島がくたばってしまうわ」

ふふふ、と二人は顔を見合わせて笑った。夕日の庭には、ぽつぽつと音を立てて天気雨が降っている。凌霄葛《のうぜんかずら》の蔓《つる》に雨粒が伝い、蔓の上を小さな羽蟻《はあり》たちが滑り落ちてゆく。小さな羽虫が部屋の中を飛んでいる。

二人が笑い合っている遥か海の向こうで、米国ニューメキシコ州では原子爆弾の実験に成功し、トルーマン大統領により戦闘に於《お》けるその使用許可がおりていた。

十日後の七月二十六日、ポツダム会談により、日本に無条件降伏を呼びかけるポツダム宣言が発表された。

※一〜八を略す

九　日本国軍隊ハ完全ニ武装ヲ解除セラレタル後各自ノ家庭ニ復帰シ平和的且《カツ》生産的ノ生活ヲ営ムノ機会ヲ得シメラルベシ

十　吾等《ワレラ》ハ日本人ヲ民族トシテ奴隷化《ドレイカ》セントシ又ハ国民トシテ滅亡セシメントスルノ意図ヲ有スルモノニ非《アラ》ザルモ吾等ノ俘虜《フリョ》ヲ虐待《ギャクタイ》セル者ヲ含ム一切ノ戦争犯罪人ニ対シテハ厳重ナル処罰ヲ加ヘラルベシ日本国政府ハ日本国国民ノ間ニ於ケル民主主義的傾向ノ復活強化ニ対スル一切ノ障礙《ショウゲ》ヲ除去スベシ言論、宗教及思想ノ自由竝《ナラビ》ニ基本的人権ノ尊重ハ確立セラルベシ

十一　日本国ハ其《ソ》ノ経済ヲ支持シ且公正ナル実物賠償ノ取立ヲ可能ナラシムルガ如《ゴト》キ産業ヲ維持スルコトヲ許サルベシ但《タダ》シ日本国ヲシテ戦争ノ為《タメ》再軍備ヲ為《ナ》スコトヲ得シムルガ如キ産業ハ此《コ》ノ限ニ在ラズ右目的ノ為原料ノ入手（其ノ支配トハ之ヲ区別ス）ヲ許サ

ルベシ日本国ハ将来世界貿易関係ヘノ参加ヲ許サルベシ
十二　前記諸目的ガ達成セラレ且日本国国民ノ自由ニ表明セル意思ニ従ヒ平和的傾向ヲ有シ且責任アル政府ガ樹立セラルルニ於テハ聯合国《レンゴウコク》ノ占領軍ハ直《タダチ》ニ日本国ヨリ撤収セラルベシ
十三　吾等ハ日本国政府ガ直ニ全日本国軍隊ノ無条件降伏ヲ宣言シ且右行動ニ於ケル同政府ノ誠意ニ付適当且充分ナル保障ヲ提供センコトヲ同政府ニ対シ要求ス右以外ノ日本国ノ選択ハ迅速且完全ナル壊滅アルノミトス

翌日、ポツダム宣言は全文日本国民に公表されたが、新聞の見出しは、「笑止、対日降伏条件」などというものだった。

鈴木貫太郎首相はポツダム宣言に対し、「共同声明はカイロ会談の焼直しと思う、政府としては重大な価値あるものとは認めず『黙殺』し、断固戦争完遂に邁進する」と述べた。

「白昼　夢錯覚を露呈」

「笑止！　米英蔣共同宣言、自惚《うぬぼ》れを撃破せん、聖戦飽くまで完遂」

そして、広島に新型爆弾が落ちる。

大本営発表（昭和二十年八月七日十五時三十分）
一、昨八月六日広島市は敵B29少数機の攻撃により相当の被害を生じたり
二、敵は右攻撃に新型爆弾を使用せるものの如きも詳細目下調査中なり

大本営発表（昭和二十年八月九日十七時）
一、八月九日零時頃よりソ聯《れん》軍の一部は東部及西部満ソ国境を越え攻撃を開始し又其の航空部隊の各少数機は同時頃より北満及朝鮮北部の一部に分散来襲せり
二、所在の日満両軍は自衛の為之《これ》を邀《むか》へ目下交戦中なり

長崎にも、新型爆弾が落ちる。

大本営発表（昭和二十年八月十日十五時二十分）
昨八月九日各方面の主なる戦況次の如し
一、我航空部隊の一部は同日午後宮城県東方洋上の敵機動部隊を攻撃し大型艦一隻の撃破炎上を確認せる外相当の戦果を収めたり

二、東部及西部満ソ国境方面のソ軍は其後逐次勢力を増強中にして更に同日午後各一部の兵力は北部満ソ国境奇克附近外蒙方面索倫西方地区及北鮮慶興附近に侵入し来り所在の我部隊は之を邀撃《ようげき》交戦中なり

三、北鮮東方海面を航行中の我船団部隊は同日午前ソ軍機約八十機と交戦其の十四機を撃墜せり我方損害なし

四、樺太《からふと》国境方面のソ軍の一部は同日午後我に対し攻撃を開始せり

同日、長崎にも新型爆弾　相当数の家屋倒壊　死傷

「この落下傘《らっかさん》付新型爆弾というのが気になるわね」

千恵子が眺めていた新聞を横から覗き込んで、泉美が言う。

季節は八月、庭に緑の多いこの家の中も暑くて、千恵子はふうふう言いながら汗を垂らす。泉美が寄って来るともっと暑いが、押しのけるわけにもいかず、二人で新聞を覗き込んだ。

Ｂ29数機のみの攻撃であったにも拘わらず、相当の被害が出たと伝えているだけのその記事は、詳細が書かれていない。東京が狙われていない分だけ不気味に思えた。

いつまでつづくのだろう、この戦いは。一億総国民の力を結集するとき、という趣旨の記事は何度も報道されていた。まだ足りないというのか。本当に、最後の一人が焼け尽くされ

るまで闘うつもりでいるのか。もし戦争で男が皆死んでしまって、女と子供だけになったら、敵軍は許してくれるだろうか。

　千恵子はぼんやりと、雨上がりで薄曇の窓の外を見上げた。動くのが億劫《おっくう》になるほど、お腹はせり出してきていた。


　八月十五日、朝からジリジリと日が照りつける暑い日だった。庭に陽炎《かげろう》が立ちのぼり、家の外の路地に行くと、淡い逃げ水が見えた。滋養をつけなければ、と女中のセイが卵のたっぷり入ったホットケーキを昼食にと焼いたので、泉美と二人でそれを食べながら、千恵子は子供の名前を考えていた。

『戦勝《せんしょう》』は？　戦争に勝利する。縁起が良いじゃない」

　嬉しそうに泉美が提案する。

「じゃあ、女の子だったら？」

「勝子か利子」

「トシコは、妹の名前だから、なんだかちょっと」

　千恵子は久しぶりに実家のことを思い出す。あれから何度か手紙を出してはいたが、一度も返事は来ていない。五日前にも酒田に空襲があった。それも誠一が電話で伝えてくれたことだが、今の千恵子の身体ではもう、長時間汽車に乗って酒田まで行くのは不可能だった。

二枚目のホットケーキを食べ終わった頃、セイがばたばたと慌しく部屋へやってきて、息を切らしながら「ラジオをつけてください」と言った。

「どうして？」

「お隣さんから聞いたんですが、お昼から玉音放送があると。玉音放送ってなんなんですか」

千恵子と泉美は顔を見合わせた。天皇陛下のお声による放送のことだ。時計を見ると、もう正午を少し回っていた。慌てて隣の部屋に行き、ラジオのスイッチを入れると、途切れ途切れに、聞いたことのない奇妙な節回しの甲高い声が聞こえていた。音が悪くてほとんど聞き取れない。ラジオにかじりつくようにして、千恵子たちはその放送を聞いた。

「……苦難は固《もと》より尋常にあらず」

「……堪え難きを堪え忍び難きを忍び」

朕《ちん》深く世界の大勢と帝国の現状とに鑑《かんが》み非常の措置を以て時局を収拾せむと欲し茲《ここ》に忠良なる爾《なんじ》臣民に告ぐ
朕は帝国政府をして米英支蘇四国に対し其の共同宣言を受諾する旨《むね》通告せしめたり。

抑々《そもそも》、帝国臣民の康寧《こうねい》を図り万邦共栄の楽《たのしみ》を偕《とも》にするは、皇祖皇宗の遺範にして朕の拳々措《けんけんお》かざる所、曩《さき》に米英二国に宣戦せる所以《ゆえん》も、亦《また》実に帝国の自存と東亜の安定とを庶幾するに出《い》で他国の主権を排し、領土を侵すが如きは固《もと》より朕が志にあらず。然るに交戦已《すで》に四歳を閲《けみ》し朕が陸海将兵の勇戦、朕が百僚有司の励精、朕が一億衆庶の奉公各々《おのおの》最善を尽せるに拘らず、戦局必ずしも好転せず。世界の大勢、亦我に利あらず、加之《しかのみならず》敵は新に残虐なる爆弾を使用して頻《しきり》に無辜《むこ》を殺傷し惨害の及ぶ所、真に測るべからざるに至る。而《しか》も尚《なお》、交戦を継続せむか、終《つい》に我が民族の滅亡を招来するのみならず、延《ひい》て人類の文明をも破却すべし。斯《かく》の如くむば、朕何を以てか億兆の赤子を保し皇祖皇宗の神霊に謝せむや。是《こ》れ、朕が帝国政府をして共同宣言に応せしむるに至れる所以なり。

朕は帝国と共に終始東亜の解放に協力せる諸盟邦に対し、遺憾の意を表せざるを得ず。帝国臣民にして戦陣に死し、職域に殉じ、非命に斃《たお》れたる者、及其の遺族に想を致せば五内《ごだい》為に裂く。且、戦傷を負ひ、災禍を蒙《こうむ》り家業を失ひたる者の厚生に至りては、朕の深く軫念《しんねん》する所なり。惟《おも》ふに今後、帝国の受くべき苦難は固より尋常にあらず。爾臣民の衷情も、朕善く之を知る。然れども、朕は時運の趨《おもむ》く所、堪へ難きを堪へ、忍び難きを忍び、以て万世の為に太平を開かむと欲す。朕は茲に国体を護持し得て、忠良なる爾臣民の赤誠《せきせい》に信倚《しんい》し、常に爾臣民と共に在り。若《も》し夫《そ》れ、情の激する所、濫《みだり》に事端を滋《しげ》くし、或《あるい》は同胞排擠《はいさい》互に時局を乱り為に大道を誤り、信義を世界に失ふが如きは、朕最も之を戒む。宜《よろ》しく挙国一家子孫相伝へ、確《かた》く神州の不滅を信じ、任重くして道遠きを念《おも》ひ、総力を将来の建設に傾け、道義を篤《あつ》くし志操を鞏《かた》くし誓て国体の精華を発揚し、世界の進運に後れざらむことを期すべし。爾臣民其れ克《よ》く朕が意を体せよ。

天皇陛下の声は、ポツダム宣言を受諾する、という大日本帝国の全面降伏を告げた。

……何の言葉も出なかった。ラジオの音は引き潮のように途切れる。セイが、電源を切ったのだった。開けっ放しの窓から、蟬の鳴き声と共に、誰かの獣のような泣き声が聞こえてきていた。隣では、泉美がハンカチで目で押さえ、泣いていた。千恵子は窓の外の空を仰ぎ、天へと問う。

終わりなのですか、これで。

今後、帝国の受くべき苦難は固より尋常にあらず、と陛下はおっしゃった。これから日本が受ける苦しみは並大抵のものではない、と。本当に、これで何もかも終わりになるのですか。

千恵子は立ち上がり、家の外へ駆け出す。慌ててセイがあとからついてくる。道端に出ると、同じく近隣の女たちが転がるように外へ出て、哀哭《あいこく》の叫びを上げていた。

息子を返せ、という老いた女の叫びを聞き、千恵子は覆いかぶすように獣の声をあげた。

一ヶ月後、千恵子は無事に健康な男子を出産した。九月十五日正午、生まれた子供には、泉美と相談して孝行と名付けた。

それから十日後、泉美は千恵子に二通の手紙を渡した。

「子供が生まれてから読んでもらおうと思っていたの。こっちは、記者をやっているお友達が届けてくれたの」

千恵子は先に渡された、既に封を開けられている封筒から藁半紙《わらばんし》のような質素な便箋を取り出して、広げた。そこには見覚えのある政吉の字が几帳面に並んでいた。


沖縄へ向かうこととなりました。

国恩に報ずること、と言いたくはありませんが、手紙を託す彼が把握している戦局を聞く限り、この手紙が遺書となるでしょう。

お母様、政吉は征途につきます。本当のお父様につづく不幸を、どうか笑ってお許しください。

人生五十年、自分は十七歳まで生きました。
残りの三十余年はお母様に差し上げます。
では、征《ゆ》きます。

もし万が一でも、瀬崎千恵子さんにお会いになることがあったなら、ここから先を千恵子さんにお渡しください。

千恵子さん、
会いたいです、話したいです。
今はあなたの幸を希《のぞ》む以外に何物もありません。
私のことを祈り、笑ってください。
私も笑って征きます。

お母様　一月二十九日　快晴

もう一通は、五月に届いた戦死通知だった。

跋《ばっ》

孝行の首がすわり、おんぶ紐でおんぶしても問題なくなったころ、千恵子は一度孝行を連れて酒田に戻った。泉美も誠一も一時帰省を勧めたし、千恵子も、孫の可愛い様子を見れば父や母も心を解かすだろうと希望を持って、上野駅へ向かった。

上野駅は復員する兵隊で溢れかえっていた。埃っぽい駅の中、子供の手を引いた女たちが、夫の帰りを待つ。

生きて帰っては来たものの、戦場で足を無くした、腕を無くした男たちが、駅前で座り込み、施しを待っていた。千恵子は財布からいくらかの小銭を取り出し、まだ若い男の兵隊に施しをした。

「ありがとうございます」

片足のない若い男は、千恵子を見て礼を言う。背中で温かい赤ん坊がギャーと声をあげて泣いた。

汽車は復旧しており、千恵子は鈍行列車で酒田へと向かった。汽車に同席した年老いた女たちが、千恵子の腕に抱かれた孝行の顔を見てにこにこと笑う。孝行が泣き出すと、女たちは寄って集って世話をしたがった。千恵子がお乳をあげなければならないときは、席を囲み人の壁になってくれた。父親は英霊になった、と千恵子が言えば、女たちも泣いた。汽車を乗り継ぎ、朝方に着いた酒田も人に溢れていた。空襲により、港のほうの町は崩壊していた。瓦解した建物の上に、雪が降る。

実家のあるほうは空襲の被害がなかったらしく、家はそのまま、そして重治もトヨも、妹たちも皆無事だった。妹たちは純粋に千恵子の帰省を喜んだが、重治は背中の赤ん坊を見ると、あからさまに嫌な顔をした。重治が席を外した隙に、トヨはいくらかのお金を千恵子に握らせ、ごめんね、と言って孝行の頭を撫でた。赤ん坊はキャッキャと喜んでトヨの指を握る。

「あんだけちっちぇがった千恵子が、もうお母さんさなったんだのお」

トヨの言葉に、千恵子はぼんやりと頷いた。気付けばトヨの頭はもう真っ白になっていた。最後まで、重治が孝行を胸に抱くことはなかった。帰り際、それでも玄関まで千恵子を見送りに来た重治に、千恵子はまた戻ってきて良いかと尋ねた。

「もう二度と帰って来んな」

重治は背中を向けて言った。その声に涙が混じっていたのに気付き、千恵子も黙って框《かまち》を跨ぎ、うしろでガラガラと戸の閉まる音を聞いた。

千恵子は孝行を背中に背負い直し小さな頭巾を被せると、雪の中を歩いて港の罹災地まで向かった。船場町は跡形もなかった。「ありよし」がどこにあったのかさえ、目印がなくなってしまった今はもう判らない。道を歩いていた年老いた工員風の男に尋ねてみても、「ありよし」の存在も菊代の行方もまるで知らなかった。

汽車がなくなる前に酒田駅へ戻り、千恵子は再び東京の、泉美の家へ帰った。


和江が山梨へ向かった日以来、和江にも会っていなかったしその消息も知らなかった。ときおり、誠一から泉美へ電話が来る。泉美の手が離せないときは千恵子がその電話に出たりしていたが、やがて誠一が内閣の一員になってからは、泉美への電話も来なくなった。

孝行が生まれてすぐ、千恵子は泉美と縁組して養子となっていた。孝行が十歳になった年、泉美は癌《がん》に冒されこの世を去った。家やいくらかの金は千恵子の手許に残ったが、それがきっかけで三島家とも漆間家とも縁がなくなった千恵子は、援助をあてにすることもできなくなり、製薬会社で英文タイプの仕事を始めた。

和江の消息を知ったのは、それから三十年が経ってから、園遊会のテレビ放送だった。和解することのないまま四十年が経過していたが、千恵子は和江の顔を即座に見分けられた。出始めたばかりのころに買ったカラーテレビの粗い画面に、和江は美しい顔を晒していた。

千恵子の胸の中には、短く濃密な思い出が蘇る。
その後、婦人画報の「日本の貴婦人」だとかいう特集ページの記事で、和江の結婚した相手が、歌会始の選者でもある、歌人の二階堂正文氏だということを知った。和江の隣に写る男がどことなく喜三郎に似ていて、優しそうな笑顔に千恵子はほっと胸を撫で下ろしたと同時に、ちくりと嫉妬《しっと》のようなものを感じた。

千恵子は老眼鏡を押し上げ、再び手紙を読む。

あの空襲の夜にできた足の傷は、今でも残っています。貴女が切迫流産も顧みずに私を運んでくださったのに、私はそのあと貴女に酷い態度を取ってしまいましたね。今の世を思えば、千恵子さん、貴女はなんと優しい人だったか。きっと貴女の産んだお子さんも、優しい子に育ったことでしょうね。一度お会いしたかった。
貴女はご存知ないでしょうけど、喜三郎は二十一年の秋に復員してきたのですよ。お父様のところに挨拶に見えましたが、仲子さんには知らせないでおきました。仲子さんが喜三郎の子供を流産したことも、喜三郎には知らせませんでした。終わったことよりも、これからのことを考えなければいけない時代でしたからね。

終戦の日、生き残った全ての日本人の背中には『生きていく』という重い義務を背負わされたのです。その重みに耐え切れず逃げようとしても、死ぬことは許されませんでした。私の家は比較的裕福でしたから、それほど苦しい生活は強いられなかったけれど、やはり辛かった。貴女は私に宛てて何度も手紙を送ってくださいましたね。その手紙を糧《かて》にして、私は生きました。

思い出話をしたくても、この手紙が届く頃には、私はもうきっと貴女とはお話しできません。私の最後の意地です。こんなお婆《ばあ》ちゃんになっても、やはり素直になれません。会って話そうとしても、きっと私は貴女の顔を見ればそっぽを向いてしまうでしょうから。

ごめんなさい。許してください。私の最愛のおともだち。

貴女が生きているうちに、この手紙が届くことを祈っております。

手が震え、千恵子の目からは涙が溢れた。

お嬢様、孝行はもう二年前に癌を患《わずら》って他界しているのですよ。いったいこの手紙はいつ書かれたのですか。

もう一枚の便箋を捲ると、そこには違う便箋に違う筆跡で、走り書きがあった。目黒にある病院の名前と、和江の娘と思われる女の署名。そして、最近の日付があった。

　これだけ書くのが精一杯だったのだろうが、これは入院中を意味しているのか。それとも、不幸な理由で病院から出られた日なのか。

　千恵子は涙を拭うと居ても立ってもいられずに立ち上がり、玄関にある黒電話のダイヤルを回した。何度目かの呼び出し音のあと、もしもし、と孫の清美の能天気な声が答えてくる。

「清美？　お婆ちゃんだけど」

　三十近い清美は大学卒業の年がちょうど就職氷河期にあたり、相変わらず都内でフリーターのような生活をしているが、こういうときに役に立つ。

「どうしたの？　なんかあった？」

「あのね、車で連れて行ってほしいところがあるの、目黒なんだけど」

「良いよ、いつ？」

「今。今すぐ」

「えー、そっちに行くので三十分はかかるよ？」

「良い、待ってる」

　千恵子は電話を切ると、花鋏《はなばさみ》を持って庭に下りた。泉美が残したその庭は、眩暈がするほどの夕靄《ゆうもや》に染まり、数々の夏の花が咲いている。和江の好きな乙女椿の季節はもう終わってしまっていたが、代わりに泉美が丹誠こめて育て、あとを千恵子が受け継いだ色とりどりの薔薇が花をつけていた。

その中でも、色も形も一番乙女椿に似ている、メアリーマグダレンという品種の薔薇を選び、千恵子は一番綺麗に咲いているものから五本を切り落とした。

あの日燃えてしまった乙女椿。この薔薇がその代わりになるとは思わないけれど、きっとお嬢様は喜んでくださるのではないか、と期待を持って千恵子は花をまとめる。お見舞いになっても、たとえ墓前となっても。千恵子は和江の仏頂面《ぶっちょうづら》と泣き顔を思い出して、笑った。

ねえお嬢様、私からも一つだけ意地悪をさせてくださいね。

薔薇の棘は、切り落とさないままお渡ししますからね。

雪割草

病院に入るのなら、海の近くが良い。お母様が療養していた病院みたいに、窓から海の見えるところが良い。

そう我儘《わがまま》を言ってみたものの、娘と夫が和江のために選んだのは、東京の自宅近くにある目黒の病院だった。そこであればいつでも見舞うことができる、と。海に行きたければいつでも連れて行ってあげるから、と娘の美津子に言いくるめられ、和江がその目黒の病院付き高齢者施設に入って半年が経《た》った。自宅で娘に世話をしてもらうのはイヤだ、そして夫に生活の世話をされるのはもっと屈辱だ、という、これまた和江の我儘のためだった。

まだはっきり認知症とは言われていないが、このところ頻繁に記憶が飛ぶようになっていた。もうすぐ自分は八十になる年寄りなのに、気付くと妙に頭の中が、娘のように華やいでいたり、実際に痛みはないのに、戦時中に残った脚の痛みを思い出して泣いていたりする。

夫の正文は、同じ施設で和江の隣の部屋が空くのを待っている。空き次第、自分もその部屋に入り、生涯を和江と添い遂げると言う。

「喜三郎」

和江の呼びかけに、正文は、僕は喜三郎さんではないよ、と笑って和江の頬を撫《な》でる。

そうだ、この人は書生の喜三郎ではなく、結婚した夫だ。それでも、やはり記憶は老いた男の顔を喜三郎の顔と誤想させる。そしてその顔は、とうに亡《な》くなった父親の顔に変わる。

「お父様」

正文は、その問いかけに、諦《あきら》めたように「なんだい」と答える。

巻き戻される過去は遠いようで近く、和江は目を瞑《つむ》り、泥のような過去へと沈み込んでゆく。幸せだったときを選びたい。けれど、正文と一緒になるまでは、満たされていたときなどなかったように思う。

正文の笑顔が暗闇《くらやみ》に消え、瞼《まぶた》の裏がぐるぐる回り、記憶が、ぼやけてゆく。

……今日は、どこへ。

＊

和江が辿《たど》り着いたのは、正文と出会った日だった。

ＧＨＱのマッカーサーラインが廃止され、日米安全保障条約が発効した年、即《すなわ》ち昭和二十七年。和江が、女の適齢期には比較的遅い二十四になる年だった。

父の誠一は数年前の組閣で内閣から外れ、一議員として少し落ち着き、病床につく妻の志乃と向き合えるようになっていた。国会は十月からだが、政党会館には毎日出勤している。休日の仕事のない日、誠一は志乃の入院している療養施設へと足を運ぶようになり、ときおり和江もそれに同行していた。

戦争が終わったとき、和江は十七だった。それからすぐに女学校を卒業し、家の再建が終わったあと、誠一はあらゆるところから娘の縁談を持ってきて、和江は片っ端からそれを断った。元将校軍人の子息、士族の名残を持つ旧家の息子、代議士の秘書なんていう小粒もいたが、和江は釣り書きに目を通すことなく全ての封筒をごみ箱に放り込む。それが五回を越えたころ、誠一も諦めたのか、もう話を持ってこなくなった。

九月の日曜の昼間、親子は並んで車に揺られ、志乃の入院する房総の病院へと向かう。

「お母様、まだ退院できないの」

和江は通い慣れた道を眺めながら父に問う。東京の町並みは終戦直後とは同じ町と思えないほど復興し、発展していた。銀座四丁目には戦前と同じく服部《はっとり》時計店のビルが建ち、時計塔が町行く人たちに正確な時間を知らせる。

「和江が嫁に行かないとな」

誠一は冗談とも本気ともつかない声で答える。カッとなり、和江は運転手の小池に車を止めるように命じた。

「お父様とお母様を見てて、私が結婚したくなると思うの？」

銀座通りの路肩に止まった車のなかで、扉を開けざま、和江は父親に問うた。

「和江が嫁に行ったら、私は議員を辞めて、志乃と一緒に田舎に引込もうと思ってるんだよ」

誠一は言った。

「結婚するとき、父親が無職では相手のご両親に申し訳が立たないからね」

バックミラー越しに小池が心配そうな顔をしてチラチラと二人を見ている。卑怯《ひきょう》だ、このタイミングでそんなことを言うなんて。和江は父を罵《ののし》る言葉を喉《のど》の奥に飲み込み、壊れそうなほど強く車の扉を開けた。慌《あわ》てて小池が車を降りてくる。

「和江！」

「車酔いしたから今日は帰ります。お母様によろしく」

「どうやって帰る」

「タクシーを捕まえるわ」

「車酔いじゃないのか。リンタクはもっと酔うぞ」

リンタクとは自転車を改造した人力タクシーである。誠一の言葉に、和江はまたもや返す言葉もなく、元来た方へと駆け出した。銀座の街は人々の笑顔でさんざめく。

戦争の爪痕《つめあと》は深く日本を抉《えぐ》ったけれど、食料や衣料にそれほど苦労する必要のない人たちは少なからず存在した。それが和江が生まれた漆間家のような、古くは皇族の血を分けた一族である。あまりにその血は薄く、頼りないものだけれど、そういう家に生まれた者たちは特別なつながりを持ち、助け合った。

戦後の食糧難の中、例外なく食糧は配給制だったが、手に入らない米や醬油《しょうゆ》は親戚《しんせき》筋から回ってきたし、多くの女子供のように、栄養失調になることは、和江にはなかった。

そして戦後をそれほど苦労なく過ごした娘時代、あっという間に和江は二十歳を超えて二十五になろうとしている。働かず、日がな一日本を読んだり、刺繡《ししゅう》を刺したり、絵を描いて過ごした。和江のような娘が働くこと自体、同じ階級社会に属する者からは歓迎されないので、そしてそういう社会は目ざといというか耳が早いので、内緒にしていてもすぐに情報は伝わる。

既に四丁目まで戻ってきていた。和江は歩幅を緩め、同い年くらいの女の売り子をすれ違いざまに眺めた。木村家の前で籠《かご》を持ち、声を嗄《か》らしながらパンを売っている。すぐに目を逸《そ》らし、和江は三越デパートの中へ入る。そういえば、日本橋の店からは、一時期入り口の獅子《しし》がいなくなっていた。日本軍に金属として供出していたからだ。

まっすぐにエレベーターまで進み、婦人服売り場へと向かう。デパートに来るたび、和江はいつも洋装に挑戦しようと思うのだが、どうしてもできない。洋装と言えば女学校のセーラー服以外着たことがなかった。

老若《ろうにゃく》入り混じった女たちで混雑した売り場へ足を踏み入れると、まだ若い女の売り子が、和江のほうへ近付いてきて、奥様本日はどのようなものを、と声をかける。古参の売り子がその様子を見つけ慌てて飛んできて、申し訳ありませんお嬢様、と頭を下げる。どちらにも属さない自分の立場と、売り子の態度にうんざりして、和江はそのまま洋服売り場も呉服売り場も通り過ぎ、再びエレベーターに乗り、最上階へと向かった。

最上階には食堂がある。季節は九月といえども、走ったあとは暑かった。ソーダが飲みたい。しかし生憎《あいにく》食堂は満席で、昼時だったので外まで並んでいた。諦めて立ち去ろうとすると、うしろから男の声で、すみません、と声をかけられた。和江は何の懸念《けねん》もなく振り返る。

「落し物ですよ」

声の主である若い男が差し出したのは、細筆だった。鳩居堂《きゅうきょどう》の名が入っている。一瞬何を言われているのか判《わか》らなかった。

どういう状態で、筆を落とすのだ。しかも白かったであろう筆先は既に墨で染まっている。

「私じゃありませんわ」

形だけ微笑《ほほえ》み、和江はその場を離れようとする。しかし男はあとから追ってきた。エレベーターの前で、和江は振り返り、男に言う。

「まだ何か御用かしら？」

「僕も下へ行くんです」

それはそうだろう。和江は再び押し黙り、前を向く。傍に立った男は和江と同じように和装で、どこか戦前の匂《にお》いがした。実際に茶鼠《ちゃねず》の着物からは渋い香の匂いが漂っている。

混雑したエレベーターはなかなか来ない。じりじりとしていたら幽《かす》かにだが、和江の腹の虫が鳴いた。餡《あん》パンが食べたい。外に出たらあの売り子からパンを買おう。そう思っていたら突如傍らの男が和江に向かって喋《しゃべ》り始めた。

「おくやまに、もみじふみわけ、なくしかの」

頭がおかしいのかと思ってポカンとしていたら、下《しも》の句をどうぞ、と和江に向かって男は言う。つられて和江も答えてしまう。

「……こえきくときぞ、あきはかなしき？」

「腹が空《す》きましたね。食堂もいっぱいでしたし」

腹の虫を聞かれたのだ。和江は恥ずかしさに唇を噛《か》む。一緒に箱に乗り込み、一階で箱から吐き出されると、男は不意に和江の腕を摑《つか》んだ。鳥肌が立ち、和江は咄嗟《とっさ》にそれを振り払った。そして驚いたように突っ立っている男の顔を一瞥《いちべつ》し、その場を走り去った。驚いたのはこっちだ。

結果として次の日の午後、和江は再び銀座の、今度は資生堂パーラーに赴くことになった。前日持った群青《ぐんじょう》に椿《つばき》の鞄《かばん》型に結んだ風呂敷《ふろしき》の中に、声をかけてきた男が見せた細筆と、付文があったからだ。いつの間に入れたのだろう。もしかしてスリなんじゃなかろうかと思ったが、包みの中の財布も扇子も無事だった。

小池に昨日と同じように銀座まで向かわせ、車を一丁目の交差点で止めさせた。

「お一人で大丈夫ですか」

年寄りの小池は心配そうに尋ねる。

「もう子供じゃないんだから、大丈夫よ」

和江はそっけなく言うと、人のまばらな平日の銀座中央通りをゆっくりと資生堂パーラー目指して歩き始める。銀座の四丁目からこっちは空襲の被害に遭っていない建物が多い。前日行った三越も致命的な被害には遭っていないし、資生堂パーラーも、服部時計店同様、戦前そのままに瀟洒《しょうしゃ》な二階建ての姿を残していて、和江はその建物たちを見るとほっとする。

男の付文には、もし筆を返してくださるなら、明日の二時に資生堂パーラーへ来てくださ い、と書いてあった。なんと図々《ずうずう》しい男なのか。十年近く前の自分だったら憤《いきどお》って筆をへし折って窓から投げ捨てていただろう。しかし和江ももう二十も半ばである。茶の湯の稽古《けいこ》に行けば様々な人種を見ることができたし、男性がいかに愚かで愛《いと》しい生き物か、という話も既婚の女たちの口から聞いていたゆえ、人並みに耐性もついてきていた。

二階吹き抜けの店内に入ると、男は一階席の窓際《まどぎわ》の奥で銀皿に載ったアイスクリームを食べていた。クロスのかかった丸テーブルの端に寄ったら男は気付き、驚いたように和江の顔を見上げる。

「本当に来てくれるなんて」

「筆を返すだけよ。でもミルクコーヒーくらいご馳走《ちそう》して頂戴《ちょうだい》」

和江が男の向かいに腰を掛けると、男は慣れた様子でボーイを呼んで注文を通した。ホールの中には洋装の客が多い中で、二人ともまるで戦前と同じような恰好《かっこう》をしており、逆に目立っている。和江は男の顔をまじまじと見て、やはり喜三郎に似ている、と思った。昨日の思い違いではなく、なんとなく目元と輪郭が似ているだけだけれど、だから和江も、分別のつく年頃とは言え、筆を折ったりせずにここまで来たのだ。

「良い筆ね」

和江は風呂敷から筆を出し、男に差し出す。

「それに字も上手だったわ。男の人なのに。あの文面は書きなれていらっしゃるの？」

「え？」

「つまり、同じ文面の付文を書いて、ご婦人の鞄に滑り込ませるようなことを何度もしてらっしゃるの、ってこと」

男はスプーンを置いて慌てて否定する。

「そんなことしてませんよ。和江さんが銀座にいらっしゃるのを見て、急いで筆と紙を買って書いたものですから」

「……どうして私の名前をご存知なの」

しまった、というような顔をして男は気まずそうに下を向く。どこかで会ったことがあるだろうか。誠一の関係の新年会の顔ぶれなど、行かず後家となってしまった和江はここ三年くらい顔を出していないので、思い出せない。親族にもいなかったはずだ。和江が睨《にら》み付けるように男を見つづけると、観念したように口を開いた。

「兄が……」

「は？」

「僕の兄が、一度和江さんと見合いをしようとして、振られていまして」

「……あなた、お名前は」

「二階堂正文です。兄は正明」

男は名乗り、更に大層名の知られた将校軍人の家系の名を出した。確かに一度父に二階堂家の男の写真は渡されているが、全く印象に残っていなかった。だいたい男は皆同じに見える。

「それじゃ、あなたはお兄様の仇討《あだう》ちをしようってわけ？」

「いえそんな」

「コーヒーご馳走様。私はあなたのお兄様だけではなく、父が持ってきた縁談を全部お断りしているの。お生憎さま」

和江は一口しか飲んでいない、まだ湯気の立つコーヒーカップを残して立ち上がり、男を一瞥もせずに席をあとにした。男は追いかけてきて、昨日と同じように和江の腕を取る。

「やめてみっともない、こんなところで私に恥をかかせないで」

ピシャリと低い声で叱《しか》ると、男は手を離したので、和江はそのままエントランスまで振り向きもせずに進み、建物を出る。初秋の風が銀座中央通りを吹きぬけた。

タクシーで青山へ戻ると、誠一はまだ戻っていなかった。空襲で焼けた土地に再建した家だ。玄関を開けて中に入れば、建物はもう築六年にもなるのに、まだ真新しい木の匂いが漂う。戦前とほぼ同じ造りの和洋折衷住宅で、和江の部屋は二階の奥だ。

帯を解き、ベッドの上に身体《からだ》を投げ出し、ふつふつと込み上げてくる怒りが何に対してなのかを考えた。喜三郎に似ている、なんて思ったことが恥ずかしい。しかしこれはたぶん明確な理由ではない。おそらくちょっとでも心を許そうとしてしまった自分に腹が立っているのだ。和江自身、付文されたのは初めてではなかったが、二十歳を超えたころからそんなものとはとんとご無沙汰《ぶさた》になっていた。元々父親のせいで男は嫌いだ。

日が沈んでから、一階の食堂で女中の用意した夕飯を一人で食べ、客間を兼ねた洋間で夕刊を読み、早めの風呂に入る。女中は代替わりして、今は皆和江よりも若い娘ばかりだった。和江が大人になったからなのか、若い娘は気が利《き》かないと思う。かつて和江が女学生だったころに家で雇った女中たちは、皆料理が上手で気が利く子ばかりだった。

和江は懐《なつ》かしく思い、部屋へ戻ると抽斗《ひきだし》の奥に仕舞ってあった文箱《ふばこ》を開き、つい二年位前まで絶え間なく届いていた手紙の束を取り出す。差出し名は全て如月《きさらぎ》千恵子。かつて書生の喜三郎が出征してしまったとき、心身ともに支えてくれた女中だったが、終戦の年、千恵子は息子を産んだ。もうその子供も小学校に上がっているだろう。

……あのときの苛々《いらいら》に似ているのだ。和江は思い当たり、膝《ひざ》を打ちたくなった。

喜三郎が出征し、千恵子に縋《すが》ったものの千恵子は他の男の子を孕《はら》み、結局和江を裏切った。何もかも思い通りにならず、これ以上人との仲を拗《こじ》らせるくらいだったら、もう何もしないほうがましだと思って、それ以来千恵子とも喋らなかったのだ。和江は束ねていた紐《ひも》を解き、一番新しい手紙を取る。千恵子を思うと、未《いま》だに昨日のことのように心の中がざわめく。あの子が自分を裏切ったわけではないということは、判っていた。もっと言えば、誰も和江を裏切っているわけではない。和江の求めるものが大きすぎるのだ。私を見て。私だけを見ていて、他の人に心を奪われてはイヤ。

そんなのは人である限り不可能だ。心のどこかでそれはずっと判っていたけれど、認めたくないという和江なりの意地があったし、それを意地だと判られるのもイヤだった。

手紙を読むことなく文箱に仕舞い、和江は再びベッドに寝転がる。寒くなってくると、空襲の夜に負った脚の傷が痛む。火傷《やけど》ではなく切り傷だが、消毒と処置が遅れたために痕《あと》が残ってしまった。最後まで屋敷に残った千恵子に手を引かれ、あの夜は家を出たのだ。目を閉じてその恐ろしくも懐かしい記憶を押し留めようとしたら、目の端にまた見慣れぬものが映った。

また、鳩居堂の筆だ。風呂敷の包みから転がり出たのであろう。和江は手許《てもと》に包みを寄せ、中身を探る。案の定、昨日と同じように手紙が出てきた。

手品師なのかしら。

和江は手紙の文面を読みながら、少しだけ心を躍らせている自分に驚きつつ、ほころびそうになる顔を懸命に引き締めた。

和江が小さなころ、母の志乃は、おそらく心労と偏食による栄養失調によって倒れた。忙しいという理由で、誠一が家に連日帰らなくなってから数日が過ぎていた。女中たちもおろおろするばかりで和江は心細さに泣きながら、父の秘書に連絡を取り、すぐに帰ってくるように言伝《ことづ》てたが、結局誠一は帰宅せず、次の日の夜になってようやく帰ってきた。そして彼は志乃が倒れたことも知らなかった。のちに来客の話から、その夜父は議員との会合で料亭におり、芸者を呼び大層贅沢《ぜいたく》な宴会を催していたのだと聞いた。

白粉《おしろい》の匂いも、お酒のにおいも、それ以来大嫌いになって、ただ一人、恋した書生を除き、男という生き物も嫌いになったのだ。

それなのに、またもや和江は二階堂正文の呼び出しに応じていた。手紙に指定された時刻は夕方の五時だったので、既に小池は政党会館へと向かっており、和江は車ではなく都電で銀座七丁目へと向かった。つい三、四年前までは、銀座通りには多くのヤミ市が立っていたが、今はほぼ一掃され、代わりに街中を都電が行き交う。

　夕暮れ時、髪を結い上げた新橋の芸者たちが道を挟んで隣の資生堂薬局の中へ入ってゆくのを見ながら、和江はパーラーの扉の中へ入る。昨日と同じ席に、正文は座っていた。和江の姿に気付くと、立ち上がり笑顔で会釈《えしゃく》する。

「あなたは奇術師か何かなの。それともスリ？」

　和江は席に座りながら尋ねる。続いて正文も向かいに座り、そのほうが儲《もう》かっていたかもしれませんね、と笑いながら答えた。

「で、今日も呼び出すなんてどういう御用なの」

　渡されたメニューを眺め、和江は問う。同じようにメニューを眺め、正文は、まあまあ、と宥《なだ》めるように言った。

「早いですが、夕飯をご一緒したいと思って。兄はあなたに振られて三日ほど立ち直れずにいました。あの立派な軍人だった兄がですよ」

「顔も知らない」

　和江が答えると、ひどいなあ、と正文は情けない顔をした。

「まあ、そんな情けない兄の代わりに和江さんが僕とご飯をご一緒してくれても、神様は和江さんに罰を与えたりしないでしょう。兄には絞め殺されるかもしれませんけどね」

本当に正文は奇術師のようだ。仏頂面《ぶっちょうづら》をつづけていた和江は思わず笑ってしまう。

ボーイが注文を取りに来たので、正文はシチュウと麦酒《ビール》を頼み、和江はコロッケとワインを頼んだ。広い店内には洋装の夫婦と思われる男女がちらほらと早い夕食を始めていた。向かい合って座る自分たちも、もしかして夫婦に見られているのだろうか、と和江は恥ずかしくなった。終戦で復員してきた喜三郎も、今頃は故郷の和歌山で所帯を持っているのだろうか。そしてこうして妻と向かい合って物を食べるのだろうか。

「和江さん、ちょっと遊びをしましょう」

正文に喜三郎の顔を重ねてぼんやりと見ていたら、正文が言った。

「遊び？　どんな」

「僕が百人一首から上《かみ》の句を言いますから、和江さんは下の句か詠《よ》み人を答えてください」

「あら、それなら私が勝ってしまうわ。つまらないから交互にしない？」

いいですよ、と正文は答え、早速「ひさかたの」と詠み出したので即座に和江は「しづ心なく花のちるらむ」と答える。紀友則《きのとものり》の歌だ。ちなみに前回腹の虫を聞かれたときのは猿丸《さるまる》大夫《だゆう》だ。和江が次に「花の色は」と言えば、すぐに「小野小町」という答えが来る。

結局料理が来るまで決着は付かず、勝負は食後まで持ち越された。食後のコーヒーを飲み、和江と正文は揃《そろ》って店を出る。既に日は沈み、藍色《あいいろ》の空はビルのネオンに照らされていた。

すぐに車を捕まえて帰る気分にもなれず、それは正文のほうも同様らしく、あてもなく二人は通りを歩いた。

「銀座も変わりましたね。空襲を受けた場所だなんて嘘《うそ》みたいだ」

そうね、と和江は頷《うなず》く。あのときはもう日本は終わりだと思っていた。一丁目から三丁目のほうはひどく罹災《りさい》していたし、銀座の街には我が物顔の米兵たちが闊歩《かっぽ》し、内幸町の帝国ホテルも長く彼らの常宿として使われていた。銃を持った警備の兵が、その玄関を守っていた。あれから七年、ついこの間GHQは日本から引き揚げることとなり、和江はそれで、やっと終わった、と思ったのだ。

「僕の父も、二人の兄も軍人でした。文学にはからきし無学で、僕はそんな三人をどうしようもないと思っていたんです。きっと向こうも僕のほうをそう思っていたんでしょうね。けれど、戦争が終わってみれば軍人なんてなんの役にも立たない。木偶《でく》と一緒だ」

正文は自嘲《じちょう》するように口元を歪《ゆが》める。和江が何も言わないと、正文は言葉をつづけた。

「でもね、僕はそんな軍人たちが哀れでならない。戦ってきたのはお国のためだ。それなのに今、将校軍人たちは戦犯扱い。ひどい話だと思いませんか」

酔っているのか。そう言えば正文は三杯も麦酒を呑《の》んでいた。正文の話はまだつづく。

「兄は漆間の御令嬢と結婚できることを喜んでいました。あなたの家と縁を作っておけば二階堂家は安泰だ。しかしまさか仲人《なこうど》を立てておいて断るお嬢さんがいるとは思わないでしょう。後日断りの連絡が入ったときは家中大騒ぎでしたよ」

「それは申し訳ないことをしたわね」

まるで気持ちのこもっていない声で和江は謝罪した。本当に悪いとは思っていない。しかしそのあと正文の発した言葉に和江の心は風に煽《あお》られた紅葉のように乱れる。

「あなたが兄との縁談を断ってくれて良かったです。おかげで、僕は軍人の妻でも、誰の妻でもないあなたと出会えた」

正文は立ち止まり、和江の腕を取る。痺《しび》れるようにその腕が震える。

「離して！」

甘美な恐怖に足を竦《すく》ませながらも、和江は男の手を振り解き、その場から逃げ出した。身体の奥が痺れ、心臓が痛いくらいに強く速く打っていた。

家に帰ってから風呂敷を開いても、中には筆も手紙も入っていなかった。


数日後、和江は志乃の代理で茶会へ渋々と出向いた。秋の茶の会だ。献茶の行われる神社の副席のみ顔を出せば良いということだったが、その人数と言ったら、どこからこんなに婦人が集まったのかと思うほどの大人数であった。皆、数年前まで戦後の貧困に喘《あえ》いでいた国の女とは思えないほどに美しく秋らしく装《よそお》い、乱れなく髪を整えている。

大寄せの茶会は略式になることが多い。風炉《ふろ》を囲み、亭主が一人一人に振舞っていたら夜が明けてしまう。和江は部屋の隅のほうで、茶碗《ちゃわん》が回ってくるのを待ち、足の痺れが遠退《とおの》くのを待って、他の女たちに紛れて誰にも声を掛けられぬうちに退出しようとした。しかし、ここは女の社交場だ。そう簡単に帰れるわけがなかった。車寄せで小池の車を待とうと外に出たら、同じく家の車を待っている女たちに、あら和江さんいらしてたのね、と声をかけられる。声をかけてきた女たちの名前を思い出せぬまま、和江は母の代理であることを念頭に置き、笑顔で会釈を返した。

お父様はお元気？　お母様はお元気？　新しい家はまだ馴染《なじ》まないわよね。

そんな当り障《さわ》りのない話題を選んで適当に言葉を交わし、そのまま帰るつもりだった。和江はこの世界では腫《は》れ物だ。結婚しない、しかも縁談を何度も断ったオールドミスである。彼女たちのように、結婚した相手の話が中心の輪の中には入れない。しかし、一人が意を決したように和江に尋ねたのだ。

「ねえ和江さん、先日銀座でお見かけしたんだけど、六丁目の辺りを二階堂さんの御三男と一緒に歩いてらっしゃらなかった？」

和江は思わず言葉に詰まる。え、本当？　和江さん、本当？　と、別の女たちが目を輝かせながら尋ねる。

……誰の妻でもないあなたと出会えた。

あのとき正文に言われた言葉が蘇《よみがえ》り、和江の頬は上気したが、次の瞬間聞こえた冷ややかな女の声で指先が一気に冷たくなる。

「御長男を袖《そで》にしておいて、御三男と仲良くなさるなんて、御長男はどう思われるかしら。それに御三男、まだ学生さんよね」

「ああ、そう言えばそうね。帝大に入ったと聞いたわ、……今は東京大学と言うのかしら」

学生、という意外な言葉に和江の胸の中はぎゅっと摑まれたように痛くなる。聞いてなかった。そもそも正文の年齢を知らなかったし、どうせ同い年くらいだろうと思っていたのだ。

それよりも何よりも、この胸の痛みは何なのだろうか。

女たちの言葉を何か他の国の言葉のように聞きながら、和江は目の端に小池の姿を捉《とら》えた。

「車が来ましたので……ごきげんよう」

和江はもはや笑顔でいることもできず、かといって怒りを露《あらわ》にすることもできず、会釈をすると輪を離れ、そそくさと車に乗り込んだ。

「どうかなさいましたか。お顔色が」

扉を閉めたあと、小池が運転席に座りながら尋ねる。

「なんでもないわ。出して頂戴」

袱紗《ふくさ》や懐紙入れで膨らんだ荷物を傍らに置くと、ころころと筆が転がり落ちた。あっ、と和江は小さく声を上げる。小池がどうかしたのか再び尋ねるが、答えもせずに和江は包みの中に手を突っ込んだ。手紙が入っていた。


小池に何か怪しまれると困るので、和江は車の中では無表情を装い、部屋に戻ってから逸《はや》る気持ちを抑え、ゆっくりと手紙を開いた。そこには日時しか書かれていなかった。そっけない。なんとなく落胆し、落胆した自分にまた驚き、苛つく。認めたくないけれど、これは十年以上前、書生として家に来た喜三郎に感じた気持ちと同じだ。喜三郎は立場を弁《わきま》えた男だったゆえに、おそらく和江の気持ちを知っていながらも、和江とは距離を置き、一切接点を持とうとしなかった。そして、女中の伸子と恋仲になり、孕ませた挙句に徴兵された。

欲しいものしか欲しくない、と和江は思う。志乃の健康が欲しい。人々の無関心が欲しい。しかし欲しいものは何一つ手に入らない。好きだと思っても、誰もが、飼っていた犬ですら和江から逃げてゆく。喜三郎への思いを募らせながらも、第三高女の女学生だったころ、和江は初めてどうしようもなく好きな人ができた。下級生の、体の弱い小さな娘だった。彼女は和江が微笑みかけてやると喜び、和江がつれなくすると泣きそうな顔をして追いかけてくるような、本当に可愛《かわい》い子だった。偶然にも名前が一緒だったため、お互いに家の苗字《みょうじ》で呼び合っていたのがまたなんとももどかしくくすぐったく、これが男女だったら結婚したときに大変だわね、と笑ったのだ。そして言う。漆間様が好き。……私もあなたが好きよ。

犬でも男でもない、弱くて小さな娘は決して和江を裏切らないだろうと思った。のちに雇うことになる女中の伸子にそっくりだった娘は、しかしあっけなく学校を中退し、当時日本と同盟を結んでいたドイツへ留学した。そしてすぐに現地の男と恋仲になり、子供ができてしまった、どうしよう、という手紙をよこしてきたのだ。くちづけまで交わした仲だったのに。和江はびりびりと手紙を破き、目に触れるのもイヤで便所に捨てた。

男とはなんなのだろう。そして女とは男に対して、なんなのだろう。常日頃から和江は考えている。山の手の空襲の夜、身重だった女中の千恵子は、自らのお腹《なか》にいた息子のことも考えず、足を負傷した和江をおぶって走った。お腹の子は無事だったが、父親は英霊となった。不毛だ。自らと、その父と母を見ていても、状況は違えどその不毛な感じは否《いな》めない。人はなんのために結婚して、子供を産むのだろう。

次の日、和江は銀座に行かなかった。男となど、一生触れ合うことがないと思っていても、満月と共に必ず血を見る。月のものが来て体調が悪かったせいもあるが、正文と一緒にいるところをまた誰かに見られ、父親の耳にその話が入るのがいやだった。

布団《ふとん》の中で下っ腹を襲う鈍痛と戦いながら、和江は目を瞑り、唇を噛む。和江の生活に不自由は何一つない。戦争中も、戦後も、不自由したことはなかった。けれど、どんなに願っても、神様に縋っても、欲しいと思うものは絶対に手に入らない。

そして出血の終わるころ、恐れていたことが起きる。地方の村が狭いように、明治の時代に爵位《しゃくい》を持っていたような家々では、物事は隣の家の出来事のようにあっけなく伝わるものだ。女中に言伝てられ、和江は誠一の書斎へと足を運ぶ。もはや髪の毛の八割が白髪と変わった父親は、些《いささ》か緊張した面持ちで娘を迎え、向かいの椅子《いす》に座るように言う。父親と向かい合うのなんて、何年ぶりだろう、と思いながら和江は言われたとおりにする。母の病院に行くときでさえ、向かい合うことはない。

「縁談ならお断りよ」

和江は先に牽制《けんせい》した。誠一は困ったように眉毛《まゆげ》を動かし、すぐに固い顔に戻り、言う。

「それはもう諦めた。しかし、未婚の娘が夜の銀座を若い男と歩いてるっていうのも、縁談を断る以上に外聞が悪いんだよ。判るね」

なんの前置きもなく誠一が本題に入ったので、和江は面食らった。

「しかも相手は、和江が縁談を一度お断りした二階堂家だと聞いたが、本当かい」

結局、家同士か。和江は否定も肯定もせず、ただ向かい合った父の膝頭《ひざがしら》を見つめる。

「あそこの家でうちに釣り合うのは、長男くらいだ。和江が銀座で会っていたという三男はまだ学生だし、専攻は日本文学だそうだ。父親の苦労も知らず、気楽なものだな。何より和江よりも三つも年下なんだから、釣り合うわけもない。もうこれ以上家が笑われるような真似はやめてくれないか」

誠一の声は穏やかで優しい。昔からそうだった。穏やかで優しく、何を考えているのか判らない。和江はやはり何も答えなかった。言うことを聞くつもりも反論するつもりも何もなかったが、次に誠一が発した言葉で、頬に血が上る。

「お母さんも、こんな話を聞いたら恥ずかしがるだろう」

卑怯だ。こんなときにまた母の話を出すなんて。和江は拳《こぶし》を腿《もも》の上に握り、父に問う。

「……お父様にとって、女の人ってなんなの」

「具体的に言ってごらん」

「女中の伸子が喜三郎の子を孕んだとき、お父様は喜三郎とではなく、無理矢理他の男との縁談を持ってきて、伸子を家に帰したわね。そして私にも他のおうちへ嫁ぐように再三おっしゃる。なんなの、お父様にとって女って。箱の中に詰め込んで二度と外に出してはいけないような荷物なの」

「……」

「お母様の病気だって、半分は心の病気でしょう。前から判っていながらどうして放っておいたの。どうしてお母様が倒れた日に帰ってきてくれなかったの」

詰《なじ》る声に涙が混じった。お父様はお忙しいから、我儘を言ってはダメよ。和江が物心ついたころから、それは母の口癖だった。倒れるまで、毎日のように聞かされていた言葉だ。従順な母の心の反動のように和江は我儘な子供に育った。

「和江」

「ねえお父様、それなら男の人はなんなの。偉いお仕事について働いていればそれで良いの。結婚をして子供を産ませて、それで男の人はお仕舞いなの」

「和江」

「今更、私が結婚したあとにお母様とゆっくり過ごそうなんて、もう遅過ぎるわよ。どれだけお母様を待たせたと思ってるの」

泣いた顔を見られたくなくて、和江は顔を両手で覆《おお》う。和江は誠一さんに似てるわね。病床の母は寂しげにそう言って、娘を遠ざけた。一緒にいれば母は寂しがる。母が求めているのは夫だけだ。

和江の啜《すす》り泣きがおさまったころ、誠一は静かに問うた。

「和江ももう大人なんだから、責任を他に求めようとするな。それが、今回の二階堂のことになんの関係があるんだ」

和江は席を立ち、部屋を走り出た。

欲しいものしか欲しくない。けれど、欲しいものは手に入らない。外は既に夜の闇《やみ》に沈んでいた。敷地内にある離れの、小池の家の戸を叩《たた》く。私服姿の小池がぼさぼさの頭で出てきて、泣いている和江の顔を見ると慌てて髪の毛を撫でつけた。

「お嬢様」

「お願い小池、銀座へ行って」

小池は和江の様子に驚きつつも訳を聞かずに頷き、すぐに車庫へと向かってくれた。間もなく闇に紛れて黒いフォードがヘッドライトを光らせてやってくる。

車に乗っても、すぐには涙は止まらなかった。小池は無言で車を走らせる。やがて洟《はな》を啜る音がおさまってから、どうかなさいましたか、とだけ尋ねた。

「なんでもないわ」

和江はハンカチで鼻を押さえ、外を向いたまま答えた。いつもならそこでやり取りは終わるはずだが、珍しく小池は言葉をつづけた。

「私はお嬢様がお生まれになってすぐのころから運転手を勤めさせていただいていますが、私の質問には皆同じようにお答えになるんですね」

漆間の家に仕える者の中で、一番長いのが運転手の小池だ。過去に二人、書生が女中を孕ませたため、誠一は家に書生を置くことをやめていた。

「みんな、って」

「旦那《だんな》様も、奥様も、お嬢様も、何かあったのかとうかがうと皆『なんでもない』とお答えになります。なんでもなかったら、人は普通泣いたりしません」

「……」

小池はそれ以上喋らなかった。車は京橋川を越えて銀座通りに入る。七丁目まで行ってもらうつもりだったが、和江は車窓の外に喜三郎に似た男を見つけ、車を止めてと叫ぶ。慌てでブレーキを踏み、小池が車を路肩に付ける間もなく和江は自らドアを開けて外の通りに飛び出した。

「正文さん！」

歩いていた男は振り返り、和江を見る。しかしその顔は正文ではなく、当然喜三郎でもなかった。落胆と共に腹の中が燃えるように熱く、和江はたまらず走り出す。小池の叫んでいる声が聞こえたが、無視してそのまま走りつづけた。

一丁目から七丁目まではかなりの距離がある。銀座デパート、松屋、玉屋。三越と服部時計店の間を抜け、やがて山葉《やまは》ピアノのビルが近付く。息を切らしてその斜向《はすむ》かいにある資生堂パーラーの前まで辿り着くと、既にエントランスの灯りは落ちていた。急に足が重くなる。そして膝もがくがくと震えていた。

財布も何も持たない和江はどうすることもできず、花椿《はなつばき》通りに面した道脇《わき》の電話ボックスの中に入り、蹲《うずくま》った。正文とは、もう二度と会えないかもしれない。否《いな》、会うことは可能だ。どこかの新年会に出ればおそらく顔を見るくらいは可能だろう。しかし、二度と二人であして向かい合うことはできない。

欲しいものが幾度もこの手から滑り落ちていったというのに、まだそれを望むのか。まだ諦められないのか。和江は膝に額を埋め、自嘲する。飼っていた犬も、喜三郎も、美しい下級生も、伸子も、千恵子も。和江は順繰りに指を折る。皆和江ではない者を求め、去っていった。ねえお母様、お父様と一緒にいるのってどんな気持ちだったの。辛《つら》くはなかったの。

そのとき、頭上から扉が開く音と「和江さん」という、男の声が降ってきた。和江は顔を上げる。

「どうしたんですか、そんな恰好で……そんな顔をして」

そこには正文が、手に本とノートの束を抱えて立っていた。和江はただ驚いて正文の顔を見上げた。通りは夜の喧騒《けんそう》に溢《あふ》れているが、この電話ボックスだけは殻に包まれたように静かに感じる。沈黙ののち、和江は答える。

「……お金がないの」

「え？」

「お金がなくて、資生堂パーラーに入れなかったの。それ以前に店が閉まっていたの。どこであなたを待てば良いのか判らなくて困っていたの。そうしたらあなたに見付かったの」

「見付けられて良かった」

「あなたこそ、どうしてこんなところにいらっしゃるの、約束の日時はとっくに過ぎているわ」

「僕は、毎日来てました。パーラーが閉まるまで中にいて、閉まったあとは散歩がてら和江さんを待ってました」

　正文は照れたように、それでも神妙な顔を崩さずに、答える。

　立ち上がらない和江に合わせて、正文は電話ボックスの扉を開け放したまま、しゃがみ込んで和江の顔を覗《のぞ》いた。通り過ぎる人たちが二人を怪訝《けげん》そうに見てゆく。再び涙が込み上げてきて、和江は両手で顔を覆う。

「こんな私、さぞ滑稽《こっけい》でしょうね。ねえ学生さん、あなたと噂《うわさ》になったおかげで私はいい笑いものよ。私に振られて寝込んでしまったお兄様の仇《かたき》が取れて良かったわね、おめでとう」

　こんなことを言いたいわけじゃないのに。和江は覆った手の下で唇を噛む。正文は本の束を足元に置き、そっと和江の手首を摑んだ。触らないで、という言葉は声にならなかった。

「僕はそんなことを望んではいなかった」

　悲しげな正文の声に、そんなこと知ってる、と和江は思う。誰の妻でもない和江と出会えて良かった、という正文の言葉が本気だったことだって判っている。けれどからかわれたことにしなければならなかった。この歳《とし》になって、今更いなくなるかもしれない人に何かを望んでも、また同じ痛みを繰り返すだけだ。

「和江さん、顔を見せて」

　腕を摑んだ正文の手に力がこもり、和江の顔が露になる。そして抵抗する間もなく男の顔が近付き、唇を重ねられた。狭い電話ボックスの中、あとずさることもできず、和江はそのくちづけを受けた。生まれて初めての男とのくちづけが、長いのか短いのか和江には判らなかったが、正文は唇を離したあと、言った。

「噂をする人のことなんか、放っておけば良いんだよ。僕は確かにまだ学生だけど、書いた論文が雑誌に載っているおかげで幾ばくかは収入があるし、家から独立しても生活していける。これから社会はどんどん変わっていって、いずれ二階堂のような家自体、何の価値もなくなるはずなんだ。和江さんだって、そのしがらみに囚《とら》われている必要なんかないんだよ」

でも、と和江は正文の言葉を遮る。

「私は家がなければ生きてゆけない。私は何もできないし、何もできなくても、生きていれば失うばかりだったもの」

「僕が生きてゆかせるよ。そしてあなたに全てを与えてあげる」

「きっとあなたのほうが先に死ぬわ」

「僕のほうが年下だよ、和江さん」

「でも戦争が起きたらきっとあなたは行ってしまう、喜三郎と同じように」

「もう戦争は起きないよ、……絶対に」

正文の声は優しく、それでいて力強く和江の胸に響いた。

二人のいる電話ボックスの外では、銀座の夜を楽しむ洋装の男女が、笑いながら歩いてゆく。終戦から七年、既に焼跡の瓦礫《がれき》の山は撤去され、新しい建物が立ち並び、ネオンが夜の町を照らしていた。

＊

泣きながら、老いた和江は長い夢から目覚めた。どれくらい記憶をなくしていたのだろうか。枕元《まくらもと》の日めくりカレンダーの日付が、前回何月何日になっていたのかも思い出せなかったが、格子《こうし》の付いた開け放された窓から吹き込んでくる風は、夏の夕暮れのものだった。涙を拭《ぬぐ》い、リモコンを探してベッドを起こす。

扉が開いて、老いた正文が部屋へ入ってくる。起き上がる和江を見て、尋ねた。

「和江さん、起きたの？　僕は誰？」

「二階堂正文さん」

答えを聞くと、正文はほっとしたような顔をして窓辺へ向かい、開け放されたそれを閉めようとした。

「閉めちゃだめ」

和江が言うと正文は窓にかけていた手を下ろし、振り向いた。

「皆が来るの。そこから皆が私のところに会いに来るの」

……そうか、皆が来ちゃうのか。寂しそうに正文は言い、和江の傍らに腰掛け、お互いに皺々《しわしわ》になった手を取って握る。そして子守唄《こもりうた》のように、話をつづけた。

「和江さん、来年の歌会始のお題はね、『火』なんだよ。詠進歌はどれくらいになるだろうね。あまりたくさんだと大変だから皆には内緒だよ」

正文は大学院を卒業後、国語学者を経て歌人となった。洗練された、秘めた情熱的な歌は当時、情操文化に飢えていた人たちにたちまち受け入れられ、二冊目の歌集ですぐに正文はわりと大きな文化賞を受賞した。そして四十にも満たないという異例の若さで、歌会始の選者にも任命されている。

「僕たちが結婚した年のお題はね、『船出』だったんだ。知ってた？」

和江は首を横に振り、笑った。まさに結婚生活は未開の地への船出だった。結局、父とは死ぬまで判り合うことができなかったが、いつだか言ったように、和江が正文と駆け落ちのように家を出てから一年半後、誠一は出馬を取りやめ、千葉の病院の近くに土地を買ってそこで暮らし始めた。

母の志乃が幸せだったのかどうかは、志乃の葬儀の日にも判らなかった。和江と正文の間に娘が生まれて数年後に志乃は亡くなり、葬儀の日に初めて、和江は父親の涙を見た。声をかけることもできず、和江は父の震える背中を見守り、正文に手を引かれて父を一人遺影の傍に残した。お母様は、幸せ？　微笑む遺影の母は答えない。

「『火』がお題にあがるなんて、本当に日本は平和になったんだろうね。六十年前じゃ考えられなかったからね」

「もう戦争は起きないって、あなたは言ったわ」

「当たっただろう」

焼夷弾《しょういだん》を受けて遡《さかのぼ》る滝のような炎を噴き出す家々。思い出したくなくても、空襲の恐怖は今でも蘇る。空襲を経験したあと、和江は火の傍が怖くてしばらくは近付けなかった。しかし焼き尽くされ、焦土と化した大地にもやがて雨が降り、雪が降り、命は根をはり新芽を育《はぐく》む。

「千恵子さんは無事かしら」

記憶が再び混濁してくる。

「女中の千恵子さんかい？」

そう問う男の声が、もう誰のものなのか定かではない。ベッドが倒されてゆくのと同じ速度で、和江はゆっくりと再び記憶の海の中へ潜っていった。開け放した窓から入ってきた、誠一が、志乃が、喜三郎が、伸子が、海へ沈みゆこうとする和江の腕を優しく摑む。でも、千恵子がいない。

千恵子さんは。あの空襲の夜、命をかけて私を助けてくれた、千恵子さんは。

和江は夢中で、絡《から》まる腕を振り解く。まだ行けない。会いたい人がいるから。和江の拒絶に死者たちは笑いながら、炎と共に去りゆく。

……お嬢様。

やがて、懐かしい千恵子の声が、どこか遠くから聞こえる。

……お嬢様。

白い雪原に薄紅の花が咲く。その花の匂いにうっとりと酔いながら、和江は柔かな布団の中で幸せそうに微笑んだ。

あとがき

「乙女椿」の千恵子は、私の父方の祖母から聞いた話を基に作った人物です。

祖母は酒田の女学校に在学中、学長先生に勧められて博多の知事さんのお屋敷へ奉公に出ました。和江さんのように奇矯な人ではなかったらしいですが、実際に同年代のお嬢様もいらっしゃって、仲良くしていただいたらしく、生前はいろいろと当時の話を聞かせてくれました。

戦中、知事さんの紹介で見合いをし、結婚し、戦後すぐに息子が生まれ、三十年後に孫が生まれ、その二十四年後に息子が死んだあともずっと、お嬢様からは必ず年賀状が届いていました。毎回「会いたい」と書かれていたんですが、かなりドライでシャイな性格だった祖母は「めんどくさい」と言って一度も会いに行きませんでした。

その祖母が数年前に他界しました。棺《ひつぎ》にはこの本の単行本を入れました。

年齢的におそらくお嬢様もあちらがわの方になっていると思います。会えてるかな？

いずれ私がそちらがわへいったときは、ふたりの話を聞かせてね。

宮木あや子

〈参考文献〉

『しっとりと有馬』有馬温泉観光協会
『復刻版新聞太平洋戦争』秋元書房
『太平洋戦争下の学校生活』岡野薫子著　平凡社
『英霊の言乃葉　第六輯』靖国神社
『群青――知覧特攻基地より』知覧高女なでしこ会　高城書房出版
『母への遺書――沖縄特攻　林市造』多田茂治著　弦書房
『カフェと文学』福岡市総合図書館
『文学の記憶・福岡１９４５』福岡市文学館
『あの戦争は何だったのか
　――大人のための歴史教科書』保阪正康著　新潮社
『模型でみる江戸・東京の世界』江戸東京博物館

解説

三浦しをん

宮木あや子さんの小説を読むと、官能という言葉がはらむ豊饒《ほうじょう》を思い知らされる。

ここで言う「官能」は、性描写や、粘膜の摩擦によってもたらされる感覚のことではない。宮木氏の描く官能は、むしろ「感応」である気がする。単に粘膜を摩擦するだけでは決して到達することのできない、ひとの精神の深みと高みを描いているからこそ、作品が真に官能的なのだ。

本書『白蝶花』には、四編が収録されている。読み進むうちに読者は、これらが独立した短・中編ではなく、連作形式になっていることに気づくだろう。登場人物を微妙に連関させながら、大正から第二次世界大戦前後の昭和、そして平成に至るまでの、一大ロマンが展開される。巧みで緊密な構成だ。

「激動の時代」とは使い古された陳腐な表現だが（あとから振り返ってみれば、微動だにしなかった時代などないはずだ）、日本の近現代史のなかで、第二次世界大戦のまえとあとでは、特に多くのことが激変したと言えるのではないだろうか。一番大きく変わったのは、実は女性の立場、価値観、生きかたであるように思う。日本で女性が参政権を得たのは、戦後（一九四五年）のことだ。

そう考えると、本書の舞台が激動の時代――第二次世界大戦を中心に、大正から平成までの時代――に設定されているのも、当然だと思えてくる。

この作品は、男と女、大人と若者、美と醜、権力と抵抗、生と死といった、性質の異なる二者の狭間で生じる摩擦と、それゆえの官能を描く。しかし、対立するかに見えた二者はやがて、高次元で融合し、反発を超えて触れあいとろけあう瞬間の精神の感応、真実の意味での官能の世界へと昇華していく。そこへ至る道筋を通奏低音のように貫いているのが、激動の時代を舞台にしたからこそ鮮やかに浮かびあがる、女性たちの生きかただ。

宮木氏は、男女間の感情と身体の機微、ひりつくような痛みと高揚を表現して秀逸だ。だが、それ以上に、デビュー作『花宵道中』のときから、女性同士の友情や矜持《きょうじ》や恋にほとんど等しい熱を、非常に力強くリアルに、愛をもって描いてきた作家だと言える。流麗だが太い芯《しん》を宿した文章は、ときに生々しく残酷に、ときにこの世のものとは思われぬほど崇高に、女と女のあいだに生じる愛憎と連帯を抽出してみせる。肉体的な接触がなくとも湧《わ》きいずる官能も。

本書でいえば、菊代と雛代という芸者の姉妹と、和江と千恵子というお嬢様と使用人の関係が、緊張感に満ちた女同士の関係性を活写している。菊代と雛代も、和江と千恵子も、それぞれ互いを意識しあい、理解したいと願いながら十全にはわかりあえず、それでも相手を求め、生きるうえでの支えにする。彼女たちの仲は、男の出現によって危機に瀕《ひん》するのだが、それも一時的なものにすぎない。女たちの互いを大切に思う気持ちの強さと、誇り高さのまえでは、おおかたの男性はむしろ邪魔な異物、ほんの少し刺激を与えてくれるだけのぬるい風のようにすら見える。

「女同士の友情は脆《もろ》い」とか、「男には男の世界がある」などと、たまに言うひとがいる。私の感覚と経験からすると、その言説はまったく正確ではない。女も男性と同じように、同性間の友情と連帯を重視し尊重するし、男性に男の世界があるのならば、当然ながら同じように、女性にだって女の世界があるだろう。

好いた男の子どもを妊娠中の千恵子は、空襲のさなか、なんとか和江を助けようと奮闘する。自分の身も、おなかの子の命も危うい状況にもかかわらず。

誰よりも寂しいお嬢様。あなたは一人じゃない。

そうして和江に差しのべられた千恵子の手は、まばゆいきらめきを放ち、炎よりも高い温度を宿していたはずだ。性別も立場も関係なく、ただ求めあい寄り添いあおうと希求する魂から迸《ほとばし》る熱情。

これまで創作物は、どちらかというと男二人と女一人のあいだに生じる恋愛と友情を描くことに傾いてきた。男同士のあいだにしか、真の友情も連帯も生じ得ないと信じられてきた時代が長かったからだ（騎士道や武士道の精神は、その象徴だろう）。だが本書においては、関係性が逆転している。女同士のあいだに芽生えた友情と連帯の強さと貴さを描き、二人の狭間にいる男の存在など消し飛ぶ勢いだ。女が女へと差しのべた手からあふれでる官能。

ところが、従来の関係性のパターンを単純に逆転させただけにとどまらないのが、『白蝶花』のすごいところであり、宮木氏の感性の鋭さだ。

三角関係物語の多くは、男二人の友情と連帯を強める（あるいは破綻《はたん》させる）装置として、一人の女を配しているにすぎない。しかし『白蝶花』では、女二人の友情と連帯のまえに消し飛ばされるかに見えた男が、堂々と存在感を復活させる。ただの装置としてではなく、生身の人間としての感情と思考と体臭を帯びて、作中の女たちの心身に食いこんでくる。

男性の存在感は、「子どもを産む（＝生命を次代につなぐ）」という行いに関連してクローズアップされる。戦争が起き、まず第一に生命の危機に直面したのは、戦地へ送られる男性だった。作中の男性たちは、出征前に愛情と希望をもって、恋した女を抱く。

妊娠した千恵子は、一人で子どもを産む決意をする。奉公先の旦那《だんな》様は、「親の気持ちも考えてみなさい」と諭すが、それに対する千恵子の内心の声はこうだ。

（前略）命を散らす少年兵の親の気持ちを考えてみろと、軍人の前で言ってみてはくれませんか。

ねえ旦那様、そうして死んでゆく男の命を、せめて子を産むことでつなぎたいと、親になることを望む女の気持ちは考えようとはしてくださらないのですか。

『古事記』において、イザナミは「一日に千人を殺す」と宣言し、イザナキは「だったらわたしは一日に千五百の産屋を建てよう」と返した。それに似た神話的な闘争が、『白蝶花』でも繰り広げられる。理不尽な死を強いるなにものかに対し、生命をつなぐことで抵抗しようとする。

ただし、イザナミとイザナキの争いと異なり、本書においては女と男のあいだの闘争にはなっていない。女は愛した男と共闘する形で、理不尽に対して抗《あらが》ってみせるのだ。男の存在感はここで蘇《よみがえ》り、「従来の男二人女一人の三角関係を単に逆転したパターン」から抜けだした物語は、いよいよ飛翔していく。

むろん、実質的に「子どもを産む」ことだけが重視されているわけではないのは明らかだ。子を残すことができなかった男女も多数登場するが、彼らはなんらかの形で新しい生命の誕生に寄与し、親になろうとしている若い男女を助ける。

さて、そうなると、生命の流れに乗れない（官能／感応の喜びにあずかれない、と言いかえてもいい）のは、いったいだれなのか。

一言で言えば、「醜い」ひとだ。もちろん、容貌《ようぼう》の美醜ではない。

私は宮木氏の書く「醜い」ひとが大好きで、本書でいえば「天人菊」の吉岡や「凌霄葛《のうぜんかずら》」の三島章太郎だ。しょーもないおっさんだなあと、最低最悪の下郎ぶりに、読んでいてむしろ興奮してくる。相手の快感もまともに探りだせず、心を言葉に換える技術も持たず、チンケなあせりと虚栄を抱えてむなしく死んでいけばいいよクズ、と思う。だれかと通じあいたいとさえ願っていなさそうな、あまりに哀れな彼らの姿を見ると、腹が立つと同時に、「そのまま、ばかの道をお行き」と嗜虐《しぎゃく》の悦《よろこ》びをかきたてられるというか……。

吉岡や三島章太郎は、独りよがりなセックスで満足してるようなばかなので、肉体的な意味での官能も全然味わえないし、この世には愛が存在するという事実にもまったく不感症なので、精神的な感応に撃たれる瞬間も永遠に来ない。結果、女には嫌われ裏切られ、男には恐れられ去られてしまう。

自他の肉体の痛みと快楽に鈍感で、言葉で伝える労力を惜しんで平然とし、相手を服従させることを愛だと勘違いしている。こういう「醜い」ひとは、宮木氏の作品では、さりげなくひどい扱いを受ける定めである。彼らは子どもを何人もうけようとも、だれの救いにもなれず、官能とも感応とも無縁のまま、ただ生きて死ぬしかない。

自業自得だと思うし、こういうひとは現実にけっこういるなとも思う。こういう人間にだけはなりたくないと願うし、こういう人間とはなるべくお近づきになりたくないとも願う。

どうすれば最低最悪の下郎にならずにすむのか、もはや明白だ。本書の結末に近いシーンで、登場人物は言う。

「僕が生きてゆかせるよ。そしてあなたに全てを与えてあげる」

平明だけれど、なんとうつくしい貴い言葉だろう。相手を生かすこと。自分の持てる大切なものをすべて、相手にあげること。
官能と感応の世界を他者とともに生きたいのだったら、男も女も大人も若者も、行いと言葉の集合体である「愛」を惜しみなく発揮するほか、道はない。
『白蝶花』は、険しいけれど実り多きその道を必死でたどった人々の、誇り高く麗《うるわ》しい闘いの物語だ。

（平成二十二年八月）

——作家

この作品は二〇一〇年十月新潮文庫に所収されたものです。

幻冬舎文庫

●最新刊
すばらしい日々
よしもとばなな

父の脚をさすれば一瞬温かくなった感触、ぼけた母が最後まで孫と話したがったこと。老いや死に向かう流れの中にも笑顔と喜びがあった。父母との最後を過ごした〝すばらしい日々〟が胸に迫る。

●好評既刊
もしもパワハラ上司がドラゴンにさらわれたら
蒼月海里

パワハラ上司がドラゴンにさらわれ、人間のストレスが生み出す魔物で新宿駅はダンジョン化!? 毒舌イケメン剣士ニコライとブラック企業のヘタリーマン浩一は、上司を無事に連れ戻せるのか？

●好評既刊
新米ベルガールの事件録
～チェックインは謎のにおい～
岡崎琢磨

廃業寸前の崖っぷちホテルで、次々に起こる不可解な事件。新入社員・落合千代子は、イケメンの教育係・二宮のドSな指導に耐えながらも、事件の真相に迫るが……。本格お仕事ミステリ！

●好評既刊
露西亜の時間旅行者
クラーク巴里探偵録2
三木笙子

弟を喪った晴彦は、料理の腕を買われパリ巡業中の曲芸一座の名番頭・孝介の下で再び働き始めた。頭脳明晰だが無愛想な孝介をひたむきに支え、贔屓筋から頼まれた難事件の解決に乗り出す。

●好評既刊
鳥居の向こうは、知らない世界でした。
～癒しの薬園と仙人の師匠～
友麻　碧

二十歳の誕生日に神社の鳥居を越え、異界に迷い込んだ千歳。イケメン仙人の薬師・零に拾われ、彼の弟子として客を癒す薬膳料理を作り始めるが。ほっこり師弟コンビの異世界幻想譚、開幕！

白蝶花《はくちょうばな》

宮木《みやぎ》あや子《こ》

平成29年2月10日　初版発行

発行人――石原正康
編集人――袖山満一子
発行所――株式会社幻冬舎
〒151-0051東京都渋谷区千駄ヶ谷4-9-7
電話　03(5411)6222(営業)
03(5411)6211(編集)
振替00120-8-767643
印刷・製本―中央精版印刷株式会社
装丁者――高橋雅之

幻冬舎文庫

ISBN978-4-344-42576-7　C0193　み-29-2